AF235068

Anette Huesmann, Jahrgang 1961, ist Journalistin und Dozentin für Kreatives Schreiben. Sie lebt seit mehr als einem Vierteljahrhundert in der Rhein-Neckar-Region und schreibt spannend und kenntnisreich über Mannheim und die Metropolregion. Präzise Recherchen und eine lebendige Sprache sind wesentlich für ihre Arbeit als Wissenschaftsjournalistin und auch ihre Romane zeichnen sich dadurch aus.

Anette Huesmann

Blau-weiß-tot

Eishockey-Krimi

Bibliografische Information der Deutschen Nationalbibliothek
Die Deutsche Nationalbibliothek verzeichnet diese Publikation in der
Deutschen Nationalbibliografie; detaillierte bibliografische Daten sind im
Internet über http://dnb.d-nb.de abrufbar.

© 2020 Anette Huesmann
www.anette-huesmann.de

Umschlagbild: iStock.com/cmannphoto
Umschlaggestaltung: Thomas Heim, infarbe.com
Lektorat: Susann Säuberlich, Neubiberg
Satz, Herstellung und Verlag: BoD – Books on Demand, Norderstedt

Die Originalausgabe ist 2015 im Emons Verlag erschienen.

ISBN: 978-3-7528-6632-2

Für Tabea

1

Die Besucherin roch nach Angst. Chris musterte sie kritisch und registrierte automatisch die wichtigsten Details. Etwa fünfzig Jahre alt, gepflegte Kleidung, bequeme Schuhe, das Gesicht vollkommen ausdruckslos. Nicht gerade der typische Adler-Fan. Chris bückte sich und untersuchte die Jeans der Frau. Nichts. Sie tastete weiter nach oben und prüfte ihre Jacke. Die Zuschauerin war sauber. Eigentlich hatte sie nichts anderes erwartet – und trotzdem machte sie das noch misstrauischer.

Chris kniff die Augen zusammen und fragte nach der Eintrittskarte. Ein Muskel im Gesicht der Besucherin zuckte, doch sie gab Chris ohne Protest ihr Ticket. Jochen, heute ihr Partner bei den Eingangskontrollen, warf ihr einen fragenden Blick zu. Chris lächelte entschuldigend und prägte sich den Sitzplatz ein. Erst dann ließ sie die Besucherin gehen. Sie hatte nichts in der Hand, um sie festzuhalten oder ihr den Eintritt zu verweigern. Auch wenn sie das am liebsten getan hätte. Sie konnte schräge Typen auf zehn Meter Entfernung riechen – und wenn diese Frau nicht schräg war, dann wusste sie auch nicht. Unwillig runzelte Jochen die Stirn und wandte sich wieder den Menschen zu, die noch vor ihm standen.

Auch Chris winkte die nächste Besucherin heran. Die Fans des Mannheimer Eishockey-Teams konnten es kaum abwarten, endlich die Einlasskontrolle der SAP Arena hinter sich zu bringen. Doch die merkwürdige Zuschauerin ging Chris nicht aus dem Kopf. Ihr Frühwarnsystem meldete Alarmstufe rot – das kam höchst selten vor und hatte sie bisher noch nie in die Irre geführt. Sie warf einen Blick zu Eingang D, wo die Verdächtige gerade hinter den Glastüren verschwand, und prägte sich ihre Kleidung ein. Sie nahm sich vor, die Frau nicht aus den Augen zu verlieren.

Heute spielten im Play-off-Viertelfinale die Mannheimer Adler gegen die Nürnberg Ice Tigers, nicht gerade ein Event, das Irre und schräge Typen anzog. Doch man wusste nie. Sie hatte in ihren vier Jahren beim Veranstaltungsschutz der Arena schon eine Menge erlebt und jeden Tag tauchten neue Verrückte auf.

***

Endlich erreichte Anita Schürer das Eingangsfoyer. Ihr Herz schlug bis zum Hals und sie musste sich zwingen, sich nicht umzusehen. Die Frau von der Security hatte sehr misstrauisch gewirkt und Schürer war froh, dass sie nichts Verdächtiges bei sich trug. Eilig stieg sie die Treppe hoch und erreichte die Kioskstraße, die Pufferzone zwischen Eingangsbereich und der hell erleuchteten Halle. Warme Luft schlug ihr entgegen, angereichert mit dem Geruch nach Bier und Pommes.

Sie ging weiter in die Halle und nahm die steile Treppe nach oben, vorbei an leeren Sitzreihen. Zum Viertelfinale der DEL-Play-offs wurden eine Menge Zuschauer erwartet, doch die meisten würden erst kurz vor dem Spiel kommen. Jetzt, wenige Minuten nach Hallenöffnung, war sie eine der Ersten.

Flüchtig warf Schürer einen Blick nach unten. Die Eisfläche mit riesigen Logos Mannheimer Firmen glitzerte verlassen im Licht der Scheinwerfer. Sie erreichte die oberste Tribüne und folgte den Sitzreihen bis zu den Stehplätzen im Block 402. Dort befand sich inmitten der letzten Reihe der blau lackierten Rücklehnen eine unauffällige Stahltür. Erleichtert sah Schürer das kleine Stück Holz zwischen Tür und Rahmen. Die Brandschutztüren sollten laut Vorschriften immer geschlossen sein. Doch da nur wenige Angestellte des Sicherheitsdienstes einen Schlüssel hatten, wurden sie oft verkeilt, damit Reinigungskräfte und Security-Guards nicht nach Schließern suchen mussten. Schürer drückte die Tür auf.

»Hey, was machen Sie da?«

Zwei Jungs standen plötzlich neben ihr, etwa zehn und acht Jahre alt. Der Größere trug ein riesiges Adler-Shirt mit einer weißen 77 auf blauem Grund und musterte sie interessiert. Der

Kleinere in Jeans und Micki-Maus-Shirt betrachtete neugierig die halb offen stehende Tür.

Überrascht blickte sich Schürer um, sie hatte die beiden nicht kommen sehen. Sie zwang sich zu einem Lächeln und machte einen Schritt zur Seite, stand nun zwischen den beiden und der Tür hinter ihr. Sie suchte nach Worten.

»Kuck mal«, sagte der Kleinere entzückt und schob sich an Schürer vorbei in das Halbdämmer unter dem Hallendach. Der Ältere blieb wie angewurzelt stehen und drehte seinen Kopf, blickte an Schürer vorbei seinem Bruder sehnsüchtig hinterher. Widerstrebend wandte sich Schürer um.

»Wie das alte Segelschiff, du weißt schon, in Bremerhaven letztes Jahr!«, rief der Kleine. Er blieb mit offenem Mund unter den geschwungenen Dachbalken stehen, legte den Kopf in den Nacken und sah an den Sparren entlang nach oben.

»Ja, sieht toll aus«, murmelte Schürer. Sie spürte den zweifelnden Blick des älteren Jungen auf sich ruhen und beobachtete nervös den kleineren, der aufgeregt unter den riesigen Dachbalken hin- und herlief.

»Was machen Sie da?«

Wie aus dem Nichts tauchte hinter Schürer auf der steilen Treppe eine junge Frau auf. Ihr blondiertes Haar ging an den Haarwurzeln in undefinierbares Braun über. Sie musterte die Fremde mindestens ebenso misstrauisch wie die beiden Jungs. Schürer zwang sich erneut zu einem Lächeln.

»Die beiden wollten einen Blick auf die Dachkonstruktion werfen«, sagte sie und wich dem fragenden Blick aus.

»Jetzt kommt«, rief die Blondierte verärgert, »wir wollten doch noch Cola und Pommes besorgen!« Nach einem letzten misstrauischen Blick nahm sie ihre beiden Söhne an die Hand und zog sie mit sich. Schon drei Schritte weiter schienen die Kinder und ihre Mutter die offen stehende Tür vergessen zu haben.

Schürer seufzte erleichtert. Sie schlüpfte in den fensterlosen Raum und versetzte dem Holzkeil einen Stoß. Er flog weit nach hinten und blieb unter einem der Dachbalken liegen. Die schwere Stahlfeder über ihrem Kopf drückte die Tür ins Schloss. Geräusche und Lichter verblassten. Schürer war eingeschlossen in einer fensterlosen Schleuse. Von hier aus ging es ein paar Stufen hoch zu einer weiteren Stahltür. Diese führte wieder hinaus in die Arena auf den Catwalk, einen schmalen Steg aus Metallträgern, Gitterrost und Stahlgeländer, der sich über die gesamte Hallenlänge dicht unterhalb des Arenadachs entlangzog.

***

Die unauffällige Frau, die so durchdringend nach Angstschweiß gerochen hatte, ließ Chris keine Ruhe. Sie winkte Heike Mehlert zu sich her, die nur widerstrebend ihren Platz einnahm. »Ich muss aufs Klo«, murmelte Chris und drängte sich an ihr vorbei, ohne auf ihren Protest zu achten. Wohin mochte die Frau verschwunden sein? Chris schob sich durch eine Gruppe gut gelaunter Adlerfans. Suchend blickte sie sich um, konnte jedoch keine Frau entdecken, die ihr bekannt vorkam. Die Verdächtige würde sie auf diese Weise vermutlich nicht finden, trotzdem mochte sie nichts unversucht lassen.

Sie machte sich auf den Weg zu dem Sitzplatz, der auf dem Ticket der Besucherin gestanden hatte. Schwer atmend quälte sie sich zwischen den Sitzrängen die steilen Stufen nach oben und verfluchte, dass sie seit Jahren keinen Sport mehr trieb. Oben angekommen blieb sie stehen und rang nach Luft. Dann ging sie langsam weiter und stand endlich in Block 404 vor dem Sitz Nummer 19, Reihe 13, dem Platz direkt am Gang. Leer. Doch die meisten Plätze lagen noch verlassen da, bis zum Beginn des Spiels war es mehr als eine Stunde hin.

Laute Musik dröhnte durch die Halle und nur im Fanblock standen vereinzelte Menschen mit riesigen Fahnen und Adlershirts. Das Piepen des Walkie-Talkies unterbrach Chris' Gedanken.

Stirnrunzelnd drehte sie das Display zu sich her. Blöd, ausgerechnet jetzt meldete sich ihr Chef.

»Ja?«, gab sie zur Antwort.

»Wo bist du?« Gerds Stimme klang verzerrt. »Du bist nicht auf deinem Posten.«

»Eine Besucherin kam mir verdächtig vor. Ich versuche sie gerade zu finden.«

»Beweg dich verdammt noch mal auf deinen Platz zurück«, dröhnte seine wütende Stimme aus dem Lautsprecher. »Ich bezahle dich nicht dafür, dass du quer durch die Halle irgendwelchen Hirngespinsten nachrennst.«

»Mit der Frau stimmt was nicht«, beharrte Chris. »Glaub mir.«

»In einer Minute bist du unten«, bellte Gerd, und ein Klicken verriet, dass er die Verbindung unterbrochen hatte.

Wütend stopfte Chris das Walkie-Talkie zurück in ihre Tasche. Gerd war ein Dummkopf, wenn er sie nicht ernst nahm. Sie sah es fast als persönliche Beleidigung, dass sie die Frau noch nicht gefunden hatte. Es waren bisher kaum Besucher in der Halle und normalerweise konnte sie sich auf ihren Spürsinn verlassen.

***

Erleichtert stellte Schürer fest, dass zwischen den Dachträgern Tageslicht durchsickerte. Sie legte sich auf den Bauch und kroch unter den Treppenaufgang. Sie musste ihren Kopf weit nach unten drücken, dann konnte sie ihre Hand nach hinten schieben, in den Winkel des Stahlträgers, der die Treppe trug. Sie griff wiederholt ins Leere. Schürer kämpfte gegen die Panik und versuchte sich zu erinnern, wo genau sie beim letzten Mal gekniet hatte. Sie kroch weiter unter die Treppe und unterdrückte einen Aufschrei, als sie sich schmerzhaft den Kopf stieß.

Mit ihrer Linken beschrieb sie immer größere Kreise auf dem kalten Metall. Endlich bekam sie die Plastiktüte zu fassen, die sie vor drei Tagen dort befestigt hatte. Sie gönnte sich einen Moment

Pause und versuchte dann, den Klebestreifen zu lösen. Immer wieder musste sie nach hinten greifen, bis sie die dünn gepolsterte Tasche endlich in der Hand hielt. Aufatmend spürte sie die vertrauten Umrisse der AK 47. In den vergangenen Wochen war sie mehrfach in der Arena gewesen und hatte Teile der Waffe in die Halle geschmuggelt. Beim letzten Mal war es ihr gelungen, die Einzelteile zusammenzubauen und in die Schleuse zu bringen.

Schürer kehrte zur Tür zurück und ging in die Hocke. Dass sie die Waffe endlich gefunden hatte, verlieh ihr neue Kraft. Die Gewehrtasche ruhte auf ihren Knien. Gedämpft drang die Stimme des Sprechers zu ihr nach hinten.

»In wenigen Minuten ist es so weit, die Mannschaften kommen gleich aufs Eis zum Warm-up.«

***

Suchend streifte Chris durch die Gänge. Vereinzelte Adlerfans kamen ihr entgegen, gefüllte Plastikteller und Becher in den Händen. Allmählich füllte sich die Arena und das eingespielte Ritual begann. Der Sprecher nannte Rückennummer und Vornamen der aufgestellten Spieler, die Zuschauer brüllten gemeinsam den Nachnamen. Die Verdächtige war vermutlich nicht zwischen den anderen Besuchern zu finden. In Gedanken klapperte Chris alle Räume ab, in denen man sich hier in der Arena verstecken konnte. Toiletten? Der Putzraum? Ihr Bauchgefühl führte sie zurück in die Halle. Ihr Blick glitt über die Sitzreihen und blieb schließlich an der Brandschutztür direkt unterhalb des Hallendachs hängen. Sie stutzte. Irgendwas war anders.

Unten in der Halle öffnete sich die Tür zu den Umkleidekabinen. Die Spieler der Mannheimer Adler stürmten auf das Eis, lautstark begrüßt von den Rängen des Fanblocks. Dort hatten sich die Stehplatzreihen zwischen den blauen Rückengittern bereits gefüllt. In den anderen Blocks lehnten vereinzelte Besucher an den Metallgeländern und beobachteten die Eisfläche. Nun kamen auch die weiß gekleideten Ice Tigers auf die Eisfläche, begleitet von lauten Buh-Rufen und Pfiffen.

Chris machte sich wieder auf den Weg nach oben und ignorierte das Seitenstechen, das bis in ihren Rücken ausstrahlte. Sie hasste es, wenn sie von irgendwas ausgebremst wurde. Sie zwängte sich durch einige Besuchergruppen in Block 402, viele trugen Kleidung in den Adlerfarben blau-weiß-rot, zugleich die Stadtfarben Mannheims.

Endlich erreichte sie die Stahltür und betrachtete kritisch die Oberfläche. Die Brandschutztür stand sonst meist offen. Trotz der Vorschriften steckte oft ein Keil zwischen Tür und Rahmen. Skeptisch musterte Chris das Sicherheitsschloss, dann blickte sie sich suchend um. Im Block nebenan tauchte zwischen den Sitzreihen eine Supervisorin auf. Chris winkte sie heran und bat sie, die Tür aufzuschließen.

***

Ein kratzendes Geräusch drang durch die Dunkelheit. Schürer riss den Kopf hoch und spürte, wie ihr Herz gegen die Rippen hämmerte. Sie schob sich hastig nach oben, trat einen Schritt zur Seite und drückte sich hinter der Tür flach gegen die Wand. Da bewegte sich schon die Stahltür auf sie zu. Aufbrausendes Stimmengewirr und ein diffuser Lichtstrahl schwappten zu ihr herein.

***

Chris hielt die Tür zur Schleuse des Catwalks auf und starrte in die spärlich erleuchtete Dunkelheit, in der sie nichts Ungewöhnliches entdecken konnte. Die Supervisorin warf ebenfalls einen Blick unter die Dachsparren und entfernte sich dann mit einem Achselzucken. Chris kniff die Augen zusammen und musterte den staubigen Zementestrich und die Treppe hoch zum Catwalk.

Ihr Blick fiel auf einen Holzkeil, der weit hinten unterhalb einer der Dachsparren lag. Ihre Nasenflügel weiteten sich. Wenn die Tür ausnahmsweise verschlossen wurde, lag der Keil nie innen, immer außen. Und selbst wenn ihn jemand nach innen geschoben hätte, würde er nicht so weit hinten liegen. Da musste man ja auf dem Bauch unter die Holzbalken robben, um den wieder zu fassen zu kriegen.

Ein Rauschen drang aus ihrem Walkie-Talkie, dann Gerds Stimme. »Beweg verdammt noch mal deinen Arsch hier runter«, tönte es aus dem Lautsprecher. »Sonst bist du deinen Job los. Du fliegst noch heute.« Seine Stimme überschlug sich.

»Schon gut, reg dich ab«, murmelte Chris geistesabwesend und schob das Walkie-Talkie zurück in ihre Jacke. Angestrengt lauschte sie in den halbdunklen Raum vor sich. Sie drückte die Tür weiter auf und blickte sich aufmerksam um. Nichts. Vielleicht hatte Gerd recht und sie war auf dem falschen Dampfer. Sie ließ die Tür wieder zufallen und machte sich auf den Weg zur Einsatzzentrale.

***

Die Schleuse versank wieder in der Dunkelheit. Schürer brauchte lange, bis sich ihr Atem beruhigt hatte. Diesmal erlaubte sie sich keine Schwäche mehr. Sie verkroch sich jenseits der Wendeltreppe hinter einem Dachbalken, wo man sie nicht mehr sehen konnte. Dort blieb sie dicht an die Dachkonstruktion gepresst stehen, die Waffe im Arm, obwohl ihr das Stehen schon nach einigen Minuten schwerfiel. Minute um Minute lauschte sie dem gedämpften Stimmengewirr, das von draußen hereindrang, an- und abschwoll und allmählich immer weiter zunahm.

***

Thomas Wagner sog tief die kalte Luft ein, schnappte sich einen der Pucks, die auf dem Eis bereit lagen, wich seinen Mitspielern aus und führte die Scheibe bis zum Tor. Dort zog er ab und glitt, ohne darauf zu achten, ob die Scheibe ihr Ziel gefunden hatte, an der Bande entlang zurück hinter die blaue Linie. Seine Muskeln glühten und er spürte, dass er in Topform war. Er war bereit für eines der wichtigsten Spiele seines Lebens. Nur wenige wussten Bescheid. Die Vancouver Canucks hatten angeklopft, einer der besten kanadischen Clubs. Endlich, er hatte es kaum fassen können, als sein Spielerberater ihn anrief. Er hatte so darauf gehofft, all die Jahre. Jeder Jungadler träumte davon, eines Tages in der nordamerikanischen NHL zu spielen. Die Saison war bisher bombig verlaufen, keiner konnte ein Spiel so gut lesen wie er. Und das machte sich jetzt bezahlt. Mit siebenundzwanzig Jahren war er auf dem Höhepunkt seiner Karriere. Wenn es wirklich klappen sollte, würde er weltweit Schlagzeilen machen. Vielleicht war heute sogar der Scout in der Halle.

Rasch warf er einen Blick nach oben auf die Ränge. Die kurze Unaufmerksamkeit kostete ihn den Torschuss. Der Pass ging vorbei. Leise fluchte er und versuchte, das Geschehen in den Hinterkopf zu verbannen. Wenn er es jetzt schaffte, nach Kanada zu wechseln, dann wäre das eine Sensation. Doch dafür musste er heute gut sein. Das wäre der beste Einstieg für die Vertragsverhandlungen, die vielleicht schon in den nächsten Tagen stattfinden würden.

»Hey Tom, was soll das!«

Wagner riss den Kopf hoch und wich einem Teamkameraden aus, dem er fast ein Bein gestellt hätte. Neben ihm tauchte Sven auf und warf ihm einen wütenden Blick zu. Wagner riss sich zusammen. Es war wichtiger denn je, dass er sich heute auf das Spiel konzentrierte. Er beschleunigte und holte sich eine weitere Scheibe aus dem Mittelkreis.

***

Als die Tür sich ein zweites Mal öffnete, war Schürer vorbereitet. Zwei Beleuchter betraten die Schleuse und kletterten, ohne sie zu bemerken, die Wendeltreppe nach oben, um schließlich hinter der Stahltür Richtung Catwalk zu verschwinden. Schürer warf einen Blick auf ihre Uhr. Noch eine halbe Stunde bis zum Beginn des Spiels. In wenigen Minuten würde die sorgfältig einstudierte Choreografie beginnen. Der blau-weiß-rote Adlerkopf des Clubs wurde mit den Verfolgerspots vom Catwalk auf die Eisfläche projiziert. Später würde das Maskottchen der SAP Arena aufs Eis gehen, ein Mensch im Hamster-Plüschkostüm, gefolgt von einer Gruppe von Kindern in voller Eishockey-Montur, Minuten später die Schiedsrichter.

***

»Ich meine es ernst«, tobte Gerd, als Chris bei ihm eintraf. Seine blonden Haare standen in alle Richtungen und seine helle Gesichtshaut hatte eine ungesunde Farbe angenommen. Gerd war ein schmächtiger Mann und seine Kleidung wirkte meist, als hätte jemand vergessen, den Kleiderbügel zu entfernen.

»Da war eine Frau, die hat was vor, da bin ich ganz sicher«, versuchte es Chris erneut. »Ich hab sie noch nicht gefunden, aber irgendwo muss sie sein.«

»Du fliegst noch heute«, erwiderte Gerd, und seine Lautstärke schraubte sich immer weiter nach oben, »wenn du nicht endlich lernst, das zu tun, was ich dir sage.«

Chris presste die Lippen zusammen.

»Kapiert?« Jetzt schrie er fast.

Verbittert starrte Chris ihn an. Eigentlich war es absurd, dabei wollte sie nur ihren Job richtig machen.

»Okay«, sagte sie schließlich und biss sich auf die Lippen. »Ganz wie du willst.«

Gerds Gesichtsfarbe wurde noch einen Ton dunkler. Chris kehrte auf ihren Kontrollposten bei Eingang D zurück, wo Heike bereits ungeduldig auf ihre Ablösung wartete. Chris nahm ihren Platz ein und wandte sich der nächsten Besucherin zu, die aufgekratzt vor ihr stand und endlich in die Arena wollte. Es waren nur noch wenige Minuten bis zum Anstoß.

***

Nach Spielbeginn kletterten die beiden Beleuchter die Wendeltreppe hinunter und verließen die Schleuse wieder. Die Minuten danach verrannen quälend langsam. Schürer verharrte eng an den Dachbalken gepresst, obwohl inzwischen ihr Rücken und die Beine schmerzten. Immer wieder sah sie auf die Leuchtziffern ihrer Uhr. Endlich war es so weit. Die ersten Schritte fielen ihr schwer, sie ging ein paarmal im Kreis, bis ihr Tritt sicher war. Sie legte das Gewehr zur Seite und lockerte die Handgelenke. Dann schloss sie ihre Finger erneut um die Kalaschnikow und steuerte die Treppe an. Nach zehn Stufen endete sie vor der Tür zum Catwalk.

Zögernd streckte sie die Hand aus und legte sie um das kalte Metall. Wenn die Tür jetzt abgeschlossen war, wäre alles umsonst gewesen. Schürer schloss die Augen und drückte die Klinke nach unten. Erleichtert stieß sie den Atem aus, als die Tür sich öffnete.

Die Geräusche schlugen fast schmerzhaft laut gegen ihr Trommelfell. Unmittelbar unter ihr lag der Fanblock und zahllose Kehlen riefen im Chor: »Schiri, Arschloch, Schiri, Arschloch.« Die Trommeln setzten ein und trieben die Lautstärke weiter nach oben. Zufrieden musterte Schürer den Gitterweg, nur wenige Meter über den Köpfen der Adler-Fans. Niemand achtete auf sie.

Der Catwalk war ein schmaler Steg, der an drei Seiten der Halle dicht unterhalb der Dachkonstruktion verlief. In Abständen führte eine schmale Metallleiter hinunter auf kleine Plattformen, die wie Wespennester unter dem Catwalk klebten. Sie waren etwa drei Quadratmeter groß und von einem brusthohen Geländer umgeben, auf dem ein Verfolgerspot verschraubt war. Von hier aus hatten die Beleuchter das Logo der Adler auf die

Eisfläche projiziert. Die erste Plattform ließ Schürer hinter sich und bewegte sich langsam an der Längsseite der Halle entlang. Die Eishockeyspieler fegten über das Eis, begleitet von den Rufen der Zuschauer. Sie konnte sich Zeit lassen. Von unten war sie kaum zu sehen, der Catwalk verlief oberhalb der Beleuchtung. Selbst wenn ein Security-Mitarbeiter sie entdeckte, würde es Minuten dauern, bis jemand bei ihr eintraf.

Wenig später erreichte sie die zweite Plattform am anderen Ende der Halle, die sich unmittelbar über dem Tor der Ice Tigers befand. Sie litt nicht an Höhenangst, trotzdem löste der Blick nach unten in Schürer ein nebliges Gefühl aus. Mit der Rechten hielt sie die Waffe fest und mit der Linken umklammerte sie das Geländer, als sie die schmale Leiter nach unten auf die Plattform kletterte. Seit Monaten trieb sie regelmäßig Sport, um diesem Moment körperlich gewachsen zu sein. Das Training machte sich bezahlt. Ihr Atem ging regelmäßig und ihre Muskeln zitterten nicht, als sie sich mit dem Rücken gegen das kalte Stahlgeländer der Plattform lehnte. Sie packte das Gewehr aus und schob die Gewehrtasche in ihre Jacke.

Schürer nahm die Kalaschnikow in den Anschlag. Sie hatte die Waffe auf Einzelfeuer gestellt und auf vierzig Meter Entfernung justiert, die ballistische Kurve der Patrone sollte also kein Problem sein. Sie ließ ihren Atem ruhig ein- und ausströmen, wie sie es hundertfach geübt hatte. Sie durfte den Zeigefinger nicht zu früh auf den Abzug legen. Sobald ihr Finger das kalte Metall berührte, würde sie ihn sanft nach hinten ziehen, in einer einzigen fließenden Bewegung – bis der Rückstoß der Waffe ihr zeigen würde, dass sie den Schuss ausgelöst hatte.

***

In der Arena war das erste Drittel in vollem Gang, die meisten Besucher saßen auf ihren Plätzen. Heike tauchte auf, um Chris planmäßig abzulösen. Auch heute hatte sie ihre dunklen Haare in einer phantasievollen Frisur um den Kopf geschlungen. Irgendwie schaffte sie es, dass sogar ihre Dienstkleidung aufreizend wirkte. Seit einem halben Jahr arbeitete sie mit Chris im Team. Die beiden hatten sich nicht viel zu sagen und ließen sich gegenseitig in Ruhe. Chris beschloss, die Schleuse zum Catwalk noch einmal zu kontrollieren. Gerd hatte sie vorhin abgelenkt und jetzt ließ sie das Gefühl nicht los, etwas übersehen zu haben. Sie kehrte in die Halle zurück und kletterte erneut zwischen den Stehplätzen nach oben. Warum nur verkroch sich jemand ausgerechnet in der Schleuse zum Catwalk? Auf einmal kam ihr ein Gedanke. Chris blieb stehen und blickte sich mit zusammengekniffenen Augen um. Die Beleuchtung blendete sie, doch dann blieb ihr Blick an einer dunklen Gestalt hängen, die regungslos auf einer der Plattformen direkt über dem Tor der Gastmannschaft verharrte. Womöglich war das die Besucherin, nach der sie die ganze Zeit Ausschau gehalten hatte. Sie schluckte und tastete nach ihrem Walkie-Talkie. Schützend schirmte sie mit der Linken die Augen ab und versuchte, die Gestalt genauer zu erkennen. Doch riesige Fahnen mit den gesperrten Nummern ehemaliger Spitzenspieler der Adler erschwerten ihr die Sicht. Endlich hatte sie das Walkie-Talkie erwischt und machte es sprechbereit. Die Trommeln der Fans ertönten, begleitet von lauten enttäuschten Rufen. Chris wartete einen Moment, bis die Lautstärke wieder etwas nachließ.

»Bin hier unter dem Catwalk«, sagte sie. »Da oben ist jemand.«

»Blödsinn.« Gerds Stimme klang dumpf.

»Glaub mir«, beharrte Chris. »Da oben steht jemand.«

»Lass den Quatsch und kümmere dich um deine Aufgaben«, blaffte es aus dem Lautsprecher. Gerd beendete das Gespräch, ohne eine Antwort abzuwarten.

Chris fluchte und schob das Walkie-Talkie in ihre Jacke zurück. Sie legte den Kopf in den Nacken und blickte grübelnd nach oben. Dann schüttelte sie sich wie ein Hund, der einen Regenguss abgekriegt hatte, und machte sich auf den Weg zum Catwalk.

***

Thomas Wagner schlenzte die Scheibe hinüber zu Sven. Der zog ihn nach einem schnellen Move ab, konnte aber diesmal den Torhüter nicht überwinden. Das Spiel lief gut und bisher war ihm noch kein Fehler unterlaufen. Wenn er so weitermachte, hatte sein Berater die beste Startposition für die Vertragsverhandlungen, die er sich denken konnte.

Wagner fuhr ins gegnerische Drittel und bekam genau im richtigen Moment den Puck auf die Kelle. Allein lief er auf den Torhüter zu. Stimmen brandeten auf, die Trommeln wurden lauter. Von hinten kam jemand näher. Er spürte nur einen kurzen Ruck, dann landete er auf dem Eis. Der Pfiff des Schiedsrichters ertönte. Penalty. Verärgert riss Wagner den Kopf hoch. Er hatte eine klare Torchance gehabt, bevor er von hinten gehakt worden war. Rasch kam er wieder hoch. Jetzt lag es an ihm, den Penalty in ein Tor zu verwandeln.

Er fuhr hinter die Mittellinie zurück und nutzte die Gelegenheit, ein paarmal durchzuatmen. Der Schiedsrichter legte den Puck zurecht und verließ den Anspielkreis. Die Menge rief seinen Namen. Seine Chance.

***

Der Metallrost unter ihren Füßen begann zu vibrieren. Schürer hob nervös den Kopf und blickte sich um. Aus der Schleuse hatte eine dunkel gekleidete Gestalt den Catwalk betreten und kam direkt auf sie zu. Unruhig blickte Schürer nach unten in die Halle, wo knapp vierzig Meter von ihr entfernt Wagner hinter der Mittellinie anlief. Das Glück war auf ihrer Seite, ein Penalty mit Wagner. Die beste Chance, die sie kriegen würde. Schürer wandte erneut den Kopf. Die Gestalt auf dem Catwalk kam unbeirrt auf sie zu. Doch im Moment war sie noch etliche Meter entfernt.

***

Chris ließ die dunkle Gestalt nicht aus den Augen. Schlagartig wurde ihr klar, dass sie eine Waffe im Anschlag hielt. Sie begann zu rennen, aber ihre Füße waren schwer wie Blei und bald brannte jeder Atemzug in ihrer Lunge wie Feuer. Unter ihr wurden die Trommeln schneller, laute Schreie ertönten, der Fanclub rief den Namen des Lokalfavoriten.

***

Wagner führte die Scheibe Richtung Tor. Er genoss die zahllosen Stimmen, die seinen Namen riefen, das hämmernde Geräusch der Trommeln. Jetzt hatte kein anderer Gedanke mehr Platz, es war nur noch wichtig, den Torhüter zu überwinden. Dieser kam aus dem Tor heraus und bewegte sich langsam wieder rückwärts. Jetzt. Wagner hob den Stock.

Da traf ihn eine unvorstellbare Wucht am rechten Schulterblatt. Thomas Wagner wurde nach vorn geworfen. Verblüfft registrierte er, dass winzige weiße Kristalle auf ihn zukamen und in alle Windungen seines Gehirns krochen. Dann prallte sein Kopf hart auf den Boden.

***

Chris war noch etwa fünfzig Meter von der Plattform entfernt, als ein lauter Knall ertönte und der einzelne Spieler nach vorn auf die Eisfläche kippte. Ihr Schritt stockte und entsetzt starrte sie nach unten. Der massige Körper schlidderte über das Eis und hinterließ eine verschmierte blutrote Spur. Die Kraft seines eigenen Anlaufs trieb den leblosen Spieler auf das Tor zu. Der Torhüter starrte wie festgefroren auf den menschlichen Körper, den die Fliehkräfte bis vor die Kanten seiner Schlittschuhe trugen. Die lauten Rufe verstummten. Eine gespenstige Stille legte sich über alle Ränge der ausverkauften Halle.

»Was machst du da oben, was machst du verdammt noch mal da oben?«

Gerds Stimme überschlug sich. Chris drehte die Lautstärke des Walkie-Talkies herunter. Von Gerd war vermutlich in den nächsten Minuten nichts Vernünftiges zu erwarten. Unter ihr erklangen hysterische Schreie, dann hob sich der Geräuschpegel explosionsartig.

Chris sah hinüber zu der Gestalt und kämpfte gegen die Angst, dass vielleicht noch weitere Menschen sterben mussten. Es gab für sie keinen Zweifel, dass der Eishockeyspieler diesen Anschlag nicht überleben würde. Chris setzte sich in Bewegung und näherte sich langsam der Plattform. Der Tumult in der Halle überlagerte alle Geräusche.

Die Person stand noch immer mit dem Gewehr im Anschlag vor dem Geländer, als wäre sie mitten im Schuss erstarrt. Erst als Chris die Plattform erreichte, kam Leben in die Gestalt. Sie nahm das Gewehr herunter und wandte sich um. Ihr Gesicht war blass, ihre Augen weit aufgerissen. Regungslos starrte sie Chris entgegen. Es war tatsächlich die Besucherin, die Chris in der ganzen Halle gesucht hatte. Das Gewehr hielt sie in ihrer Rechten, die jetzt kraftlos nach unten hing.

Fieberhaft überlegte Chris, was sie in diversen Lehrgängen gelernt hatte. Sicherheitsabstand, Ruhe bewahren, Augenkontakt. Sie blickte der Frau fest in die Augen.

»Legen Sie die Waffe ab!«, rief Chris mit lauter Stimme, um die Schreie unter ihnen zu übertönen.

Die andere stutzte, musterte die Kalaschnikow in ihrer Rechten, als fragte sie sich, wie das Gewehr dorthin gekommen war. Dann bückte sie sich und legte es vor sich auf das Gitter. Sie richtete sich wieder auf und sah Chris an. Ihr Gesicht war noch immer blass, aber ihre Augen blickten trotzig, als wollten sie sagen: Na und? Was willst du jetzt tun?

2

Die Luft im Personalraum wurde allmählich stickig. Chris hatte es sich auf dem Boden bequem gemacht und die Kopfhörer übergestülpt. Ihr MP3-Player spielte Amy Winehouse. Rechts von ihr saßen die Damen vom Schloss, wie Chris die Studentinnen nannte. Sie hatten sich Pizza besorgt und waren anscheinend wild entschlossen, sich durch die Wartezeit zu futtern. Ein paar der Männer scharten sich um einen Tisch und pokerten, andere standen draußen und rauchten.

Sie warteten bereits seit dem frühen Abend auf eine Vernehmung. Die Evakuierung der Halle hatte lediglich dreißig Minuten gedauert. Danach hatte Gerd ihnen mitgeteilt, dass niemand gehen durfte, ohne bei ihm eine Aussage gemacht zu haben. Manche murrten, doch die meisten waren eher aufgeregt als verärgert.

Inzwischen war es kurz nach Mitternacht. Heike stand schon seit Stunden draußen und rauchte Kette. Wie Chris wechselte sie ab und zu ein paar Sätze mit den anderen, blieb aber meist für sich. Chris lehnte den Kopf gegen die Wand und lauschte der Musik.

»He!« Gerd stand neben ihr und rüttelte an ihrer Schulter. Sie musste eingedöst sein. Chris schob sich widerwillig nach oben.

Gerd musterte sie finster. Seine Laune hatte sich in den vergangenen Stunden nicht gebessert. Dann wandte er sich an alle. »Ich werde jetzt einen nach dem anderen rüberholen und ihn befragen«, bellte er und blickte mit hochrotem Gesicht in die Runde. Die meisten starrten ihn neugierig an, einige nickten. »Chris ist die Erste, sie war am nächsten dran.« Er machte sich auf den Weg zur Personalküche.

Chris steckte die Kopfhörer in ihre Jackentasche und folgte ihm. Beim Eintreten spiegelte sich ihr Umriss in den Stahlfronten der Industrieküche. Gerd hatte einen weißen Resopaltisch in die Mitte geschoben, davor und dahinter standen Küchenstühle.

»Du bist raus«, sagte er und setzte sich.

»Was?«, fragte Chris und blieb wie angewurzelt stehen.

»Die Polizei hat sie verhört. Die Waffe hat sie mit deiner Hilfe in die Arena geschmuggelt.«

Sie starrte ihn sprachlos an.

»Pack deine Sachen und verschwinde«, sagte Gerd finster.

Chris stopfte beide Hände in die Taschen und blieb breitbeinig vor ihm stehen. »Von was redest du?«, fragte sie.

Gerd zog ein Blatt Papier zu sich her, auf dem handschriftliche Notizen zu sehen waren.

»Die Täterin hat zu Protokoll gegeben, dass sie in den vergangenen Wochen mehrfach in der Arena war«, las er mechanisch ab. »Außerhalb von Veranstaltungen. Dabei hat sie jedes Mal einen Teil der Kalaschnikow mitgebracht und in den Metallkästen mit den Feuerlöschern verstaut, die in der Kioskstraße angebracht sind.«

»Und?«

»Sie hat gesagt, sie kam ohne Kontrolle in die Arena, weil eine der Angestellten sie immer mit reingenommen hat. Sie hat deinen Namen genannt.«

»Ich war das bestimmt nicht«, sagte Chris verächtlich.

»Du warst oben bei ihr, unmittelbar nachdem sie geschossen hat«, fuhr er fort. »Und kurz nachdem sie die Arena durch Eingang D betreten hat, hast du deinen Posten dort verlassen.«

»Die Frau kam bei mir durch die Kontrolle und ich habe sofort gemerkt, dass mit der was nicht stimmt«, erwiderte Chris.

Gerd ließ sich nach hinten fallen. »Ja, merkwürdig, nicht?«, sagte er höhnisch.

Verärgert verzog Chris das Gesicht. »Was soll das?«, fragte sie barsch. »Sie kam mir komisch vor und ich wollte rausfinden, was mit der los ist.«

Gerd blickte sie lauernd an. »Und woher hat sie deinen Namen?«, fragte er.

Wortlos packte Chris ihre Marke und hielt sie Gerd unter die

Nase. Laut Vorschrift mussten alle Mitarbeiter der Security ein Schild mit Namen und Position deutlich sichtbar tragen.

»Ich hab dir schon zweimal aus der Patsche geholfen«, sagte Chris und fixierte ihn kühl. »Damals bei dem Jungen, der verschwunden war, und bei dem Irren mit der falschen Rohrbombe. Ohne mich hättet ihr den nie gekriegt.«

»Ja, das stimmt«, sagte Gerd gleichmütig. »aber einen Maulwurf kann ich hier nicht gebrauchen.«

»Ich bin kein Maulwurf!«, rief Chris und schlug mit der flachen Hand auf den Tisch.

Gerd schnellte nach oben und baute sich vor ihr auf.

»Du bist raus«, zischte er. »Die Polizei sagt, du hast ihr geholfen. Solche Leute will ich hier nicht haben.«

»Kann sein, dass die Frau auf diese Weise ihre Waffe hier reingeschmuggelt hat«, erwiderte Chris wütend. »Aber ich war das nicht!«

»Pack deine Sachen und verschwinde«, sagte er kalt.

Vor Wut blieb Chris die Luft weg. Gerd ließ sie nicht aus den Augen, in seinem Blick lag Triumph. Sie wandte sich ab und stürmte aus dem Raum.

»Und melde dich bei der Polizei, die wollen eine Aussage von dir!«, rief er ihr nach.

Neugierige Blicke folgten ihr, als sie in den Personalraum zurückkehrte. Heike stand noch immer mit Zigarette in der Hand vor dem Seiteneingang und beobachtete sie wortlos. Chris zerrte ihre Jacke vom Haken und lief hinaus. Wut und Ärger ballten sich in ihrem Magen zu einem unverdaulichen Knäuel zusammen.

Mit gesenktem Kopf stürmte sie zu ihrem Wagen. Der altersschwache Opel Corsa stand in der äußersten Ecke des Personalparkplatzes. Chris rutschte hinter das Steuer und brach beim Starten fast den Wagenschlüssel ab. Als sie unvermittelt Gas gab, machte der Wagen einen Satz nach vorn. Mit quietschenden Reifen bretterte sie vom Parkplatz. An der Ausfahrt der Arena wurde sie von einem Polizeibeamten durch die Absperrung gewunken.

Dahinter hatten sich bereits etliche Journalisten versammelt, die sie neugierig ansahen.

Chris lenkte ihren Wagen auf die Bundesstraße 38a. Kurz darauf erreichte sie die A 656 in Richtung Innenstadt Mannheim. Die Bäume in der Augustaanlage reckten ihre Kronen in das kalte Licht der Straßenlaternen. Weit hinten am Ende der Allee erhob sich der historische Wasserturm, das Wahrzeichen Mannheims. Er stand inmitten des Friedrichsplatzes, eine der schönsten neubarocken Anlagen Deutschlands mit Jugendstilelementen, riesigen Wasserfontänen und malerischen Arkaden.

Auf Höhe des Wasserturms wurde Chris von einer roten Ampel gestoppt. Die Fahrt hatte lange genug gedauert, um ihre Wut abzukühlen. Nachdenklich fixierte sie das rote Licht und überlegte, wohin sie eigentlich wollte. Der Gedanke, in ihren vier Wänden eingesperrt zu sein, schien ihr unerträglich. Sie beschloss, erst mal zur Polizei zu fahren und eine Aussage zu machen.

Das Polizeipräsidium lag in den L-Quadraten, in der historischen Innenstadt Mannheims, von den Einheimischen einfach »die Quadrate« genannt. Dort gab es keine Straßennamen, stattdessen trugen die Häuserblöcke Buchstaben und waren durchnummeriert.

Als die Ampel auf Grün sprang, bog Chris nach links und steuerte ihren Wagen bis zur Bismarckstraße, dann zählte sie die Blocks herunter. Das Präsidium war in L6, Hausnummer 1, untergebracht, kurz L6,1 genannt. Langsam fuhr Chris durch die zugeparkten Straßen und fand schließlich vor einem Hot-Dog-Imbiss einen Parkplatz.

Der Zivilbeamte von der Sonderkommission »Arena« brachte ihr kein besonderes Interesse entgegen. Seine Augen blickten müde und der dunkle Schatten am Kinn ließ vermuten, dass er schon die reguläre Arbeitszeit hinter sich hatte. Achtlos nahm er ihre Aussagen zu Protokoll. Der leitende Beamte kam kurz vorbei und verschwand sofort wieder, als sie beteuerte, nichts mit der Sache zu tun zu haben. Dann stand Chris auf der Straße. Sie sog die frische Nachtluft ein, als wäre sie ein Betäubungsmittel. Was für ein Alptraum.

Sie kehrte zu ihrem Wagen zurück, setzte sich hinter das Steuer und fuhr wenig später auf den Friedrichsring, der sie zur Fressgasse brachte. Die sonst so turbulente Innenstadtstraße lag nahezu verlassen im Licht der Straßenlaternen. Chris folgte ihr bis zur Rückseite des Rathauses, bog nach rechts ab und erreichte kurz darauf die G-Quadrate. Die westliche Unterstadt Mannheims hieß bei vielen Einheimischen auch »Klein Istanbul«, ein Spitzname, den die nichttürkischen Migranten des Viertels ablehnten.

Chris musste heute nicht lange um den Block kurven, bis sie an der Ecke vor der Trinitatiskirche einen Parkplatz fand. Im Dönerladen wenige Häuser weiter brannte noch Licht. Chris bestellte und suchte in ihrer Jackentasche nach ein paar Münzen. Als Amir das in Alufolie gewickelte Päckchen auf die Theke legte, grinste er. »Na, was geht?«, fragte er.

»Scheißtag«, murmelte Chris, legte das Geld abgezählt auf die Theke und griff nach dem warmen Bündel.

Er zuckte mit den Schultern und zog das Geld zu sich her.

Chris steuerte die schmale Seitenstraße von G5 an, wo ihre Zweizimmerwohnung in der dritten Etage lag, direkt über der Schneiderei von Aynur Tasfirini. Chris ließ ihre Jacke neben der Eingangstür achtlos auf den Boden fallen. Im Wohnzimmer sank sie auf das Sofa, zog die Fernbedienung zu sich her und startete den Fernseher. Sie zappte durch die späten Programme, bis sie die Nachrichten gefunden hatte.

Der Döner war noch warm. Chris war froh, endlich etwas zu essen zu kriegen. Über den Bildschirm flackerten Bilder einer Tagung, Politiker sprachen vor wehenden Fahnen in ein Mikrofon. Chris kaute und achtete nicht darauf. Endlich tauchte die gläserne Fassade der SAP Arena auf. Darüber wölbte sich das in bunten Farben beleuchtete Dach, das Chris immer an einen Muffin erinnerte. Sie griff zur Fernbedienung und zog die Lautstärke hoch.

»... in der SAP Arena in Mannheim ist heute Thomas Wagner einem Attentat zum Opfer gefallen. Wagner war einer der Stammspieler des Mannheimer Eishockeyclubs Adler und in dieser Saison in Topform. Aus Spielerkreisen war zu hören, dass er in Kürze in die US-amerikanische National Hockey League wechseln wollte, zu den Vancouver Canucks, einer der besten Eishockeyclubs weltweit. Eine unbekannte Frau schoss auf den Stürmer, als er gerade den ersten Penalty zu einem Tor verwandeln wollte.«

Chris schnaubte. Als ob es noch eine Rolle spielte, ob Wagner zur NHL wechseln wollte oder das Tor geschossen hätte. Verärgert registrierte sie, dass es keinen Hinweis zur Täterin gab. Chris zappte sich durch eine weitere Nachrichtensendung, erfuhr jedoch nichts über die Frau. Die meisten Zuschauer interessierten sich mehr für das Opfer als für die Täterin.

Chris wischte sich die Joghurtsoße von den Fingern und schob noch ein paar Kekse hinterher. Sie holte sich ein Bier aus der Küche und kehrte zurück aufs Sofa. Im Fernsehen flimmerte irgendein Film. Chris starrte auf die wechselnden Bilder und fragte sich, was sie jetzt tun sollte. Das war der beste Job, den sie je gehabt hatte. Mit Gerd war es immer schwierig gewesen, aber die Arbeit hatte ihr wirklich Spaß gemacht.

Mit einem großen Schluck leerte Chris das Bier. Stöhnend quälte sie sich hoch und ging hinüber in die Küche. Im Kühlschrank wartete noch eine Flasche. Chris schnappte sich das kalte Bier und kehrte zurück vor die Glotze. Die Nachrichtensprecherin erzählte in munterem Ton von Unruhen mit mehreren Verletzten. Chris drehte den Ton nach unten und starrte auf die Flasche in ihrer Hand. Sie hatte nicht die geringste Idee, wie es jetzt weitergehen sollte.

Am nächsten Morgen klingelte wie gewohnt der Wecker. Chris wälzte sich zur Seite und würgte den schrillen Klingelton ab. Dann rollte sie zurück und schloss erneut die Augen. Sie hatte die halbe Nacht wach gelegen und jetzt schienen ihre Lider auf den Augäpfeln zu kleben. Es war bereits gegen Mittag, als sie sich endlich aus dem Bett quälte.

Chris machte sich einen Kaffee und nahm die Tasse mit hinüber zur Couch. Vor ihr lagen noch die Reste vom Döner, daneben standen zwei leere Flaschen Bier. Chris verzog das Gesicht. Sie hatte keine Lust auf diese Endlosschleife mit Bier vor dem Fernseher und Kaffee vor den kalten Essensresten vom Vorabend. Nach der Geburt von Maike war sie mehrere Monate arbeitslos gewesen. Um nichts in der Welt wäre sie damals in die miefige Industriehalle zurückgekehrt, in der sie bis kurz vor der Geburt im Akkord Kalenderblätter zu einer Jahresübersicht zusammengeheftet hatte. Sie hatte sich vier Jahre nach der Mittleren Reife noch mal auf die Schulbank gequält und in der Abendschule die Fachhochschulreife nachgeholt. Doch das Studium der Elektrotechnik an der Fachhochschule war absolut ätzend gewesen, deshalb hatte sie es nach zwei Semestern geschmissen. Danach hatte sie nicht mehr die Kurve gekriegt und sich von Job zu Job gehangelt. Was für ein Glück, als sie nach Maikes Geburt endlich die Anstellung in der Arena gefunden hatte. Das war ihr absoluter Traumjob gewesen. Sie hatte sofort zugestimmt, als ihr oberster Boss damals vorschlug, die Ausbildung zur Fachkraft für Schutz und Sicherheit zu machen. Richtig stolz war sie gewesen, als sie nach drei Jahren Ausbildung endlich das Abschlusszeugnis in Händen gehalten hatte. Eigentlich war es nur eine Frage der Zeit gewesen, endlich zur Teamleiterin aufzusteigen. Nur mit Gerd, ihrem unmittelbaren Vorgesetzten, hatte es nie so richtig geklappt.

Chris schluckte. Sie stemmte sich hoch und leerte die Tasse im Stehen. Es war Zeit, ihre Sachen aus der Arena zu holen. Nach einer grenzwertig heißen Dusche schlüpfte sie in schwarze Cargohosen und einen hellen Kapuzenpulli. Hatte auch seine Vorteile, sich nicht mehr so fein machen zu müssen.

Im Flur streifte sie nur flüchtig ihr Spiegelbild. Ihre Augen blieben an der Zeichnung neben dem Spiegel hängen. Der einzige Schmuck in ihrer Vierzig-Quadratmeter-Wohnung. Das Bild hatte Maike gemacht, als es im Kindergarten hieß, sie solle ihre Familie malen. Regina hatte ihr eine Kopie gegeben. Drei Kreise waren zu sehen mit Augen, Nase und Mund. Aus jedem Kreis schlängelten sich vier Linien für Arme und Beine. Chris hatte es sehr berührt, dass Maike sie alle drei gezeichnet hatte: sich selbst, Regina und ihre Mutter.

Hastig zog Chris die Wohnungstür hinter sich zu und stürmte die Treppen hinunter. Im Vorübergehen warf sie einen Blick auf den Zeitungsständer vor dem Bazar, einem türkischen Lebensmittelmarkt an der Ecke. Auf allen deutschen Titelseiten prangte neben riesigen Schlagzeilen das Foto des ermordeten Eishockeyspielers. Als sie zur Trinitatiskirche kam, fand sie ihren Opel Corsa eingekeilt zwischen einem fetten Mercedes und einem alten 3er-BMW. Chris musste kurbeln, um vom Randstein wegzukommen, dann gab sie Gas.

An der Zufahrt zur SAP-Arena hatten sich inzwischen mehrere Übertragungswagen eingefunden. Chris sah die Logos etlicher Fernseh- und Radiosender, auch ausländische waren dabei. Gerd hatte einige seiner Leute abgestellt. Schulter an Schulter standen sie mit regungslosen Gesichtern den Journalisten gegenüber, die über ihre Köpfe hinweg mit riesigen Teleobjektiven die Arena fotografierten.

Einer der ehemaligen Kollegen lotste Chris durch die Gruppe neugierig blickender Presseleute. Auf dem Personalparkplatz der Arena standen eine Reihe von Polizeiwagen und neutral wirkende Transporter. In weiße Overalls gekleidete Beamte trugen geschlossene Boxen aus der Arena und verstauten sie in den Fahrzeugen. Nur vereinzelt waren Privatautos zu sehen. Laut Nachrichten durften im Moment keine Veranstaltungen mehr stattfinden. Zuerst sollte das Sicherheitskonzept der Halle überprüft werden.

Ihre Marke funktionierte nicht mehr und Chris musste am Eingang klingeln. Harald, Gerds Vertreter, öffnete die Tür. Er wirkte müde und seine Kleidung war ebenso zerknittert wie sein Gesicht. Widerstrebend begleitete er sie zum Personalraum und blieb neben ihr stehen, bis sie die Wechselklamotten und das Foto von Maike aus dem Spind gepuhlt hatte.

»Was wisst ihr über die Frau?«, fragte Chris beiläufig.

»Nicht viel«, erwiderte Harald mürrisch.

»Jetzt sag schon!« Chris stopfte eine alte Jacke in einen Müllsack und warf die Ersatzschuhe oben drauf.

»Was geht dich das an«, murmelte er.

»Ich hab wegen ihr meinen Job verloren«, brauste Chris auf.

Harald bequemte sich schließlich doch zu einer Antwort. »Die Polizei ist keinen Schritt weiter. Die ersten Befragungen haben nichts gebracht. Die Täterin verweigert jede Aussage und die Polizei hat bisher keine Verbindung zum Opfer gefunden. So wie es aussieht, haben die sich nicht gekannt und sind sich nie begegnet.«

»Wer ist sie?« Chris öffnete ihren Geldbeutel und schob das Foto ihrer Tochter hinein. Sie klemmte sich den Sack unter den Arm und kehrte zum Personaleingang zurück.

»Keine Ahnung«, erwiderte Harald genervt und wies mit der Hand auf die geschlossene Tür.

Chris warf sich den Müllsack über die Schulter und drückte die Tür auf. Harald blieb stehen, bis die Tür hinter ihr ins Schloss fiel. Als sie auf den Parkplatz zusteuerte, fiel ihr Blick auf Heike. Sie stand neben einem Seiteneingang in der Nähe des Personalraums und rauchte. Als sie Chris entdeckte, senkte sie den Blick. Chris zögerte. Dann ließ sie achtlos den Müllsack fallen und ging hinüber.

»Gerd hat mich rausgeschmissen«, erklärte sie.

»Tut mir leid für dich«, murmelte Heike, zog an ihrer Zigarette und starrte zu Boden.

»Dabei hab ich mit der ganzen Sache nichts zu tun«, erwiderte Chris.

Wortlos zuckte Heike mit den Achseln.

»Du würdest es mir doch sagen, wenn da was wäre?«, fragte Chris.

Heike wich ihrem Blick aus.

»Verdammt noch mal, wir waren ein Team!«, rief Chris wütend.

»Wenn du was weißt, sag es mir. Schließlich habe ich wegen dieser Geschichte den Job verloren!«

Heike zuckte zusammen, als hätte sie jemand geschlagen. Chris musterte sie finster. Eigentlich traute sie ihr nicht zu, dass sie der Täterin geholfen hatte, Heike war nicht tough genug. Sie hätte sich vor Angst in die Hose gemacht. Alleinerziehend, drei Kinder. Der Kerl hatte sie schon vor fünf Jahren verlassen. Nachdem er ihr das Nasenbein gebrochen hatte. Es dauerte nur wenige Wochen, bis sie wieder einen gefunden hatte, der sie mindestens so schlecht behandelte wie der erste.

Trotzig warf Heike die Kippe auf den Boden und trat sie aus.

»Ich weiß, aber dafür kann ich nichts. Ich muss hier weitermachen und will da nicht mit reingezogen werden«, erwiderte sie und wandte sich ab.

»Ich komm wieder«, rief ihr Chris nach. »Verlass dich drauf!«

Heike schlüpfte zurück in den Seiteneingang. Nach einem letzten Blick wandte sie sich ab und drückte die Tür hinter sich zu.

Niedergeschlagen kehrte Chris zu ihrem Müllsack zurück, der zusammengesunken vor dem Personaleingang lag. Sie sammelte ihre Habseligkeiten ein und ging hinüber zu ihrem Wagen.

***

Martin Bauer brütete über den Papieren für eine neue Ausschreibung. Die Stadt Mannheim wollte endlich ein Sicherheitskonzept für die zweiundfünfzig Bunker, von denen die meisten während des Zweiten Weltkriegs entstanden waren. In den vergangenen Jahren wurden einige von ihnen zu besonderen Gelegenheiten für die Öffentlichkeit zugänglich gemacht. Nicht nur Bauer bemühte sich um den Auftrag, auch etliche Mitbewerber waren dran.

Mehr als zwanzig Jahre war es her, dass Bauer sein Dienstleistungsunternehmen gegründet hatte. Damals war noch sein bester Freund Gerhard Böckler mit von der Partie gewesen. Doch keine zehn Jahre nach der Gründung hatte es Gerhard erwischt – Herzinfarkt. Er war immer ein einsamer Wolf gewesen, hatte nie eine Familie gegründet. Aus Respekt und in Erinnerung an Gerhard führte Bauer bis heute den Doppelnamen weiter, obwohl das Unternehmen längst ihm allein gehörte. Heute hatten Bauer & Böckler, von den Angestellten B&B genannt, rund hundert Mitarbeiter. Ihr Spezialgebiet waren Sicherheitsdienste, Bewachung und Ermittlungsaufträge für Unternehmen. Bauer sprach nicht gern von Detektei, schließlich jagten sie keine untreuen Ehemänner. Doch wenn ein Geschäftsmann wissen wollte, ob sein Partner heimlich Geld zur Seite schaffte, war er bei B&B genau richtig.

Bauer starrte auf die Papiere vor sich, die ihn an die Ausschreibung der SAP Arena erinnerten. Damals hatten sie das Rennen gemacht und B&B nahm einen international renommierten Sicherheitsexperten mit ins Boot, der die Strukturen der Security für die Arena aufbaute. Gerd war von Anfang an eingebunden gewesen und übernahm die Leitung des Security-Teams, als der Experte seinen Auftrag abgeschlossen hatte.

Er musste an die junge Frau denken, Chris Peters. Gerd hatte ihn gestern Abend darüber informiert, dass er sie rausgeschmissen hatte. Bauer schätzte Gerd. Er war ein fähiger Mann und mit Abstand der Beste für die Arena. Außerdem sollte er irgendwann sein Nachfolger werden und die Firma führen. Doch Chris war vom ersten Tag an ein Problem für ihn gewesen. Sie neigte zu Alleingängen, wenn sie es für richtig hielt. Und Gerd betrachtete sie als Konkurrentin, weil sie keine Lust hatte, sich ihm unterzuordnen.

Die Peters arbeitete seit fast vier Jahren für B&B. Obwohl Gerd nichts davon hielt, hatte Bauer dafür gesorgt, dass sie die Ausbildung zur Fachkraft für Schutz und Sicherheit machen konnte. Doch Gerd hatte sie immer klein gehalten und nicht zugelassen, dass sie zur Teamleiterin aufstieg.

Seine Gedanken wurden von einem Klopfen unterbrochen. Nach seinem kurzen »Ja« streckte Norma Krüger ihren Kopf durch die Tür.

»Frau Peters ist da«, erklärte seine Sekretärin.

»Bringen Sie sie in fünf Minuten rein.«

Norma verschwand wieder und hinterließ eine zarte Wolke ihres Chanel-Dufts. Bauer schob die Papiere zur Seite und trank einen Schluck Kaffee. Er hatte Gerda Hoffmann, der Personalleiterin, gesagt, sie solle die Peters zu ihm nach oben schicken, wenn sie kam, um ihre Papiere zu holen. Bauer seufzte. Was sollte er nur mit ihr machen? Sie war die beste Spürnase, die ihm je untergekommen war. Sie hatte Gerd mindestens zweimal den Arsch gerettet, als es in der Arena zu brenzligen Situationen gekommen war. Als Gerd ihm gestern den genauen Tathergang in der Arena geschildert hatte, war Bauer klar geworden, dass Peters auch diesmal vielleicht hätte eingreifen können, wenn Gerd von ihrem Alleingang nicht so genervt gewesen wäre, dass er sie zurück an die Tür kommandiert hatte. Die Infos hatte Gerd natürlich nicht freiwillig rausgerückt, aber Bauer kannte ihn gut genug, um zu wissen, wo es sich lohnte nachzuhaken.

Peters war ganz nah dran gewesen an der Täterin und hatte anscheinend bereits Verdacht geschöpft, als sie bei ihr die Kontrollen passiert hatte. Eine so gute Frau konnte er nicht gehen lassen. Wenn er sie weiter ausbildete, konnte sie eine der Besten der Branche werden. Aber sie war unfähig, im Team zu arbeiten. Sie hatte ihren eigenen Kopf und ordnete sich nur unter, wenn es ihr einleuchtete. Das hatte sie bei der Beinahe-Entführung des Jungen gerettet. Und bei der Sache mit der falschen Rohrbombe auch. Und diesmal vielleicht auch, wenn Gerd nicht so aufgebracht gewesen wäre.

Dabei konnte Bauer Gerd verstehen. Wenn er in seinem Haufen nicht für Disziplin sorgte, würde ihn niemand mehr als Chef ernst nehmen. Er hatte durchgreifen müssen – und die Geschichte mit dem Schmuggel der Waffe in die Arena war ihm gerade recht gewesen, um die Peters endlich loszuwerden. Sie würde nie ein guter Teamplayer werden. Aber es gab in einem Unternehmen in der Sicherheitsbranche genug Jobs für Einzelgänger.

Ein kurzes Klopfen, dann öffnete sich die Tür. Chris Peters kam herein. Sie war etwas um die ein Meter siebzig groß und lag vermutlich knapp über dem Normalgewicht. In ihrer dunklen Cargohose und einem bulligen Kapuzenshirt wirkte sie fast bedrohlich. Unaufgefordert kam sie zu seinem Schreibtisch und ließ sich auf den Besucherstuhl fallen.

»Sie wollten mich sprechen«, sagte sie mit ausdruckslosem Gesicht.

Bauer starrte sie grübelnd an. Schon damals, als er vor zwanzig Jahren mit Gerhard das Unternehmen gegründet hatte – sie fingen als Türsteher vor Kellerdiscos an –, hatte er davon geträumt, eine fähige Ermittlerin für Spezialaufträge zu haben. Bedarf gab es genug. Doch bevor er die Peters für so heikle Aufträge verpflichtete, musste er sicher sein, dass er sie nicht überschätzte. Und dass sie loyal war. Das war fast noch wichtiger als ihr Spürsinn.

»Sie wollten Ihre Papiere abholen«, begann Bauer.

»Hoffmann hat mich zu Ihnen geschickt«, erwiderte Chris Peters. »Sie sagte, Sie wollten mit mir sprechen.«

Bauer nickte. Er mochte diese Frau. Vielleicht gerade, weil sie anders war. Ihre Antennen nahmen alles auf, was in ihrer Umgebung passierte. Sie war perfekt als Ermittlerin.

»Ich hätte einen Job für Sie«, sagte Bauer.

Peters zog die Augenbrauen hoch.

»Diese Geschichte in der Arena ist eine Katastrophe für unser Unternehmen. Ich möchte, dass alles lückenlos aufgeklärt wird. Wie die Waffe in die Arena kam. Wie die Frau es geschafft hat, alles auszukundschaften. Wie sie da hochkam, ohne dass wir was gemerkt haben. Warum sie ausgerechnet die Arena dafür ausgesucht hat. Warum sie Wagner erschossen hat. Einfach alles.«

Peters wirkte verblüfft. »Was für eine Schnapsidee«, erwiderte sie nach einer kurzen Pause.

Bauer ignorierte ihre Antwort. »Ich möchte, dass Sie jeden zweiten Tag hier in meinem Büro auftauchen und Bericht erstatten.

Und kommen Sie der Polizei nicht in die Quere. Das ist das Letzte, was wir jetzt gebrauchen können.

Peters runzelte die Stirn und schwieg.

Bauer suchte in seinen Unterlagen. »Die Frau heißt Anita Schürer. Wohnt in der Seckenheimer Straße in der Schwetzinger Vorstadt«, las er ab. Er schob das Papier von sich und betrachtete sie ruhig. Als sie noch immer nicht antwortete, sprach er unbeeindruckt weiter. »Ich glaube nicht, dass Sie ihr geholfen haben, die Waffe in die Arena zu schmuggeln.«

Er beobachtete ein Blitzen in ihren Augen, Neugier vielleicht oder Belustigung.

»Warum?«, fragte sie.

»Für so was sind Sie viel zu intelligent«, erwiderte er.

Ihr rechter Mundwinkel hob sich. Sie lächelte.

Verblüfft starrte er sie an. »Und noch was«, sagte er. »Gerd Winterbauer weiß nichts davon. Das soll auch so bleiben.«

»Vergessen Sie's«, sagte sie, erhob sich und ging zur Tür.

»Frau Peters!«, rief Bauer ihr nach.

Peters hatte die Hand auf die Türklinke gelegt und blickte sich jetzt nach ihm um.

»Wenn Sie Ihren Auftrag erfolgreich erledigen, könnte ich mir vorstellen, dass ich Ihnen eine Stelle als Spezialermittlerin anbiete.«

»Warum wollen Sie, dass ich weiter für Sie arbeite?«, fragte sie.

»Ich kann eine gute Ermittlerin brauchen«, erwiderte er.

Als er ihren skeptischen Blick auf sich spürte, fühlte er sich durchschaut. »Und ich mag Sie«, gab er zu.

Peters blickte ihn finster an.

»Nichts weiter«, fuhr er rasch fort.

»Vergessen Sie's«, wiederholte sie ungerührt und zog die Tür hinter sich zu.

***

Chris wollte heute nicht schon wieder allein vor der Glotze enden und beschloss, ins »Helium« zu gehen. Die Szenekneipe war nur einige hundert Meter von ihrer Wohnung entfernt. Sie warf sich eine leichte Jacke über und machte sich auf den Weg. In der Grünanlage auf dem Swanseaplatz spielten ein paar Kids im Halbdunkeln Fußball. Die robusten Jalousien des »Café Filsbach« glänzten silbern im Licht der Straßenlaternen.

Ein Fußweg führte Chris an Sträuchern vorbei in die J-Quadrate. Wenige Minuten später betrat sie durchgefroren den Gastraum des »Helium«. Es war noch früh und nur zwei der Tische waren besetzt. Sie orderte schon beim Eintreten ein Hefeweizen und klemmte sich mit ihrem Handy hinter einen Ecktisch. Es war eine gute Gelegenheit, ein paar SMS zu schreiben und das Postfach aufzuräumen.

Als sie nach einer Stunde wieder aufsah, waren fast alle Tische besetzt. Chris winkte den Kellner heran und bestellte noch ein kleines Bier, das er nur drei Minuten später auf dem Bierdeckel vor ihr abstellte. Beim ersten Schluck kitzelte sie der Schaum an der Oberlippe. Als sie das Glas abstellte, fiel ihr Blick auf eine Dreiergruppe, die es sich gerade zwei Tische weiter bequem machte.

Zwei der Frauen waren ein Paar, die andere schien eine Freundin zu sein. Chris beobachtete, wie die drei scherzten, weil die Dritte sich nicht so recht entscheiden konnte, welchen der Stühle sie nehmen sollte. Endlich setzte sie sich und landete genau in ihrem Blickfeld. Ihre Blicke trafen sich, die Frau grinste sie an. Sie hatte einen blonden Wuschelkopf und trug abgewetzte Handwerkerhosen. Chris musste unwillkürlich lächeln, dann wandte sie sich wieder ihrem Archiv alter SMS zu.

Gegen zweiundzwanzig Uhr nahm sie den letzten Schluck und verstaute ihr Handy in der Innentasche ihrer Sportjacke. Sie warf sich die Jacke über und schob sich durch das Gedränge bis zur Theke, um ihre Zeche zu bezahlen. Bevor sie das »Helium« verließ, warf sie noch einmal einen Blick zum Tisch der Dreiergruppe.

Die unbekannte Frau mit dem blonden Wuschelkopf fing ihren Blick auf und lächelte. Chris legte den Kopf zur Seite und grinste flüchtig.

3

Am nächsten Morgen klingelte ihr Wecker wieder um sieben Uhr. Chris stöhnte und tastete nach dem Schalter, bis das durchdringende Piepsen endlich aufhörte.

Sie stand auf, duschte, schlüpfte in bequeme Klamotten und verließ ihre Wohnung. Sie warf nur einen flüchtigen Blick auf den Zeitungsständer vorn an der Ecke. Noch immer war der Mord Thema Nummer eins auf den Titelseiten. Zwei Querstraßen weiter gab es einen hervorragenden türkischen Bäcker. Chris kaufte zwei Sesamkringel und ein Fladenbrot. Beides warf sie in ihrem Corsa auf den Beifahrersitz und ließ die G-Quadrate hinter sich. Sie folgte der Brücke hinter dem Theresienkrankenhaus über den Neckar. Einige Minuten später tauchte links in Leuchtfarben der Schriftzug von Alstom auf, einem Turbinenwerk, rechts die Bauten von ABB, einem Konzern für Energietechnik. Es dauerte nur zehn Minuten, bis Chris die Nelkenstraße in Käfertal erreichte, wo Regina und Maike in einem Mehrfamilienhaus wohnten.

Maike erwartete sie bereits und hüpfte in ihre Arme.

»Chris«, juchzte sie, »Chrissy, Chrissy, Chrissy!«

Lächelnd drückte Chris ihre Tochter an sich. Kaum zu glauben, dass sie schon vier Jahre alt war. Sie war klein für ihr Alter und wirkte zart, fast zerbrechlich. Ihre widerspenstigen rotbraunen Haare kräuselten sich in alle Himmelsrichtungen, seit Regina ihr erlaubt hatte, sie wachsen zu lassen.

Chris stellte Maike wieder auf den Boden und umarmte auch Regina. Ihre ehemalige Lebensgefährtin war eine schöne Frau mit ebenmäßigen Gesichtszügen, einem freundlichen Lächeln und strahlenden Augen.

»Komm rein«, sagte sie, nahm die Tüte mit dem Sesamkringel und dem Fladenbrot entgegen und ging voran ins Esszimmer ihrer kleinen Wohnung. Chris folgte ihr.

Es tat heute noch weh, dass die Beziehung zwischen ihr und Regina nicht gehalten hatte. Sie hätte Maike eine intakte Familie gewünscht. Jetzt gehörte sie zu den Scheidungskindern, wie so viele andere auch. Wenigstens kamen sie und Regina gut miteinander klar, darauf war sie stolz.

»Ich hab einen Kuchen gebacken«, erzählte Maike aufgeregt und nahm sich einen halben Sesamkringel. »Der hat Mama super geschmeckt.«

»Das ist toll«, erwiderte Chris und lachte.

»Wir haben einen Karottenkuchen gebacken«, bestätigte Regina mit einem Schmunzeln.

»Mit richtigen kleinen Karotten oben drauf«, strahlte Maike und hielt Regina den Kringel hin, damit sie ihn mit Frischkäse bestrich.

»Das hat bestimmt lecker geschmeckt«, sagte Chris.

»Richtige kleine Karotten«, wiederholte Maike stolz, »aus Marsipan.«

»Marzipan, mein Schatz«, sagte Regina und schob ihr den bestrichenen Kringel auf den Teller.

Maike biss genussvoll hinein.

Regina und Maike lebten in Käfertal und Chris besuchte die beiden immer an ihrem freien Dienstag und jedes zweite Wochenende. Kurz nach ihrer Trennung hatten sie sich darauf geeinigt, dass Maike in ihren ersten Lebensjahren nicht zwischen den Wohnungen pendeln sollte. Für Chris war es kein Problem, Maike bei Regina zu besuchen und von dort aus mit ihr etwas zu unternehmen.

Als sie nach dem Frühstück den Tisch abräumten, waren die Frauen für ein paar Minuten allein in der Küche.

»Sie haben mich rausgeschmissen«, sagte Chris leise.

»Was?« Entsetzt fuhr Regina herum und fegte dabei einen der Teller herunter.

Chris fing ihn auf und stellte ihn auf die Theke.

»Wegen des Anschlags auf den Eishockeyspieler?«, fragte Regina. Sie zog den Teller zu sich herüber und schob ihn in die Spülmaschine.

Chris nickte. »Gerd hatte ja schon immer ein Problem mit mir. Jetzt hat er die Gelegenheit genutzt«, sagte sie und fragte sich, ob die Zeitungen wohl darüber berichten würden, dass sie angeblich der Täterin geholfen hatte.

»Du weißt, dass ich genug verdiene, um Maike und mich durchzubringen«, erwiderte Regina.

»Ich weiß«, antwortete Chris finster.

Regina warf ihr einen besorgten Blick zu. Maike kam in die Küche getrottet und blickte ängstlich zwischen beiden hin und her. Chris zwinkerte ihr zu und hob sie auf den Tresen. Maike ließ zu, dass sie ihr altes Spiel mit der Schnecke, die über ihren Arm kroch, spielten. Als die Schnecke ihren Hals erreichte, kreischte sie vor Vergnügen, doch ihr Blick blieb wachsam.

»Du hast einen neuen Auftrag?«, fragte Chris.

Regina nickte. »Kann ich dir gleich zeigen, wenn du magst«, sagte sie. »Ein Computerspiel.«

Chris stapelte die Tassen in die Spülmaschine.

»Die Zeichnungen sind ziemlich anspruchsvoll, soll ein üppiger Zauberwald werden«, erzählte Regina.

Chris klappte die Tür zu und wischte den Tresen ab.

»Wie lange?«, fragte sie. Am Anfang ihrer Beziehung war sie verblüfft gewesen, wie viel Regina als freiberufliche Computer-Grafik-Designerin verdiente. Vor allem, seit sie Illustrationen für Computerspiele und Comics entwarf. Chris hoffte, eines Tages auch von sich sagen zu können, dass sie einen guten Job machte und genug Geld verdiente.

»Das müsste mindestens ein halbes Jahr Arbeit sein«, sagte Regina. »Wahrscheinlich mehr.«

»Das ist gut«, erwiderte Chris gedehnt.

Maike rutschte vom Tresen und baute sich neben ihrer Mutter auf. Chris lächelte, nahm die Hand ihrer Tochter und nickte Regina zu. Als sie das Treppenhaus erreichten, hüpfte Maike neben ihr laut plappernd die Treppen hinunter.

Auf dem Spielplatz stürzte sich Maike auf die Schaukel. Chris durfte sie nicht anschubsen, aber sie sollte vor ihr stehen bleiben, damit Maike in ihre Arme springen konnte. Nun war das kleine Drehkarussell dran und Chris gab sich redlich Mühe, es in Schwung zu bringen. Anschließend zog Maike sie hinüber zum Sandkasten. Chris setzte sich auf die Bank gegenüber. Sie war froh, sich ein paar Minuten ausruhen zu können.

Quer über die Rasenfläche kamen eine Frau im Businessdress und ein Mädchen in Maikes Alter in modischer Freizeitkleidung auf sie zu. Als das Mädchen Maike im Sand sitzen sah, entzog sie sich ihrer Mutter und hüpfte hinüber. Die beiden Mädchen begrüßten sich freudig, sie schienen sich zu kennen. Die Frau im grauen unauffälligen Kostüm setzte sich auf die Bank und musterte Chris neugierig.

»Schön heute«, begann sie unverbindlich.

Chris murmelte etwas Unverständliches und zog ihr Handy aus der Tasche. Sie startete ein Spiel, das mit lautem Klimpern begann. Die andere seufzte und rutschte in eine bequeme Haltung.

Bis auf die Töne aus Chris' Handy war es ruhig. Aus der Ferne drangen Motorengeräusche zu ihnen. Die hellen Stimmen der beiden Kinder waren weithin zu hören. Nachdem sie über Sandkuchen und den Geschmack von Marzipan gesprochen hatten, wandte sich das Gespräch anderen Dingen zu.

»Meine Mami beschützt die Arena, damit dort nichts passiert«, erklärte Maike. »Sie ist ... ist ...«

Hilfesuchend blickte sie hinüber zu Chris. Ein neugieriger Blick der Frau neben ihr streifte sie.

»Ich bin beim Objektschutz«, half Chris ihrer Tochter und ergänzte mit Blick auf die Frau neben sich, »und beim Veranstaltungsschutz.«

»Objektschutz«, wiederholte Maike und strahlte Chris an.

Chris brachte es nicht fertig, ihr zu sagen, dass sie seit gestern nicht mehr dazugehörte.

»Sie konnten den Mord nicht verhindern«, stellte die Mutter von Maikes Gesprächspartnerin trocken fest.

Schweigend sah Chris den beiden Mädchen zu, die nun begannen, eine Sandburg zu bauen.

»Wird denn das Security-Personal nach so einer eklatanten Sicherheitslücke nicht ausgewechselt?« Noch immer musterte die andere Chris neugierig. »Kostet das nicht ein paar Leute ihren Job?«

Chris blickte die Frau neben sich an. Wenn sie jetzt erzählte, dass sie seit gestern nicht mehr für B&B arbeitete, würde niemand daran zweifeln, wo die Sicherheitslücke zu suchen war.

Maike hob den Kopf und sah zu ihnen herüber. In ihren Augen lag unerschütterliches Vertrauen.

»Nein«, erwiderte Chris rasch. »Bauer & Böckler klärt das restlos auf. Wenn Fehler in den eigenen Reihen begangen wurden, werden wir dafür sorgen, dass das nie wieder passiert.«

Maike strahlte und wandte sich ihrer Sandburg zu. Die andere Frau öffnete den Mund. Chris stand auf.

»Komm Maike«, rief sie, »wir müssen los!«

Fröhlich hüpfte Maike zu ihr hinüber. Sie schob ihre warme, sandige Hand in die ihrer Mutter und sah vertrauensvoll zu ihr hoch. Chris spürte eine Welle von Zuversicht und Wärme. In diesem Moment wünschte sie sich inbrünstig, Maike niemals zu enttäuschen.

Gemeinsam kehrten sie in die Wohnung zurück. Maike begrüßte überschwänglich ihre Puppe und erzählte ihr strahlend von der Sandburg.

»Können wir die Termine für die nächsten Wochen kurzfristig ausmachen?«, fragte Chris. »Ich weiß noch nicht, wie es jetzt weitergeht.«

Regina saß vor ihrem Computer und studierte eine Zeichnung. Sie hob nur kurz den Kopf. »Klar«, sagte sie geistesabwesend und wandte sich wieder dem Bildschirm zu. »Willst du mal sehen?«, rief sie Chris über ihre Schulter zu.

Als Chris neben sie trat, holte sie mit ein paar Klicks eine verwunschene Märchenwelt auf den Bildschirm. Hoch aufragende Baumwurzeln, knorrige Stämme, bunte riesige Blüten und dunkelgrüne Farne tummelten sich dicht an dicht.

»Alles noch Entwürfe«, erklärte Regina.

»Sieht gut aus«, bestätigte Chris und legte ihr aufmunternd die Hand auf die Schulter. Als Regina überrascht den Kopf drehte, zog sie sie hastig zurück und stopfte sie in die Hosentasche.

»Muss los«, erklärte sie schnell und ging hinüber zu Maike, die sich heute kaum trennen mochte.

Unten angekommen, überquerte sie die Straße und ging hinüber zu ihrem Wagen. Grübelnd rutschte sie hinter das Steuer und starrte auf die Motorhaube. Dann griff sie nach ihrem Handy, wählte die Nummer von B&B und ließ sich mit Bauer verbinden. Drei Sekunden später hatte sie ihn am Apparat.

»Ja?«, sagte er knapp.

»In Ordnung«, sagte Chris. »In zwei Tagen bin ich bei Ihnen und gebe Ihnen den ersten Bericht.«

»Gut«, erwiderte Bauer und legte auf.

***

Vor einem Mehrfamilienhaus in der Seckenheimer Straße brachte Chris ihren Wagen zum Stehen. Das Wohnhaus war wie viele angrenzende Häuser im Jugendstil gebaut worden. Chris stieg aus und suchte auf dem Klingelschild den Namen, den Bauer ihr genannt hatte: *Schürer*. Sie trat einen Schritt zurück und sah hinauf zur Fensterreihe im vierten Stock. Wahllos drückte sie auf mehrere Klingeln, bis jemand den Türöffner betätigte. Chris ließ sich beim Treppensteigen Zeit. Als sie atemlos vor der Wohnungstür von Anita Schürer ankam, musterte sie das Siegel der Polizei, das schräg über den Spalt zwischen Tür und Türstock klebte. Hätte sie sich eigentlich denken können.

Kurz dachte sie darüber nach, das Siegel zu ignorieren und mit einem Dietrich die Tür zu öffnen. Jetzt bereute sie es, dass sie so wahllos auf die Klingeln gedrückt hatte. Irgendjemand aus dem Haus hatte bestimmt nach unten gesehen und konnte sie beschreiben.

Chris beschloss, dass sie der Polizei nicht noch mehr Grund für Verdächtigungen liefern wollte. Sie wandte sich ab und stieg die abgetretenen Treppenstufen wieder nach unten. Sie hatte den Zwischenabsatz im vierten Stock mit dem zerfetzten Che-Guevara-Plakat fast erreicht, als sich geräuschvoll die Tür von Schürers Nachbarwohnung öffnete. Chris blieb stehen und sah sich um. Ein Mann musterte sie neugierig von oben bis unten.

»Sie wollten zu Anita Schürer«, sagte er. Das war keine Frage, sondern eine Feststellung.

Chris beobachtete ihn wortlos.

»Gestern Abend war die Polizei da und hat die Wohnung versiegelt«, sagte Schürers Nachbar im Plauderton und zupfte ein unsichtbares Stäubchen von seinem dunkelroten Kaschmirshirt.

»Hab's gesehen«, antwortete Chris und musterte ihn kritisch.

»Ist ihr was passiert?« Neugierig erwiderte er ihren Blick.

Er war höchstens dreißig Jahre alt und roch nach teurem Rasierwasser.

»Sie ist im Gefängnis«, sagte Chris, »hat gestern in der SAP Arena einen Mann erschossen.«

Der Mann riss vor Staunen die Augen auf. »Das hätte ich ihr nicht zugetraut«, sagte er und unterdrückte ein Grinsen. »Hab mich schon gewundert, was sie eigentlich den ganzen Tag macht. Ist ja gerade mal fünfzig Jahre alt und hat mir kurz nach ihrem Einzug erzählt, dass sie sich für Eishockey interessiert. Aber später hat sie nie mehr davon gesprochen. Ist immer nur gekommen und gegangen, ohne dass man wusste, was sie so macht.« Seine

Augen leuchteten. »Man glaubt es nicht, einen Mord«, wiederholte er fasziniert.

Zweifelnd sah Chris ihn an. Noch so eine schräge Type, dachte sie und stieg weiter die Treppe hinunter.

»Wissen Sie«, rief er hinter ihr her, »damals ist sie sogar bei einem Spielerberater gewesen, Stefan Weymann, Rechtsanwalt hier in Mannheim!«

Chris stutzte. Sie blieb stehen und wandte sich um. Von oben erklangen Schritte, dann tauchte der Mann auf dem Treppenabsatz auf. »Ich kenne ihn, hab mal einen Vortrag von ihm gehört über die Arbeitsmöglichkeiten als Spielerberater.« Seine Augen glänzten ungesund. »Ich hab mich damals schon gewundert, was sie ausgerechnet von dem will«, sprach er weiter und grinste sie verschwörerisch an. »Als sie von ihm zurückkam, hat sie auch nie wieder von ihm gesprochen, obwohl ich sie nach ihm gefragt habe. Danach hat sie sich total verändert und es war nicht mehr die Rede von Eishockey, hat es einfach wieder vergessen oder was weiß ich, dabei hat sie kurze Zeit später ihre Stelle als Laborärztin bei BASF gekündigt.«

Chris nickte aufmunternd und ließ zu, dass er mehrere Minuten auf sie einredete. Dann bemerkte sie erste Anzeichen von Bedauern in seinen Augen, was ihr verriet, dass er keine weiteren Informationen für sie hatte.

»Ich muss jetzt gehen«, sagte sie dann und setzte sich wieder in Bewegung.

Als der Mann Anstalten machte, ihr erneut zu folgen, hielt sie ihm die ausgestreckte Hand vors Gesicht.

»Stopp«, sagte sie.

Er blieb entrüstet stehen, was ihn nicht davon abhielt, weiterzusprechen. Chris setzte sich wieder in Bewegung.

»Ich meine, BASF!«, rief er hinter ihr her. »Man stelle sich vor, der beste Arbeitgeber hier im Umkreis, und nach mehr als zwanzig Jahren kündigt sie und bereitet einen Mord vor. Man denke nur, einen Mord ...« Seine Stimme wurde leiser.

Endlich hatte Chris die Haustür erreicht und stieß sie auf. Helles Sonnenlicht flutete herein und brachte einen Schwall herbstlicher Luft mit.

»Passen Sie doch auf«, sagte eine dunkle Männerstimme neben ihr.

Verblüfft sah sich Chris um und erblickte einen Mann neben sich, der gerade seine Hand mit dem Schlüssel sinken ließ.

»Wir kennen uns«, sagte er und musterte sie mit finsterem Blick. Breite Nase, tiefe Falten auf der Stirn, Tränensäcke. Der Polizist, der vorgestern bei ihrer Aussage kurz reingesehen hatte, Hauptkommissar Gärtner.

»Sie kannten sie also doch«, knurrte er misstrauisch.

»Nein«, erwiderte Chris knapp. Dann ließ sie ihn stehen und kehrte zu ihrem Wagen zurück.

***

Wieder stand sie auf dem Catwalk unter dem Dach der Arena und versuchte, die Frau zu erreichen, bevor sie den Eishockeyspieler vom Eis fegte. Verzweifelt kämpfte Chris um jeden Schritt, doch ihre Füße schienen in tiefem Morast zu stecken und es kostete sie unendlich viel Kraft, auch nur ein Bein zu heben. Ihr Herz schlug schneller, Schweißperlen bildeten sich auf ihrer Stirn und sie begann zu keuchen. Die Strecke zwischen ihr und der Schützin wurde immer länger, ein Schluchzen entrang sich ihrer Kehle, als sich der Steg im Unendlichen verlor und die Gestalt der Frau mit dem Gewehr immer blasser wurde. Chris zuckte zusammen, ein Schuss fiel und das Echo hallte in ihren Ohren nach, es fiel noch einer und noch einer und am Ende schien es eine ganze Salve zu sein, die nie wieder aufhören wollte.

Nur ganz allmählich lichtete sich der Schleier und die Gewehrschüsse gingen über in das monotone Piepen ihres Weckers. Chris grunzte und wälzte sich hinüber, stoppte ihn schließlich mit einem Schlag der Linken. Die Digitalanzeige zeigte sieben

Uhr. Chris rollte auf den Rücken und während die Bilder langsam verblassten, kämpfte sie gegen das Gefühl, versagt zu haben. Sie stemmte sich hoch und ging hinaus in den Flur. Im Dämmerlicht betrachtete sie im Spiegel die Konturen ihres nackten Körpers. Dass sie während der Schwangerschaft zugenommen hatte, störte sie nicht weiter. Doch ihr ging immer häufiger die Luft aus und selbst die wenigen Stufen hoch in ihre Wohnung machten ihr zu schaffen.

Ihr Blick blieb an der Zeichnung von Maike hängen. Drei Kreise, drei Gesichter. Regina, Chris, Maike. Das stand in Reginas Schrift darunter. Und das Datum: 3. November. Ein halbes Jahr alt, da war Maike gerade vier geworden. Sie und Regina hatten sich auf einer Party kennengelernt. Die ersten beiden Jahre hatten sich phantastisch angefühlt. Sie waren füreinander die große Liebe gewesen. Keine Sekunde hatten sie gezweifelt, als sie zusammenzogen und sich verpartnerten, dann die Entscheidung für ein Kind. Schnell waren sie sich einig gewesen, dass Chris die leibliche Mutter sein sollte. Maike war das Beste, was ihr bisher im Leben passiert war. Chris dachte an den Blick, mit dem Maike sie auf dem Spielplatz angesehen hatte. Wärme breitete sich in ihrer Brust aus und erreichte ihre Kehle.

Sie räusperte sich und wandte sich ab. Duschen, Zähne putzen, ein paar bequeme Klamotten. Sie hatte keine Lust auf Frühstück, trank nur eine Tasse Instantkaffee im Stehen, schnappte sich den Wohnungsschlüssel und ging nach unten.

Ein Fitnessstudio kam für sie nicht infrage. Gestylte Menschen und pausenlos quatschende Personal Trainer waren ihr ein Gräuel. Chris wechselte die Straßenseite und bog zwei Häuserblöcke weiter in den Innenhof eines heruntergekommenen Mietshauses, das früher mal eine Schule gewesen war. Auf der anderen Seite des Hofs steuerte sie auf eine verzogene Metalltür zu. Zwischen den verbogenen Metallspeichen hing gelbstichiges Sicherheitsglas.

Chris zog die Tür auf und machte ein paar Schritte in die alte Sporthalle, die verlassen vor ihr lag. Als sie ein Geräusch hörte, blickte sie sich suchend um. Sie entdeckte eine schwarz gekleidete Gestalt, die im hinteren Teil der Halle einen Stapel bunter Trainingsmatten sortierte. Mit Schwung zerrte sie die kreuz und quer liegenden Matten vom Boden, um sie auf einem Stapel ordentlich zu schichten. Chris trat näher und erkannte Nermin, die Besitzerin des Boxclubs.

»Morgen«, sagte Chris.

Die Kickboxerin warf einen Blick über die Schulter und zerrte eine weitere Matte auf den Stapel. Chris wusste, dass sie sich seit einiger Zeit die Halle mit einer Band teilte, die für gelegentliche Auftritte probte.

»Ich möchte hier trainieren«, sagte Chris und trat neben Nermin. Sie ergriff das herunterhängende Ende der Matte. Nermin musterte sie irritiert und ließ zu, dass Chris ihr half. Gemeinsam beförderten sie die schlaffe Masse auf den Stapel.

Sie kannten sich vom Sehen. Nermin war einen Kopf kleiner als Chris und schmächtig. Man sah es ihr nicht an, dass sie ehemalige Deutsche Meisterin im Kickboxen war. Chris hatte sie schon einige Male auf den Frauendiscos gesehen. Dort hing Nermin immer bei der DJane herum, einer Cousine von ihr und Kurdin wie sie. Kaum eine in der Szene, die Nermin nicht kannte. Doch meist sprach sie mit keiner, trank ein Bier und ging wieder. Chris mochte sie, obwohl sie stets abweisend wirkte.

»Warum bei mir?«, fragte Nermin und wischte sich die Stirn.

»Warum nicht?«, erwiderte Chris und grinste.

Die beiden Frauen standen sich schweigend gegenüber. Die Kickboxerin musterte sie mit zusammengekniffenen Augen. Chris erwiderte ihren Blick. Die Heizungsrohre summten.

»Schwergewicht«, stellte Nermin trocken fest, und ein tiefer Atemzug hob ihre Brust.

Chris grinste. »Ja, mag sein«, sagte sie. »Ist ja wohl kein Problem, oder?«

»Nö«, erwiderte Nermin. »Ist nur gut zu wissen, in welcher Klasse man antritt.«

»Können wir gleich loslegen?«, fragte Chris.

»Klar«, erwiderte Nermin und förderte mit Schwung einen Stapel der Trainingsmatten zurück auf den Hallenboden. »Du fängst mit ein paar Liegestützen an, anschließend Seilspringen. Damit du warm wirst.« Sie verschwand hinter einer zerkratzten Tür und drückte Chris kurz darauf ein Springseil in die Hand. »Zehn Minuten warm machen sollten fürs Erste reichen«, sagte sie. »Danach zeige ich dir, wie man am Sandsack trainiert.«

Als Chris die Sporthalle wieder verließ, fühlte sie sich müde, aber gut. Sie holte sich beim Bäcker gegenüber einen Kaffee auf die Hand und ein belegtes Brötchen. Kauend ging sie direkt zu ihrem Wagen, sie roch zwar leicht nach Schweiß, aber das würde sich legen.

Was hatte der Nachbar der Täterin gestern erzählt? Sie war bei einem Spielerberater gewesen, vor zwei Jahren schon. Wie hatte der Kerl noch geheißen? Den warmen Kaffeebecher klemmte Chris in die Mittelkonsole ihres Corsa, dann fiel es ihr wieder ein. Weymann, so hatte der Mann geheißen, laut Schürers Nachbar ein Rechtsanwalt. Sie zog ihr Handy aus der Tasche und gab den Namen ein. Google brachte ihr verschiedene Treffer, doch erst bei der dritten möglichen Schreibweise des Namens wurde Chris fündig. Er hatte eine Kanzlei in der Nähe vom Rosengarten. Hinter diesem Namen verbarg sich das große Kongresszentrum Mannheims, das in einem Jugendstilgebäude auf der Höhe des Wasserturms untergebracht war.

Chris startete den Motor und fuhr los, musste jedoch gleich wieder abbremsen. Ein Mini hatte ihr die Vorfahrt genommen. Sie hupte, wendete dann den Opel und fuhr auf den Innenstadtring. Fünf Minuten später hatte sie den Wasserturm erreicht und umkurvte die Grünanlage auf dem Friedrichsplatz. Der Brunnen für die Wasserspiele war noch leer und präsentierte seinen fleckigen Boden der Vorfrühlingssonne. Chris bog in die Stresemannstraße und erwischte in einer der kleinen Seitenstraßen vor einer Gründerzeitvilla einen Parkplatz. Dann machte sie sich auf den Weg zum Bürohaus am Rosengartenplatz. Im Erdgeschoss des lang gestreckten Baus waren kleinere Geschäfte untergebracht, in den höher gelegenen Stockwerken befanden sich etliche Büros und Kanzleien. Neben einem Briefmarkenladen war auf einem der Klingelschilder der Name Weymann zu lesen. Darüber hingen Messingtafeln mit verschiedenen Namen und gewichtigen Titeln, doch der Spielerberater tauchte nicht auf.

Mit einem Summen öffnete sich die Eingangstür. Chris folgte der Treppe in den vierten Stock, wo die Tür angelehnt war. Dahinter erwartete sie ein dämmriger Flur, von dem mehrere Türen abgingen. Chris trat ein und schritt über die dunkelblaue Auslegware nach hinten. In der Mitte des Gangs stand ein schmaler Schreibtisch quer, der Stuhl dahinter war leer. Suchend blickte sich Chris um.

Eine männliche Stimme drang aus der halb offenen Tür eines angrenzenden Raums: »Kann ich Ihnen helfen?«

Chris folgte der Stimme und betrat einen fensterlosen Raum. Im grellen Licht der Neonröhren standen Regale mit zahlreichen Büchern, Ordnern und Pappumschlägen. Ein intensiver Geruch nach alten Büchern und ungelüfteten Kleidern hing in der Luft. Chris musste ein paar Schritte in den Raum hineingehen, bis sie auf der Leiter einen Mann entdeckte, der unter der Zimmerdecke Bücher einsortierte.

»Ich möchte gern mit Herrn Weymann sprechen.«

Der Angesprochene zögerte und kletterte dann umständlich die Sprossen nach unten. Die letzten beiden Stufen nahm er mit einem Sprung und landete direkt neben ihr. Der Mann war älter, als Chris auf den ersten Blick vermutet hatte, vielleicht Mitte zwanzig. Seine linke Kopfhälfte war rasiert, während das Haar der anderen Hälfte in leuchtend blauen und grünen Strähnen bis auf seine Schultern hing.

»Ich seh mal eben nach«, erklärte er betont lässig und schwenkte die Haare der rechten Kopfhälfte mit einer kreisenden Kopfbewegung nach hinten. Wippend ging er zu seinem Schreibtisch im Gang und schnippte mit Daumen und Zeigefinger gegen die Maus, sodass der Bildschirm vor ihm zum Leben erwachte. Seine Finger huschten über der Tastatur, dann blickte er auf den Bildschirm.

»Im Moment hat er keinen Termin«, sagte er und tippte auf den Bildschirm. »Ich frag mal, ob er Zeit für Sie hat.« Er drückte mit dem linken Zeigefinger einen Knopf auf dem Telefon und griff zum Hörer.

»Eine Besucherin ist da und möchte Sie sprechen«, sagte er und lauschte dann in den Hörer. Dann runzelte er die Stirn und warf Chris einen prüfenden Blick zu. »Presse?«, fragte er mit gedämpfter Stimme, ohne den Hörer vom Ohr zu nehmen.

Chris schüttelte den Kopf.

»Nein«, wiederholte der Mann, lauschte erneut und schüttelte zugleich den Kopf. Bei jeder Kopfbewegung schwangen die blauen und grünen Haarsträhnen wie ein zerfledderter Vorhang mit.

»Sie können reingehen«, sagte er, legte den Hörer zur Seite und deutete unbestimmt in den wenig beleuchteten Gang. Dann lächelte er zufrieden und kehrte zu seiner Leiter zurück. Chris machte ein paar Schritte in den Gang hinein. »Welche Tür?«, rief sie über ihre Schulter zurück.

»Dritte Tür links«, erklang es dumpf von oben.

Stumm zählte sie die Türen herunter, blieb schließlich stehen und klopfte. Dann drückte sie die Klinke, ohne auf eine Antwort zu warten.

Prüfend blickte der Mann hinter dem Schreibtisch auf. Er trug einen weißen Vollbart, darüber eine großformatige Brille mit Silbergestell. Haarfarbe und Figur des Mannes erinnerten Chris an einen Weihnachtsmann, nur der strenge Zug um seine Lippen passte nicht.

»Chris Peters«, sagte sie, »Security SAP Arena. Ich möchte Sie etwas fragen.«

Peter Weymann musterte sie kurz und wies dann auf den Besucherstuhl vor seinem Schreibtisch. Chris setzte sich und sah nach unten, als ihre Füße gegen etwas Weiches stießen. Unter dem Schreibtisch lag ein Rottweiler, der sie mit wachen Augen beobachtete.

»Was wollen Sie von mir?«, fragte Weymann rüde.

»Vorgestern wurde Ihr Schützling ermordet«, begann Chris. Unwillig öffnete Weymann den Mund. Doch bevor er etwas sagen konnte, fuhr Chris rasch fort. »Sie standen gerade mitten in den Verhandlungen mit einem Club der NHL. Durch den Tod Wagners ist Ihnen eine beachtliche Provision durch die Lappen gegangen.« Unvermittelt hob der Rottweiler den Kopf und begann leise zu knurren. Chris beachtete ihn nicht weiter.

»Twinkie«, fuhr Weymann seinen Hund an. Der hörte auf zu knurren, ließ Chris aber nicht aus den Augen.

Weymann erhob sich und kam um den Schreibtisch herum. »Raus«, sagte er und riss die Tür auf.

Chris drehte den Kopf und blickte einer jungen Frau in schwarzem Businessanzug in die Augen. Sie trug eine Kamera um den Hals und stand mit erhobener Hand vor Weymann, als wollte sie gerade klopfen. Verdutzt öffnete sie den Mund.

Weymann folgte Chris' Blick. Verärgert runzelte er die Stirn. »Wie kommen Sie hier rein?«, raunzte er die Frau an.

»Die Tür stand offen«, verkündete die Reporterin freundlich. Ihr Blick glitt neugierig zwischen Weymann und Chris hin und her. Ihre Hand schloss sich um die Kamera.

»Zimmermann!«, rief Weymann über ihren Kopf in den dunklen Gang hinein. »Zimmermann, verdammt noch mal, wofür bezahle ich Sie eigentlich?«

Als hastige Schritte erklangen, schlug Weymann die Tür ins Schloss, ohne sich weiter um die Reporterin zu kümmern. Er wandte sich um und blieb mit dem Rücken zur Tür stehen. Verärgert musterte er Chris, die ruhig auf ihrem Stuhl sitzen geblieben war. Er schien nach draußen zu lauschen.

»Ich komme nicht wegen Ihrer Verhandlungen mit dem kanadischen Club«, sagte Chris rasch. »Ich komme wegen der Täterin, die ehemalige BASF-Angestellte Anita Schürer. Vor zwei Jahren haben Sie Wagners Mörderin kennengelernt. Sie war hier bei Ihnen.«

Weymann kniff die Augen zusammen und kehrte hinter den Schreibtisch zurück. Er wirkte überrascht, hob die Hand und begann, mechanisch den Hund zu streicheln, der inzwischen seinen Platz unter dem Schreibtisch verlassen hatte und nun wachsam neben seinem Herrchen saß.

»Nach diesem Gespräch hat sie ihre Stelle bei BASF gekündigt«, fuhr Chris fort.

Weymann starrte sie entgeistert an. »Und?«

»Was wollte Frau Schürer von Ihnen?«, fragte Chris.

Der Rottweiler kehrte zurück unter den Schreibtisch und legte gähnend seinen Kopf auf die gekreuzten Pfoten.

»Was geht Sie das an?«

»Haben Sie etwas zu verbergen?«, fragte Chris zurück.

Draußen erklangen Stimmen, dann Schritte.

»Sie verschwinden, wenn ich Ihre Frage beantwortet habe?«, fragte Weymann misstrauisch mit Blick zur Tür.

»Dann bin ich auf der Stelle wieder weg«, erwiderte Chris.

»Was ist mit der Pressetante?«

»Mit der Journalistin habe ich nichts zu tun«, sagte Chris ruhig und blickte ihn fest an. »Und ich werde auch nicht mit ihr sprechen oder Informationen an die Presse weitergeben. Ist nicht in meinem Interesse.«

Weymann musterte sie lauernd. Dann rieb er sich das Gesicht und seufzte. »Die Schürer wollte Kontakt aufnehmen zu meinem Klienten, Thomas Wagner«, begann er. »Da sie sonst nicht an ihn rankam, ist sie einfach hier hereinmarschiert und dachte, ich geb ihr seine Telefonnummer.« Weymann grinste. »Ich bin Spielerberater, mein Job ist es, meine Klienten abzuschirmen, und nicht, ihnen Fans auf den Hals zu hetzen, deren Haltbarkeitsdatum längst abgelaufen ist.«

»Was wollte sie von ihm?«

»Was weiß ich«, erwiderte er geistesabwesend und schob einen Stapel Papiere zur Seite. »Ich hab sie einfach rausgesetzt.« Wieder lag etwas Lauerndes in seinem Blick. Der Rottweiler zu seinen Füßen gähnte.

»Hatten Sie später noch mal Kontakt zu Anita Schürer?«, fragte Chris und beobachtete interessiert den Hund.

Weymann schüttelte den Kopf. »Vor zwei Jahren habe ich sie zum ersten Mal gesehen und bin ihr später nie wieder begegnet.« Er strich sich eine graue Haarsträhne aus der Stirn.

»Was wollte sie von Wagner?«, fragte Chris erneut.

»Keine Ahnung«, erwiderte Weymann scharf. Er schwieg und sah zu dem Hund zu seinen Füßen. Dann richtete er sich in seinem Schreibtischsessel auf. »Sie hat beim Gehen noch versucht, meine damalige Sekretärin auszuhorchen.« Er grinste erneut. »Die kannten sich irgendwoher.«

»Wo ist Ihre damalige Sekretärin jetzt?«, fragte Chris.

»Das ist alles, was ich Ihnen dazu sagen kann«, sagte Weymann kalt und stand auf. Er blickte von oben auf Chris herab.

»Wo ist Ihre Sekretärin jetzt?«, wiederholte sie unbeeindruckt.

»Ist an die Uni gewechselt, zu irgendeinem Prof«, erwiderte Weymann widerstrebend. »Und jetzt gehen Sie.«

Chris zog eines der Papiere zu sich her, das auf dem Schreibtisch lag, und kritzelte ihre Handynummer darauf. »Falls Ihnen noch was einfällt«, sagte sie und stand auf.

Der Rottweiler hob abrupt den Kopf und beobachtete sie aufmerksam. Dann senkte er bedächtig die Schnauze, legte sie auf seine Pfoten und würdigte sie keines weiteren Blicks.

Chris trat zurück in den Gang. Die Frau in Businesskleidung schien verschwunden zu sein und der Schreibtisch war wieder verwaist. Chris steuerte die kleine Bibliothek an und schlenderte die Regale entlang, bis sie Weymanns Assistenten auf der Leiter entdeckte.

»Ich gehe wieder«, erklärte sie.

Verdutzt hob er den Kopf. Chris lächelte ihm zu und kehrte

zur Tür zurück. Kurz bevor sie aus seinem Blickfeld verschwand, hielt sie inne.

»Ach ja«, sagte sie und wandte sich um. »Ihr Chef hat mir gerade erzählt, dass Ihre Vorgängerin jetzt an der Uni arbeitet. Er hat ihren Namen erwähnt, aber ich hab ihn schon wieder vergessen. Wie hieß sie noch?«

Verwundert zuckte der Assistent mit den Achseln. »Barbara Kirchner«, sagte er.

»Stimmt«, erwiderte Chris und nickte ihm freundlich zu.

4

Sie hatte nur wenige Minuten in die Schwetzinger Vorstadt gebraucht. Chris parkte erneut vor dem Jugendstilgebäude in der Seckenheimer Straße. Gemächlich schlenderte sie die Straße entlang, ihr Blick glitt über die Häuser links und rechts von ihr. Historische Fassaden wechselten sich mit moderneren Bauten ab. Der Verkehr auf der breiten Straße floss zäh, zwischen den Straßenbahnschienen lag Kopfsteinpflaster, das die Autofahrer zu einer langsamen Geschwindigkeit nötigte. Jugendliche eilten an ihr vorbei, Bierflaschen und Kippen in den Händen.

Chris kehrte zum Wohnhaus der Täterin zurück und musterte die Klingelschilder. Viele waren mehrfach überklebt, manche schwer zu lesen. Nur eines war deutlich zu erkennen, obwohl der Schriftzug Jahre alt sein musste. Chris drückte auf die Klingel neben dem Namen *Platschek*. Kurze Zeit darauf summte ohne eine Nachfrage der Türöffner. Sie drückte die Tür auf.

Keuchend erreichte sie den dritten Treppenabsatz. In der Wohnungstür erwartete sie eine Frau, deren Alter Chris nur schwer schätzen konnte. Sie hatte halblange, graue Haare und ein glattes Gesicht mit großen, erstaunten Augen. Sie war mindestens so groß wie Chris und trug ein bunt geblümtes, altmodisches Kleid, weiße Socken und akkurat geschnürte Gesundheitsschuhe. Unter ihrem Kleid wölbte sich ein praller Bauch, der trotz ihrer glatten Gesichtshaut kein Babybauch mehr sein konnte. Mit fragenden Augen sah Frau Platschek Chris an.

»Entschuldigen Sie«, sagte Chris höflich, »ich gehöre zum Sicherheitspersonal der SAP Arena und untersuche den Tod von Thomas Wagner, der vor zwei Tagen in der Arena ermordet wurde.«

Frau Platschek nickte. »Frau Schürer«, sagte sie mit hoher, akzentfreier Stimme. Ihre Lippen gaben den Blick auf eine Zahnlücke frei. Ihre Augen wanderten die Treppe nach oben.

»Unser Nachbar, Herr Nuding, hat mir erzählt, dass Frau Schürer im Untersuchungsgefängnis sitzt.« Sie nickte erneut und lächelte Chris sanft an. Unverhofft trat sie einen Schritt nach hinten und schob die Wohnungstür von sich weg. »Kommen Sie doch herein«, sagte sie lächelnd und nickte unaufhörlich mit dem Kopf, »Sie haben doch sicher ein paar Fragen an mich.«

Zögernd betrat Chris den dunklen Wohnungsflur, der leicht säuerlich roch. Auf den zweiten Blick schätzte sie Frau Platschek zwischen fünfzig und sechzig. Sie ging mit trippelnden Schritten an ihr vorbei und stieß die Tür zu ihrer Linken auf. Mitten im Zimmer stehend, wartete sie auf Chris, ihre Hände über ihrem hoch aufragenden Bauch gefaltet, still, lächelnd und immer noch leicht mit dem Kopf nickend.

Chris trat ein. Das Zimmer maß etwa zwanzig Quadratmeter und zwei große Fenster ließen viel Licht herein. Der helle Linoleumboden musste seinem Muster nach mindestens dreißig Jahre alt sein. Trotzdem wirkte er nicht abgenutzt, sondern sehr gepflegt und sauber. Eine schmale Couch bildete mit einem kleinen Fernseher davor eine gemütliche Sitzecke, daneben stand ein altmodischer Holztisch mit Spitzentischdecke und vier Stühlen. Deren rundlich gepolsterte Sitzflächen enthielten vermutlich noch echte Sprungfedern. Ein niedriger Sekretär aus Nussbaumholz war neben eines der Fenster geschoben. Darauf fanden sich ein Blatt Papier, ein Farbenkasten und ein Wasserglas, in dem mehrere Pinsel standen.

An den Wänden reihte sich auf Augenhöhe wie ein Schmuckband ein buntes Bild an das andere. Chris erkannte Landschaften, einzelne Blumen, Bäume und auch Tiere. Die Bilder wirkten einfach, aber nicht kindlich.

Frau Platschek erzählte unaufgefordert, dass ihr liebstes Hobby malen sei und sie viele Tage damit verbringe. Eine halbe Stunde später wusste Chris ziemlich genau, wie der Alltag der allein lebenden Frau aussah. Zweimal täglich kam eine Pflegerin vom örtlichen Pflegedienst und sah nach ihr, jeden Mittag um zwölf Uhr brachte ein junger Mann Essen auf Rädern. Den Rest des Tages verbrachte Frau Platschek allein, mit malen und spazieren gehen. Der Mittwochabend bildete den Höhepunkt der Woche, da sang sie im Kirchenchor der St. Johanneskirche, so wie heute Abend.

Frau Platscheks Gesicht glänzte rosig und Chris vermutete, dass sie seit Jahren nicht mehr so viel Aufmerksamkeit bekommen hatte. Vielleicht war sie psychisch krank, ein körperliches Gebrechen schien sie jedenfalls nicht zu haben.

Sie begann vorsichtig, das Thema zu wechseln. »Sie wohnen sicher schon lange in diesem Haus?«

»Seit einunddreißig Jahren«, erwiderte Frau Platschek mit einem Lächeln.

»Sie sind die Einzige, die schon so lange hier wohnt«, setzte Chris vorsichtig nach.

Frau Platscheck nickte freundlich. »Unten neben dem Eingang wohnt seit einem halben Jahr ein junges Paar« begann sie gemächlich. »Die beiden sind nicht verheiratet, wohnen aber zusammen. Sie sehen immer ganz glücklich aus, aber manchmal höre ich abends laute Stimmen. Ich glaube, sie streiten oft. Auf der anderen Seite wohnt seit vier Jahren eine Familie. Sie haben drei Kinder, die sind manchmal laut, aber meistens sehr lieb. Der Mann arbeitet irgendwo auf einem Amt oder ist Lehrer, er ist oft zu Hause und geht immer mit Anzug aus dem Haus.«

Chris hörte geduldig zu und unterbrach sie nicht. Schließlich war sie bei Anita Schürer angekommen.

»Sie wohnt seit ungefähr zwei Jahren direkt über mir«, erzählte Frau Platschek und strich den Rock über ihrem Bauch zum wiederholten Mal glatt. Sie stand mit ihrer Besucherin immer noch inmitten ihres Wohnzimmers und machte keine Anstalten, sich zu setzen oder Chris einen Stuhl anzubieten. Ihre Gesichtshaut hatte inzwischen von leicht angehauchtem Rosa zu einem ungesunden Rot gewechselt.

»Sie hat kurz nach ihrem Einzug aufgehört zu arbeiten«, fuhr Frau Platschek unbeirrt fort. »Herr Nuding hat erzählt, dass sie bei

BASF gearbeitet hat, in den Labors, aber ihren Job gekündigt hat. Sie war trotzdem kaum da, die Frau Schürer, auch abends habe ich ihren Fernseher nur selten gehört. Ich glaube, sie war oft im Lindenhofer Schützenverein an der Rheinpromenade unten. Frau Pfeiffer vom Pflegedienst hat erzählt, dass ihr Mann Frau Schürer dort kennengelernt hat.«

Die Türklingel unterbrach ihren Redefluss. Frau Platschek sah erschreckt auf und warf einen Blick auf ihre altmodische Armbanduhr. »Das ist sie, die Frau Pfeiffer«, sagte sie und ging in den Flur, um die Wohnungstür zu öffnen.

Schnell verabschiedete sich Chris und drängte sich an Frau Platschek vorbei in den Hausgang. Zum Abschied winkte sie und Frau Platschek winkte lächelnd zurück. Auf dem Weg nach unten begegnete Chris einer Frau in weißer Schwesterntracht, die Chris im Vorübergehen misstrauisch musterte.

***

Chris steuerte ihren Opel Corsa auf einen der Parkplätze an der Rheinpromenade. Auf der anderen Rheinseite hoben sich die Umrisse der Ludwigshafener Innenstadt gegen den Abendhimmel ab. Der Fluss schimmerte in der Dämmerung und wirkte träge. Nur ein tanzendes Blatt auf den Wellen verriet die Geschwindigkeit, mit der die dunklen Wassermassen sich durch das Flussbett wälzten. Ein Lastschiff ließ sich mittragen, hinter den hell erleuchteten Fenstern der Kajüte am Ende des lang gestreckten Rumpfes glaubte Chris einen Mann beim Kochen zu sehen.

Sie schlenderte auf dem Schotterweg am Rhein entlang. Der Fluss versank in dämmriger Stille, das Tuckern des Lastkahns war längst in den Verkehrsgeräuschen der umgebenden Straßen der Stadt untergegangen. Vor einem einstöckigen Haus blieb sie stehen. Das Gebäude duckte sich unter die Bäume der Rheinpromenade und die anfangs nur gedämpft zu hörenden Geräusche klangen nun wie Gewehrschüsse. Das Vereinsheim des Lindenhofer Schützenvereins.

Die schwere Holztür ließ sich erstaunlich leicht öffnen. Chris betrat einen grell erleuchteten Raum mit hellem Holz an den Wänden und einem abgetretenen Fußboden. Hinter dem Tresen stand eine verärgert wirkende Frau mit streng nach hinten gekämmten Haaren, die etwa Mitte dreißig sein mochte und in einem blauen Overall fast versank. Sie beachtete Chris nicht, sondern sprach mit zwei Mädchen im Teeniealter, die nicht sehr begeistert zu sein schienen von ihren Worten. Chris durchquerte die Gaststätte und öffnete eine gegenüberliegende Tür. Kalte Abendluft drang ihr entgegen. Die Geräusche der Schusswaffen wurden unangenehm laut.

Die Schießanlage musste etwa zwanzig Stände haben, schätzte Chris. Nur vier von ihnen waren besetzt. Sie schlenderte an der hölzernen Absperrung entlang, die alle Schießstände vom Gang trennte. Die ersten Stände waren nur zehn Meter lang. Vermutlich für Luftgewehr und Luftpistolen. Der nächste Stand war hell erleuchtet. Darin stand eine junge Frau, die eine Waffe mit beiden Händen verkrampft hochhielt. Sie verharrte regungslos mit Blick auf die Zielscheibe. Es folgten vier oder fünf Schießstände, die vielleicht fünfundzwanzig Meter in die Dämmerung des Rheinvorlandes hinausragten, lang genug für Kleinkaliberwaffen. Drei davon waren besetzt und warfen eine leuchtende Spur in die Dämmerung. Die restlichen waren unbeleuchtet und verloren sich im Dunkeln, vermutlich fünfzig bis hundert Meter lang, vermutete Chris, für schwerere Geschütze.

Sie kehrte in das Gasthaus zurück. Die beiden Teenies mit raspelkurzen Haaren und schwarzer Kleidung redeten inzwischen gleichzeitig auf die Frau am Tresen ein. Die hob den Kopf und sah Chris wortlos an.

»Sind Sie die Schießwartin?«, fragte Chris.

Die andere schüttelte den Kopf und deutete mit dem Kinn nach draußen zu den Ständen. »Unser Schießwart probiert gerade seine neue Kleinkaliberpistole aus. Stand zehn.«

Chris betrat erneut die Schießanlage und betrachtete die kleinen Blechschilder an der hölzernen Absperrung, auf denen Zahlen zu lesen waren. Sie schritt suchend an den Schießständen entlang und kam ein zweites Mal an den Schützen vorbei. Die meisten beachteten sie nicht, nur ein finster dreinblickender hagerer Mann an Stand Nummer neun ließ das Gewehr sinken und blickte sie wütend an.

Bei Nummer zehn stand ein schwergewichtiger Mann mit ausgestrecktem Arm und fixierte die fünfundzwanzig Meter entfernte Schießscheibe. Chris wartete, bis er sein Magazin leer geschossen hatte und sich umwandte, um es neu zu laden.

»Sie sind der Schießwart«, sagte Chris.

Der Mann mochte um die sechzig Jahre alt sein, hatte schütteres Haar und wässrige Augen. Er wischte sich die Rechte an seinen verwaschenen Hosen und taxierte Chris abschätzend.

»Ich bin auf der Suche nach Anita Schürer«, sagte Chris. »Sie hat mir mal erzählt, dass sie hier regelmäßig schießt.«

»Ist heute nicht da«, sagte der Schießwart und griff nach dem Pappkarton mit weiteren Patronen, der neben ihm auf der Absperrung stand.

Chris war froh, dass die Zeitungen den Namen der Schützin aus der Arena bisher noch nicht veröffentlicht hatten. »Wann könnte ich sie denn erwischen?«, fragte sie. »Ich weiß ihre Adresse nicht und sie hat mir nur gesagt, dass sie mehrmals die Woche hier schießt.«

»Kommt immer montags und donnerstags«, erwiderte der Schießwart. Aus der offenen Schachtel zählte er fünf Patronen ab, die er eine nach der anderen in das Magazin seiner Waffe gleiten ließ. »Diese Woche habe ich sie noch nicht gesehen«, bequemte er sich schließlich zu sagen.

»Hm« antwortete Chris unbestimmt und tat, als wollte sie gehen. Dann blieb sie stehen, als sei ihr gerade noch etwas eingefallen. »Anita hat mich zu einem Duell herausgefordert«, sagte sie und grinste verschwörerisch. »An welcher Waffe ist sie denn am besten?«

»Ist eine der besten Schützinnen, die wir hier haben«, sagte der Schießwart und hob langsam seinen gestreckten Arm mit der Pistole im Anschlag. »Hat bisher nur mit dem Kleinkalibergewehr geschossen.«

»Sie hat hier nie mit etwas anderem geschossen?«, fragte Chris leichthin. »Ausschließlich mit einem Kleinkalibergewehr?«

Der Schießwart fixierte die Schießscheibe. Chris beobachtete, wie er den Atem anhielt. Er zog den Zeigefinger vorsichtig zu sich her, bis er den Abzug auslöste. Die Scheibe in fünfundzwanzig Meter Entfernung blieb vollkommen unberührt. Der Schießwart ließ enttäuscht den Arm sinken. Wütend wandte er den Kopf.

»Nein«, sagte er mit erhobener Stimme, »hat sie nicht. Sonst noch Fragen?«

»Wie lange trainiert sie schon hier?«

»Knapp zwei Jahre«, presste er hervor und wandte sich grußlos ab.

Auf dem Weg nach draußen beachtete sie niemand, die Frau am Tresen war inzwischen mit den beiden Mädchen in einen heftigen Streit geraten. Anita Schürer hatte im Schützenhaus immer nur mit einem Kleinkalibergewehr geübt. Doch irgendwo muss sie zumindest hin und wieder mit der Kalaschnikow geschossen haben.

Chris sah hinauf zu den Häuserfronten. In vielen Fenstern brannte schon Licht, manche hatten die Rollläden heruntergelassen. Die meisten Fenster waren ungesichert, selbst bei den Wohnungen auf Straßenhöhe, sodass ein geübter Einbrecher sie mit einem Schraubenzieher in wenigen Sekunden aufhebeln konnte. Längst hatte Chris aufgehört, sich darüber zu wundern, dass die meisten zwar Angst vor einem Einbruch hatten, aber die wenigsten sich dagegen absicherten.

Nur zwei Kilometer entfernt hatte Anita Schürer gewohnt. Chris überlegte, wo sie Schießübungen mit einer scharfen Waffe veranstaltet haben konnte. Die Waffe hatte sie sich vermutlich in Osteuropa besorgt. Dort war der Waffenhandel durchaus üblich. Chris kehrte zu ihrem Corsa zurück und fuhr in die Schwetzinger Vorstadt. Direkt vor Schürers Wohnhaus fand sich eine Parklücke.

Als Chris ihren Wagen abschloss, ratterte hinter ihr eine Straßenbahn vorbei und erstickte für einen kurzen Moment alle Geräusche. Sie blickte auf den Gehweg, der bis an die Hauswand reichte. Knapp über dem Boden befanden sich ein paar vergitterte Schächte, die schräg nach unten führten. Kellerfenster, vermutete Chris.

Die Haustür neben ihr öffnete sich und ein junges Paar taumelte wie betrunken auf die Straße. Sie kicherten und kümmerten sich nicht um ihre Umgebung. Chris ließ die Tür nicht aus den Augen, die sich hinter ihnen langsam schloss. Im letzten Moment hob sie den Arm und stieß sie wieder auf.

Der Hausgang zog sich weit nach hinten. Links davon führte ein schlecht beleuchteter Gang noch tiefer in das Gebäude hinein. Direkt unterhalb der Treppe fand Chris eine rissige, grau gestrichene Holztür. Sie war nicht abgeschlossen. Chris fischte aus der Hosentasche ein altes Taschentuch und öffnete sie vorsichtig. Die Tür knarrte nicht und ein Geruch nach abgestandener Luft und Schimmel stieg ihr in die Nase. Sie war also genau richtig.

Der Geruch brachte alte Erinnerungen zurück. Es war schon so lange her, doch die Schatten der Vergangenheit ließen sich nie ganz bändigen. Entschlossen betrat sie die Treppe und zog die Kellertür leise hinter sich ins Schloss. Mit der Linken tastete sie in ihrer Tasche nach der kleinen LED-Stableuchte, die sie immer bei sich trug. Im Licht der Taschenlampe stieg sie die steilen Stufen hinab und wagte es erst unten, auf den Lichtschalter zu drücken.

Chris lauschte nach oben. Dort blieb alles ruhig. Sie ging an den Kellerverschlägen entlang, die mit ungehobelten Holzlatten voneinander abgetrennt waren. Am Ende des Gangs befand sich eine alte Tür aus fest verleimtem massivem Holz, die schräg in den Angeln hing. Sie wirkte baufällig, schwang bei der Berührung lautlos nach innen auf. Chris leuchtete mit der Taschenlampe hinein. Durch ein hoch gelegenes Fenster drang das trübe Licht einer Straßenlaterne nach unten. Die Wand darunter war wie eine Rutsche abgeschrägt und schimmerte tief schwarz. Der Raum war schmal und erstaunlich lang, zog sich mindestens über zehn Meter. Er musste bis weit unter das angrenzende Haus reichen und war vermutlich von beiden Häusern gemeinsam als Kohlenkeller genutzt worden.

An der Stirnseite stand ein altes Holzregal, in dem eine verrostete Schaufel und muffige Handschuhe lagen. In aller Ruhe leuchtete Chris jede Ecke des Kellers aus. Den Lichtkegel hielt sie nach unten, sodass kein Lichtschimmer durch das Kellerfenster nach außen drang. Der Boden wirkte sauber, als sei er vor nicht allzu langer Zeit sorgfältig gereinigt worden. Eine Straßenbahn fuhr vorbei und verursachte ein leises Beben, das sich über die Mauern auf den Boden übertrug. Kurze Zeit übertönte das Rattern der Stahlräder auf den Schienen jedes weitere Geräusch. Dann kehrte wieder Ruhe ein, die nur gelegentlich von einem vorüberfahrenden Auto unterbrochen wurde.

Chris sah sich enttäuscht in dem leeren Raum um. Sie konnte keine Spur von Schießübungen finden. Nichts wies darauf hin, dass Anita Schürer jemals hier gewesen war. Dabei war der Keller ideal dafür. Die Kellerwände waren massiv und das Fenster zur Straße hin nur sehr klein. Wenn die Straßenbahn vorüberfuhr, hätte Anita Schürer gefahrlos abdrücken können, ohne dass jemand den Schuss hören konnte.

Gedankenverloren betrachtete sie die Tür. Sie wirkte massiv, obwohl sie verzogen war. Doch sie schloss noch gut. Die Verleimung der Holzlatten wies keine Risse auf, weder von außen noch von innen steckte ein Schlüssel. Die Klinke ließ sich ohne Widerstand nach unten drücken und der Schließzapfen rastete in eine metallene Schiene, die aus der Mauer danebeno ragte. Chris leuchtete in den altmodischen Metallkasten, hinter dem sich der Schließmechanismus verbarg. Auf dem Schließzapfen fand sie Spuren eines glitzernden Staubs: Grafit. Das erklärte, warum es sich lautlos öffnen ließ.

Beim Aufrichten fiel ihr ein Metallhaken auf, der in der Türmitte aufgeschraubt war. Er wirkte dunkel und abgenutzt. Doch als Chris ihn näher betrachtete, hätte sie schwören können, dass er erst vor Kurzem angebracht worden war. Chris trat wieder in den

Gang und zog die Tür sorgfältig hinter sich ins Schloss. Zögernd ging sie ein paar Schritte den Kellergang entlang und fragte sich, wo die Täterin die Schießausrüstung hätte deponieren können. Sie betrachtete die abgeteilten Kellerverliese. Eigentlich naheliegend, die Sachen in ihrem eigenen Keller zu verstecken. Sie leuchtete in den Verschlag, vor dem sie gerade stand. Er wirkte sehr aufgeräumt, fast leer, mit einem Schrank und ein paar Bildern. Chris ging ein paar Schritte weiter zum nächsten. Dieser war vollgestopft mit Skiern, alten Stühlen, zusammengerollten Teppichen, Bildern, Kartons und leeren Flaschen. Im nächsten Verschlag lagerte nur Papier: alte Zeitungen, Zeitschriften, Magazine und unzählige Stapel mit Katalogen, die bis zur Kellerdecke aufgetürmt waren. Wieder ging sie ein paar Schritte weiter und starrte in ein leeres Viereck. Es war leer bis auf zwei Metallregale, deren Regalböden unter dickem Staub verschwanden. Der nächste Keller war vollgestellt mit alten Möbeln, Küchengegenständen in einem schiefen Holzregal und einem gelben Plastiksack mit Stoffen darin, vielleicht alte Kleidung oder Putzlappen. Daneben lehnte ein alter Besenstil und ein massives Kantholz.

Der hölzerne Stil hatte an etlichen Stellen frische Schrammen. Dort schimmerten die Holzfasern hell. Am Stilende war ein stabiler Metallhaken verschraubt, der verbogen aussah. Ihr fiel der Haken ein, der in der Mitte der Holztür im Kohlenkeller angebracht war. Wenn man den Stil auf der einen Seite in den Metallrahmen des Schlosses einhakte und in der Mitte der Tür verkeilte, war die Tür fest verschlossen.

Chris ließ den Lichtkegel der Taschenlampe über das Kantholz gleiten. Es wirkte unverdächtig. Sie wickelte das Taschentuch um ihre Hand und griff nach einem alten Skistock, der im Inneren des Kellers lag. Durch die Latten hindurch stocherte sie, bis das Kantholz umfiel. Auf der Rückseite waren tiefe Löcher zu sehen, kreisrund und an manchen Stellen etwas ausgefranst. Einschusslöcher. Chris musterte den Plastiksack. Darin befanden sich wahrscheinlich Dämmmaterial für das Fenster und die

Schießscheibe, vermutlich auch Zielscheiben. Chris ließ den Stock wieder zurück in den Keller fallen.

Sie empfand eine gewisse Bewunderung für Anita Schürer. Die Frau hatte es geschafft, Schießübungen in ihrem Wohnhaus zu veranstalten, und niemand hatte etwas bemerkt.

Im Kellergang löschte Chris das Licht und beleuchtete mit der Taschenlampe die Stufen, bis sie wieder oben vor der Kellertür stand. Vorsichtig betätigte sie die Klinke. Es klickte, doch die Tür schwang nicht auf. Chris zog an der heruntergedrückten Klinke. Die Tür ließ sich nicht mehr öffnen.

Ihr Herzschlag wechselte zu einem gehetzten Holpern. Chris lehnte sich gegen die Wand und kämpfte gegen die aufsteigende Panik. Erinnerungen drängten in ihr Bewusstsein wie Gasblasen an die Oberfläche eines Moors. Chris atmete tief und versuchte, wieder einen klaren Kopf zu bekommen. Nervös leuchtete sie in den Spalt zwischen Tür und Maurer. In den vergangenen Minuten musste jemand die Tür hinter ihr abgeschlossen haben.

Plötzlich hörte sie ein Geräusch, es klang, als hätte sich hinter der Tür etwas bewegt. Am liebsten hätte Chris die Tür eingetreten, doch sie kämpfte gegen die Wut an. Endlich setzte sie sich in Bewegung und ging möglichst geräuschlos die Treppe rückwärts nach unten.

Als sie die Wände des schmalen Gangs vor sich ableuchtete, verdunkelte sich der Strahl ihrer Taschenlampe. Die Batterien gaben allmählich den Geist auf. Ein Blick zu den hoch gelegenen Fenstern zeigte Chris, dass dort kein Licht hereinfallen würde. Sie zwang sich weiterzugehen.

Ihre Hand zitterte, als Chris mit der Taschenlampe die zum Haus gelegene Kellerwand abschritt. Doch sie fand keine weitere Tür. Mit zusammengekniffenen Augen musterte sie das Regal an der Stirnwand. Sie leuchtete zwischen die verdreckten Regalbretter und glaubte dahinter Holzlatten zu erkennen. Mit der Linken hob sie die eine Seite des massiven Kellerregals an und schob es nach innen.

Erleichtert stieß sie den Atem aus, als dahinter eine verzogene Holztür auftauchte, die vermutlich zum Nachbarhaus führte. Chris tastete nach der Klinke, doch die Tür war verriegelt. Aber sie brauchte nur eine Minute, bis sie das altmodische Schloss mit ihrem Taschenmesser und einem Nagel, den sie im Regal gefunden hatte, geöffnet hatte. Mit klopfendem Herzen zog sie die laut knarzende Tür zu sich her und lauschte drüben in die Dunkelheit. Nichts. Ihre Taschenlampe hatte inzwischen die Leuchtkraft einer flackernden Kerze erreicht. Chris durchquerte den Keller und kurze Zeit später stand sie vor der Tür nach draußen. Sie war nicht verschlossen. Als sie endlich wieder auf der Straße stand, ließ sich Chris erleichtert gegen die Hauswand fallen. Eine ältere Frau musterte sie im Vorübergehen besorgt. Chris lächelte ihr beruhigend zu. Da bemerkte sie den Blick eines schmächtigen Mannes. Sein Gesicht lag im Dunkeln und er stand nur wenige Meter entfernt nahe der Hauswand. Als sich ihre Augen begegneten, wandte er sich ab und verschwand.

Chris stieß sich von der Hauswand ab und ging hinüber zu der Stelle, an der der Unbekannte gerade noch gestanden hatte. Ihr Blick fiel auf das Fenster des alten Kohlenkellers. Sie wandte den Kopf und starrte in die Nacht, doch der Mann war nirgendwo mehr zu sehen. Obwohl sie ihr Gedächtnis durchforstete, wollte ihr nicht einfallen, wo sie das Gesicht schon einmal gesehen hatte.

5

Chris gähnte, als sie am nächsten Morgen zur alten Sporthalle hinüberging. In den G-Quadraten war die Morgenhektik bereits vorüber. Vor den Läden trafen sich junge Frauen zum Plaudern und drüben am Park berichteten alte Menschen von den Kümmernissen der Nacht. Auch Chris hatte in dieser Nacht lange wach gelegen und war erst gegen Morgen in einen leichten Schlummer gefallen.

In der Halle war Nermin wieder mit den Matten beschäftigt. Auf Chris' Gruß hin antwortete sie nur mit einem kurzen Nicken. Chris trat neben sie und einträchtig schweigend räumten die beiden Frauen einen Teil der Trainingsmatten des gestrigen Abends zur Seite.

Nermin murmelte einen Dank und legte Chris wortlos ein Springseil zurecht. Die stöhnte und begann mit den Aufwärmübungen, wie Nermin es ihr gestern gezeigt hatte. Erst Liegestütz und Sit-ups, dann Springseil. Während Nermin sich ein Knäuel aus Springseilen nahm und es zu sortieren begann, warf sie nur ab und zu einen Blick zu Chris herüber. Der ging nach fünf Minuten die Puste aus, doch sie griff nach dem Springseil und begann, auf der Stelle zu laufen.

Nermin legte ihr Bandagen und Boxhandschuhe zurecht. Als Chris mit dem Aufwärmprogramm durch war, umwickelte sie ihre Hände und Finger. Heute ging es bereits besser als gestern. Sie zog die Handschuhe darüber und folgte Nermin zu den Sandsäcken.

»Fang erst mal mit den Schlägen an, die ich dir schon gezeigt habe.« Kritisch beobachtete Nermin Chris, die abwechselnd mit der Rechten und der Linken gegen den Sandsack schlug. Ab und zu unterbrach sie sie und korrigierte die Schlagrichtung oder die Haltung ihrer Fäuste. Dann forderte sie Chris mit einem angedeuteten Hochziehen ihres Kinns auf, ein paar akzentuierte Schläge zu setzen. Chris schloss für einen Moment die Augen und stellte sich den Kerl vor, der sie gestern Abend im Keller eingeschlossen hatte. Die Wut kochte in ihr hoch und sie begann, auf den Sandsack einzuschlagen. Ihre Muskeln schmerzten, doch sie achtete nicht darauf und schlug immer schneller, bis sie gnadenlos auf den Sandsack eindrosch.

Schließlich gab Nermin ihr ein Zeichen, dass es jetzt genug war. Sie musterte Chris mit großen Augen und betrachtete sie lange. Schließlich sagte sie lächelnd:»War okay. Vielleicht hast du mehr drauf, als ich dachte.«

Chris erwiderte ihr Lächeln und ein leichtes Prickeln erreichte ihren Haaransatz.

»Wenn du fitter werden willst, kannst du ab und zu ein bisschen laufen«, sagte Nermin und sah sie an. Ihr Blick glitt über ihren Körper und blieb an ihren Füßen hängen.»Am besten, du fängst mit walken an. Das schont die Gelenke. Wenn du mehr Kondition und weniger Gewicht hast, kannst du anfangen zu laufen.«

Chris stöhnte. Wenige Minuten später stand sie wieder in ihrer Wohnung, duschte und zog frische Klamotten an. Im Stehen aß sie ein Käsebrot und trank einen Becher Kaffee. Kurze Zeit später setzte sie sich in ihren Opel Corsa und fuhr hinaus zur Schönau.

Der Weg führte Chris am Kuppelbau der Yavuz-Sultan-Selim-Moschee mit seinem fünfunddreißig Meter hohen Minarett vorbei. Sie fuhr über die Jungbuschbrücke, die den Neckar kurz vor seiner Mündung in den Rhein überquerte. Links war die ehemalige Luzenbergschule mit ihrem charakteristischen Wasserturm zu sehen. In dem historischen Gebäude mit reichen Jugendstilornamenten war früher ein Teil der Berufsschule untergebracht.

Dann war sie auch schon auf dem Waldhof, vorbei an Daimler Benz und Boehringer, bis sie schließlich Schönau erreichte. Der Mannheimer Stadtteil galt früher als sehr verrufen, kämpfte jedoch seit einigen Jahren um Aufwertung.

Auf der Schönau wohnten ihre Eltern in der Memeler Straße immer noch in der winzigen Dreizimmerwohnung, in der Chris und ihre Schwester Melli groß geworden waren. In den letzten Jahren war sie nur noch selten dort.

»Herzlichen Glückwunsch zum Geburtstag«, begrüßte Chris ihre Mutter.

»Warum kommst du denn schon so früh«, rief diese erstaunt und nötigte Chris auf einen Stuhl in der schmalen Küche. Sie war übergewichtig und trug am liebsten pastellfarbene Jogginganzüge. Heute hatte sie zur Feier des Tages einen rosafarbenen gewählt, der sich über Hüfte und Brust spannte. Ihre blonden Haare standen in kurzen Büscheln nach oben und verrieten, dass sie heute Morgen sogar geduscht hatte.

Chris schwieg. Was sollte sie auch sagen? Dass sie heute so früh kam, weil sie keine geregelten Arbeitszeiten mehr hatte? Und dass sie ihrer Schwester mit ihrem Mann und ihren drei Kindern aus dem Weg gehen wollte?

»Wie schade, dass du allein bist und keinen Mann und keine Kinder hast«, jammerte ihre Mutter wie jedes Jahr.

»Ich habe ein Kind und eine Partnerin«, erwiderte Chris scharf.

»Unser Enkelkind dürfen wir ja nicht mal sehen!« Ihre Mutter griff nach einem Taschentuch und wischte sich demonstrativ die Nase.

»Regina würde sich sehr freuen, euch endlich mal kennenzulernen«, erwiderte Chris zynisch.

»Was will denn diese Frau von uns«, murmelte ihre Mutter, »die hat hier nichts zu suchen.«

Es war ein Ritual und trotzdem tat es immer noch weh. Als sie den prüfenden Blick ihrer Mutter auf ihrem Gesicht spürte, wandte Chris sich ab und ging hinüber ins Wohnzimmer. Durch die gelbstichigen Gardinen sickerte trübes Tageslicht. Das neue Sofa mit dem geblümten Stoff in grellem Blau und den roten Quasten passte nicht zu den übrigen Möbeln. In der linken Ecke thronte ihr Vater und ließ den Fernseher nicht aus den Augen. Als sich Chris in die gegenüberliegende Sofaecke setzte, drehte er ruckartig den Kopf.

»Wer sind Sie?«, fragte er scharf. Ein Speichelfaden tropfte aus seinem Mundwinkel auf die verwaschene Strickjacke.

Chris starrte ihn wortlos an.

»Das ist doch die Christina!«, rief ihre Mutter aus der Küche. Sie kam eilig mit zwei Tassen in den Händen herüber und blieb vor dem Sofa stehen.

Gespannt beobachteten Chris und ihre Mutter den alten Mann. Aus dem Fernseher dröhnten Motorengeräusche. Seine blauen Augen lösten sich von Chris, irrten ohne Ziel im Zimmer umher und kehrten zurück zum Bildschirm.

Chris warf einen Blick auf ihre Mutter, die erleichtert aufatmete. Noch immer gab es manchmal gute Tage, an denen der an Alzheimer erkrankte Mann seine Tochter erkannte und sofort vor die Tür setzte, weil er keine »gottverdammte Lesbe« in seinem Wohnzimmer duldete.

Ihre Mutter setzte sich schützend zwischen Mann und Tochter. Dann gab sie ihm eine der Tassen und wischte mit der bloßen Hand den Speichel von seinem Mund. Die andere Tasse stellte sie auf das abgenutzte Wachstuch des Wohnzimmertischs und schob sie zu Chris hinüber. Schweigend saßen sie nebeneinander und verfolgten das Morgenmagazin.

Chris versuchte, sich auf die Stimme der Sprecherin zu konzentrieren. Sie sprach über die schwierige Situation auf dem Arbeitsmarkt. Im Anschluss folgte ein Bericht über einen Fußballspieler der Nationalmannschaft, der in Kürze nach Brasilien zu einem bekannten Club wechseln würde. Die Sprecherin erklärte, dass der Berater für seinen Schützling eine sensationell hohe Geldsumme ausgehandelt hatte. Chris horchte auf, als die Moderatorin fortfuhr, internationale Beobachter würden mit Sorge verfolgen, wie Gehälter und Ablösesummen beim Fußball und Eishockey in astronomische Höhen stiegen. Auch die Spielerberater wären an diesem Preistreiben beteiligt, da sie ja aus den Verträgen ihren Anteil erhielten. Es folgte der Wetterbericht.

Geistesabwesend starrte Chris auf den Bildschirm, auf dem sich

Wettersymbole in rascher Folge abwechselten. Weymann hatte gestern zu Beginn ziemlich nervös gewirkt, was sich auf den Hund übertrug. Der Rottweiler hatte sich erst wieder entspannt, als klar wurde, dass Chris nicht wegen Weymanns Arbeit für Wagner gekommen war, sondern wegen des Besuchs von Anita Schürer in seiner Kanzlei.

Das Sofa schwankte wie ein Schiff bei schwerer See. Ihre Mutter war aufgestanden und eilte zum Fenster. »Melli ist da!«, rief sie erfreut.

Chris trat neben sie und beobachtete ihren Schwager, der sich schwerfällig aus dem Wagen schälte. Aus seiner knapp sitzenden Jeans quollen die Pobacken heraus und ein schmuddeliges braunes T-Shirt spannte über seinem Bauch.

»Ich muss los«, sagte Chris unvermittelt und drückte ihrer Mutter einen flüchtigen Kuss auf die Wange.

Sie protestierte, doch Chris verließ mit einem letzten Blick auf ihren reglos dasitzenden Vater die Wohnung. Sie trat auf die Straße, winkte ihrer Schwester und ging auf direktem Wege zu ihrem Opel Corsa.

»Na, Schwesterherz, willst du nicht bleiben, Mama freut sich doch immer, wenn die ganze Familie mal zusammen ist.« Mellis Stimme klang dumpf, da sie mit dem Oberkörper noch im Wagen hing, um die Gurte ihrer Kinder zu lösen. Jetzt richtete sie sich kurz auf und blickte entrüstet ihrer Schwester nach. Man sah ihr die drei Kinder nicht an. Nach der Geburt ihres Jüngsten hatte sie sich wieder auf ihr Jugendgewicht heruntergehungert. Ihre strohblonden Haare waren in langen Locken um ihr Gesicht drapiert, ihre Augenbrauen hatte sie zu einem dünnen Strich gezupft und ihr Mund leuchtete kirschrot. Auf der anderen Seite des Wagens nahm ihr Mann das Jüngste aus dem Kindersitz, einen missmutig dreinblickenden Einjährigen mit kahlem Schädel. Ihr Schwager sah lauernd zu ihr hinüber.

»Muss dringend noch was erledigen!«, rief Chris über die Straße und klemmte sich hinter das Steuer. Sie rammte den Schlüssel ins

Schloss und startete den Motor. Die Schönau ließ sie bald hinter sich und bog auf die Waldstraße ein, die sie an der Gartenstadt vorbei und durch Käfertal auf die Bundesstraße 38a führte. Chris überquerte den Neckar und warf nur einen flüchtigen Blick zur SAP Arena, dessen gläserne Fassade wenig später am Straßenrand zu sehen war. Dann kreuzte sie die Bahngleise und bog kurz darauf in die Mallaustraße ein. Dort in Mannheim-Rheinau hatte B&B schon vor einigen Jahren ein modernes Bürogebäude bezogen.

Es war ein komisches Gefühl, erneut auf der Matte zu stehen. An der Rezeption saß eine Frau mit pinkfarbenen Augenbrauen. Sie wirkte ziemlich überrascht und sah Chris neugierig an. Offensichtlich hatte es sich nicht herumgesprochen, dass sie immer noch in Lohn und Brot stand.

Chris nahm die Treppe hinauf in den zweiten Stock, wo Bauers Sekretärin Norma Krüger sie bereits erwartete und ohne große Umschweife in das Büro ihres Chefs lotste. Der blickte von seinen Papieren auf und wartete wortlos, bis sich Chris auf den Besucherstuhl fallen ließ.

»Bringen Sie uns einen Kaffee?«, fragte er Norma.

Norma Krüger war mindestens sechzig Jahre alt und in der Firma wurde hinter vorgehaltener Hand gemunkelt, sie müsse schon weitaus älter sein. Jeden Tag war sie tadellos in Kostüm und Bluse gekleidet und bewegte sich auf ihren hochhackigen Schuhen, als seien es Birkenstock-Sandalen. Chris hatte noch nie erlebt, dass auch nur eines ihrer Haare es gewagt hätte, sich der platinblonden Dauerwelle nicht zu fügen.

Jetzt blickte Norma fragend zu ihr herüber. Chris nickte. Dann ließ Norma die beiden allein.

»Und?«, fragte Bauer und musterte Chris aufmerksam.

»Anita Schürer ist vor zwei Jahren bei Wagners Spielerberater Weymann aufgetaucht«, erwiderte Chris und rutschte auf dem Stuhl etwas nach unten, bis sie bequemer saß. »Sie wollte von ihm Wagners Telefonnummer. Hat er ihr aber nicht gegeben. Kurze

Zeit später hat sie ihren Job als Laborärztin bei der BASF gekündigt.«

Bauer betrachtete sie geistesabwesend und rieb sich das Kinn.

»Danach hat sie begonnen, sich systematisch auf die Tat in der Arena vorzubereiten«, erzählte Chris weiter. »Hat regelmäßig in einem Schützenverein geübt und Schießübungen im Kohlenkeller ihres Wohnhauses veranstaltet.«

Überrascht riss Bauer die Augen auf.

»Scheint niemand bemerkt zu haben«, sprach Chris weiter.

Es klopfte und Norma kam mit einem Tablett herein, auf dem zwei Tassen, ein Milchkännchen und eine Zuckerdose standen. Sie platzierte eine Tasse vor Bauer und stellte eine vor Chris auf den Schreibtisch.

»Milch und Zucker?«, fragte sie und blinzelte Chris freundlich an.

Chris schüttelte den Kopf. Erst als Norma die Tür wieder hinter sich zugezogen hatte, sprach sie weiter. »Mehr habe ich noch nicht«, sagte sie.

Bauer wirkte enttäuscht. Chris nahm einen Schluck Kaffee und verbrannte sich die Zunge. Mit lautem Klappern stellte sie die Tasse zurück und verbiss sich einen Fluch.

»Sie bleiben dran?«, fragte Bauer und zog die Papiere wieder zu sich her, die er bei ihrem Eintreten zur Seite geschoben hatte.

»Klar«, sagte Chris und erhob sich.

»Gerd ist nicht gut auf Sie zu sprechen«, sagte Bauer, ohne seinen Blick zu heben. »Sie halten sich am besten von ihm fern.«

Chris nickte zustimmend und verabschiedete sich mit einem gemurmelten Gruß.

6

Heute wollte Nermin eine akzentuierte Schlagaktion am Sandsack sehen. Chris verpasste ihm eine mehrfache Rechts-Links-Kombination gefolgt von einem Low-Kick und hielt dann inne. »Was hältst du von der Sache mit dem Spielerberater? Der den Fußballer für eine sensationell hohe Summe vermittelt hat?«, fragte sie keuchend ihre Trainerin. Chris wusste, dass sie in ihrer Zeit als Profi-Kickboxerin auch einen Berater gehabt hatte. »Klingt, als ob sie den Hals nicht voll genug kriegen können«, erwiderte Nermin.

»Wo ist das Problem?«, fragte Chris.

Nermin verschwand im Nebenraum und kehrte mit zwei Schutzpolstern zurück, die sie sich über Hände und Unterarme streifte.

»Treibt die Preise für gute Spieler immer weiter in die Höhe«, erwiderte Nermin. Sie hielt Chris die Schutzpolster entgegen, die sie Pratzen nannte, und erklärte ihr, wie ein High-Kick auszuführen war. Chris schob den Schutz an beiden Schienbeinen zurecht und schlug einige Male mit dem rechten Fuß gegen die Polster aus schwarzem Kunstleder. Wieder hielt sie atemlos inne.

»Das bringt nur den Promispielern und ihren Beratern was«, fuhr Nermin fort und ließ ihre Arme mit den Pratzen sinken. »Und die Clubs müssen sehen, wie sie die hohen Summen auftreiben. Im schlimmsten Fall leidet die Nachwuchsarbeit darunter und die weniger bekannten Spieler kommen zu kurz.«

»Warum steigen die Summen immer weiter?« Chris richtete sich wieder auf und atmete mehrfach tief durch.

»Konkurrenz«, erwiderte Nermin. Sie hob die Arme, legte die Pratzen übereinander und wollte nun einen Front-Kick sehen. Erst als Chris schwer atmend eine Pause einlegte, ließ sie die Schutzpolster sinken. »Wenn zwei Clubs denselben Spieler haben wollen, steigt der Preis«, fuhr sie fort. »Funktioniert natürlich auch umgekehrt. Ist ein Club an zwei Spielern dran, will aber nur einen haben, können sie den Preis drücken.«

»Woher weiß ich, wie es in einem bestimmten Fall gelaufen ist?«, fragte Chris keuchend. Sie hing mit dem Oberkörper nach vorn und stützte sich mit beiden Händen auf den Knien ab.

»Da wird natürlich nichts in der Öffentlichkeit verhandelt«, sagte Nermin. »Aber es gibt immer jemanden, der das mitgekriegt hat. Die Spieler sind stolz, wenn eine Anfrage aus dem Ausland kommt, die müssen das irgendwo loswerden.« Sie fixierte ihren Schützling und grinste. »Wie sieht's aus?«, fragte sie und hob wieder die Pratzen.

Chris seufzte und setzte sich langsam in Bewegung.

Nermin nickte zufrieden. »Front-Kick«, murmelte sie und hielt die Polster vor ihren Körper. Ein dumpfer Ton erfüllte die Halle, als der Schienbeinschutz gegen das Kunstleder knallte.

Nermin tänzelte zur Seite und drückte die Schutzpolster gegen ihre Hüfte. »Low-Kick«, forderte sie und fing den Schlag von Chris' Fuß mit einer kurzen Bewegung des Oberkörpers ab. Dann ließ sie die Pratzen sinken. »Für heute ist es genug«, erklärte sie und streifte sich die Schutzpolster ab.

Die beiden Frauen sahen sich an. Chris schluckte. Rasch wandte Nermin den Blick zur Seite. »Bin gleich mit meiner Freundin verabredet«, sagte sie und ließ die Pratzen neben sich auf den Boden gleiten. »Wir brauchen eine Lampe für unsere Wohnung.« Sie warf Chris einen kurzen Blick zu, den diese nicht deuten konnte.

»Viel Erfolg«, sagte Chris jäh, schnappte sich ihre Jacke und ging. Aufatmend betrat sie die Straße und sah wütend einem klapprigen Peugeot nach, der ihr fast über die Füße gefahren wäre. Sie querte die Straße und erreichte den Häuserblock G3. Der Geruch aus der Bäckerei ließ sie einen Moment zögern, doch dann setzte sie ihren Weg fort. Sie dachte an Weymann, der sehr angespannt auf alles reagiert hatte, was mit seinem Schützling und den Verhandlungen mit dem kanadischen Eishockeyclub zusammenhing.

Eilig stieg sie zu ihrer Wohnung hoch, duschte, zog sich an und packte eine Scheibe Brot und ein Stück Käse ein. Beides stopfte sie in ihre Tasche und verließ ihre Wohnung.

Bereits gestern Abend hatte sie herausgefunden, dass Barbara Kirchner nun als Sekretärin bei den Germanisten der Mannheimer Uni arbeitete. Chris wendete den Opel, fuhr auf den Innenstadtring und aß im Fahren Brot und Käse. Zehn Minuten später erreichte sie das Mannheimer Schloss, in dem die Uni der Quadratestadt untergebracht war. Für die Parkplatzsuche brauchte sie genauso lange wie für ihren Weg von den G-Quadraten zum Schloss.

Sie fand einen freien Parkplatz vor dem Ökumenischen Bildungszentrum Sanct Clara. Von dort war es nur zwei Minuten bis zum Schloss. Sie fragte sich quer durch die Uni, bis sie schließlich vor dem westlichen Schlossflügel stand – Ehrenhof West genannt –, in dem das Germanistische Seminar untergebracht war. Eine Gruppe Japaner hatte sich im Ehrenhof versammelt und fotografierte andächtig die vor wenigen Jahren renovierte Fassade des Barockschlosses. Die Stimme einer Fremdenführerin wehte herüber, die in fließendem Englisch erklärte, dass sie vor einem der größten Schlösser Europas stünden.

Unmittelbar neben dem Torbogen, der die Studierenden zur Mensa führte, fand sich eine schwere Holztür. Ein Schild verriet, dass hier früher der Küchentrakt des Schlosses untergebracht war. Chris trat in das Dämmerlicht des Treppenhauses. Breite Steinstufen trugen sie hinauf in den zweiten Stock.

Es war kühl im Gebäude. Einige Studenten kamen ihr entgegen. Chris fragte sich durch und stand schließlich vor einer verzogenen Tür. Ein handgeschriebener Zettel klebte über dem alten Türschild. Darauf war ein Name zu lesen, *Barbara Kirchner, Sekretärin des Seminars für deutsche Philologie der Universität Mannheim.*

Chris klopfte und öffnete die Tür, ohne auf eine Antwort zu warten. Sie trat in ein schmales Zimmer. In der weiß verputzten dicken Außenwand verkroch sich ein quadratisches Fenster, das nur wenig Licht einließ. Darunter stand ein ältlich wirkender Holzschreibtisch, auf dem sich Bücher und Unterlagen stapelten. An den Wänden zogen sich ringsum Bücherregale, unterbrochen von zwei kümmerlichen Grünpflanzen und einem heruntergekommenen Sofa, davor ein dreibeiniger Couchtisch.

Hinter dem Schreibtisch saß eine Frau in sportlicher Kleidung, deren Alter sich schwer schätzen ließ. Ihre grauen Locken hatten einen asymmetrischen Schnitt und sie war sorgfältig geschminkt. Als Chris den Raum betrat, blickte sie auf. Sie trug Kopfhörer und schien gerade ein Band abzuhören, dessen Inhalt sie in den Computer tippte. Die Sekretärin runzelte die Stirn und zog sich mit der Linken den Kopfhörer herunter.

»Ja bitte?« Sie blickte Chris fragend an.

»Sind Sie Frau Kirchner?«

Die andere nickte.

»Ich bin eine Mitarbeiterin des Security-Service der SAP Arena«, begann Chris, »und ich bin beauftragt, die Hintergründe zu klären, die zur Ermordung von Thomas Wagner geführt haben.«

Kirchner sah Chris überrascht an. »Und was bringt Sie da zu mir?«, fragte sie.

»Ihr früherer Arbeitgeber hat mir erzählt, dass Sie die Täterin kennen, Anita Schürer«, erklärte sie.

Die Augen Kirchners weiteten sich. »Wer?« Sie wirkte auf einmal geschockt.

»Anita Schürer. Sie hat auf Thomas Wagner geschossen.«

Kirchner wurde blass. Chris sah, dass ihre Hände zitterten, als sie den Kopfhörer bedächtig zur Seite legte.

»Sie kennen Frau Schürer?«, fragte Chris.

»Warum sind Sie hier?«, fragte Kirchner. Nun lag Vorsicht in ihrem Blick.

»Ich gehöre zum Security-Personal der Arena und versuche herauszufinden, warum sie das getan hat«, wiederholte Chris.

Bedächtig nahm Kirchner einen Schluck aus der Tasse und

stellte sie wieder ab. Sorgfältig trocknete sie einen Tropfen in ihrem Mundwinkel.

»Wir hatten uns fast dreißig Jahre nicht gesehen. Ich war ziemlich verblüfft, als sie vor zwei Jahren in Weymanns Büro auftauchte«, begann sie zögernd. »Es ging ihr nicht sehr gut damals, kurz zuvor war ihre Tochter gestorben.«

»Wusste Frau Schürer, dass Sie für Weymann arbeiten?«, fragte Chris.

»Nein.« Kirchner schüttelte den Kopf. »Sie war genauso überrascht wie ich.« Sie schob die Tastatur zur Seite, griff erneut nach der Tasse und trank einen Schluck. »Ich habe nur ein paar Monate für ihn gearbeitet. Ich mochte Weymann nicht besonders und war froh, wieder an die Uni wechseln zu können.«

Von draußen drang lautes Gelächter zu ihnen. Vermutlich Studierende vor der Mensa, die sich gleich hinter dem Westflügel befand.

»Woher kannten Sie Frau Schürer?«, fragte Chris.

»Ich habe viele Jahre für Professor Herrmann gearbeitet, Anitas Doktorvater an der Heidelberger Uni«, sagte Kirchner und schob sich eine Strähne hinter das Ohr. »Er hatte mit seinen Studenten einen regelmäßigen Stammtisch und hat mich auch oft gefragt, ob ich nicht dazukommen will. Damals war ich nur wenige Jahre älter als seine Studenten und bin ganz gern mitgegangen. Wir haben immer eine Menge Spaß gehabt und besonders Anita mochte ich sehr, deshalb habe ich mich ja so gefreut, als ich sie vor zwei Jahren zufällig wiedergetroffen habe. Es tat mir damals sehr leid für Anita, obwohl sie nicht ganz unschuldig daran war.«

Chris runzelte die Stirn und sah die Sekretärin fragend an.

»Anita hatte 1986 eine kurze Affäre mit Hagen Petzold, dem Schwager von Professor Herrmann«, erwiderte Kirchner und seufzte. »Sie hat sich sicher nicht viel dabei gedacht, alle wussten, dass sie gern ab und zu eine kleine Affäre hatte. Aber die Ehe der Petzolds hat das ziemlich ins Schleudern gebracht. Und Professor Herrmann hing sehr an seiner Schwester, sie hat ihn großgezogen, als die beiden im Krieg ihre Eltern verloren haben.«

»Er hat das Anita Schürer übel genommen«, erwiderte Chris. Kirchner nickte. »Ja«, sagte sie, »sehr. Vorher war sie eine von seinen Lieblingsstudentinnen gewesen. Danach hat er sie praktisch gezwungen, ihre Uni-Laufbahn zu beenden.«

»Sie hätte doch bei einem anderen ihre Doktorarbeit zu Ende bringen können.«

»Nein.« Kirchner schüttelte den Kopf. »Dafür hat Professor Herrmann gesorgt. Sind schließlich alles Kollegen von ihm. Anita hatte danach keine Chance mehr.«

»Sie hätte sich wehren können«, sagte Chris.

»Solche Dinge laufen auf informellen Wegen«, erwiderte Kirchner und lächelte schwach. »Dagegen kann sich kein Mensch wehren. Das war natürlich für Anita sehr bitter. Sie wollte immer an der Uni Karriere machen. Damit waren ihre Pläne über den Haufen geworfen.«

»Frau Schürer hat kurze Zeit nach ihrem Besuch bei Weymann ihre Arbeit bei BASF gekündigt«, sagte Chris.

»Wundert mich nicht«, sagte Kirchner, »sie war nicht glücklich dort, das hat sie mir damals erzählt.«

»Wissen Sie, was sie von Weymann wollte?«

»Nein«, Kirchner schüttelte den Kopf, »das hat sie mir nicht verraten, und Weymann wollte ich nicht danach fragen. Obwohl ich mich schon gewundert habe.« Sie zog die Tastatur wieder zu sich her und blickte Chris fragend an.

»Wissen Sie, ob Frau Schürer Thomas Wagner kannte?«, beharrte Chris.

»Keine Ahnung«, sagte Kirchner und griff nach ihren Kopfhörern. »So gut kenne ich sie nicht, dass ich sie hätte danach fragen können. Wir haben über ihr ehrenamtliches Engagement gesprochen. Sie hat ja einige Jahre für die Organspende-Organisation ›Länger leben‹ gearbeitet, hier in Mannheim.«

Sie nickte Chris ein letztes Mal zu, zog sich die Kopfhörer über ihre Ohren und wandte sich wieder ihrem Bildschirm zu. Ihre Finger huschten ohne Stocken über die Tastatur und sie beachtete Chris nicht weiter, die sich mit einem kurzen Gruß verabschiedete.

***

In den G-Quadraten fand Chris direkt vor ihrer Haustür einen Parkplatz, was selten genug war. Aus ihrem Briefkasten quollen ihr Werbebriefe entgegen, sie erinnerte sich nicht, in den vergangenen zwei Tagen den Kasten gelehrt zu haben. Sie stopfte den Werbemüll in ihre Tasche und machte sich auf den Weg nach oben. In der Küche beförderte sie die bunt bedruckten Blätter ins Altpapier.

Die Luft in ihrer Wohnung roch abgestanden. Chris riss die Fenster auf und blieb tief durchatmend im offenen Rahmen stehen. Doch das Gefühl, in den eigenen vier Wänden zu ersticken, ließ nicht nach. Sie warf das Fenster wieder zu, riss ihre Lederjacke vom Haken und flüchtete ins »Helium«.

In der Kneipe angekommen, blieb sie kurz stehen und sah sich um. Eine Frau mit blondem Wuschelkopf saß am Tresen, mit dem Rücken zum Gastraum. Chris stutzte. Haare und Profil kamen ihr bekannt vor. Sie musste an Nermin denken. Die Stimme der Trainerin klang in ihren Ohren und sie glaubte sogar, ihr Lächeln rauszuhören. Chris wischte sich die Stirn und schob alle Gedanken an Nermin energisch zur Seite. Sackgasse.

Grübelnd wanderte ihr Blick zu der blonden Frau hinüber. Chris gab sich einen Ruck und schob sich neben sie auf einen Barhocker. Die Frau wandte den Kopf und warf ihr einen verblüfften Blick zu. Es war tatsächlich die Frau, die sie vor vier Tagen hier im »Helium« angegrinst hatte.

»Hallo«, sagte Chris und lächelte.

Ein Schmunzeln zog sich über das Gesicht der Unbekannten. »Hallo«, erwiderte sie mit dunkler Stimme und schob das Buch zur Seite. »Wir sind uns doch schon mal über den Weg gelaufen.«

Chris nickte. »Spannend?«, fragte sie und deutete mit dem Kopf auf das Buch.

»Geht so«, erwiderte die andere. »Wie heißt du?«

»Chris.«

»Julia«, sagte die Frau und trank einen Schluck Bier. »Magst du auch eins?« Sie hob das Glas.

»Ja, warum nicht«, erwiderte Chris.

Julia winkte den Barkeeper herbei.

»Das gleiche«, sagte Chris und deutete auf das Glas, das vor Julia stand.

»Ich hab dich neulich das erste Mal hier gesehen«, erklärte Chris. »Kommst du öfter ins ›Helium‹?«

Julia schüttelte den Kopf. »Bin erst vor ein paar Wochen hergezogen«, erklärte sie.

»Was treibt dich nach Mannheim?«, fragte Chris.

Der Barkeeper platzierte das Bier vor ihr auf dem Tresen und notierte auf dem Bierdeckel einen Strich. Julia grinste und prostete ihrem Gegenüber zu.

Das Glas fühlte sich angenehm kühl an. Chris nahm einen tiefen Schluck und wischte sich den Schaum von der Oberlippe.

»Meine Freundin wohnt hier«, erklärte Julia und stellte das Glas ab. Als ihr Blick auf das überraschte Gesicht von Chris fiel, musste sie schmunzeln.

»Wir führen eine offene Beziehung«, erklärte Julia leichthin.

Chris lächelte. »Was hast du denn in Mannheim schon alles gesehen?«, fragte sie.

Als sie an diesem Abend das »Helium« verließ, hatte sie Julia eine Menge über ihre Heimatstadt erzählt. Auf dem Weg zu ihrer Wohnung musste sie schmunzeln. Bisher war ihr gar nicht klar gewesen, wie sehr sie Mannheim liebte.

7

Am nächsten Morgen meldete sich ihr Bewusstsein nach einem tiefen Schlaf nur ganz allmählich zurück. Chris sah im Halbschlaf Julias Gesicht vor sich und hörte ihre dunkle Stimme, die begeistert vom Mannheimer Nationaltheater erzählte. Lächelnd schwang sie sich aus dem Bett und ging ins Bad. Das warme Wasser der Dusche entlockte ihr einen tiefen Seufzer. Was für ein Glück, dass Julia eine offene Beziehung führte. Chris mochte sie, war sich aber ziemlich sicher, dass sie sich nicht in sie verlieben würde. Beste Voraussetzungen für ein bisschen Spaß. Chris drehte das Wasser wärmer und genoss das Gefühl der heißen Tropfen auf ihrer Haut.

Als sie die Sporthalle betrat, lag noch immer ein Lächeln auf ihrem Gesicht. Eindringlich musterte Nermin sie, stellte jedoch keine Fragen. Chris spürte Bedauern. Unvermittelt dachte sie an Julia und das Kribbeln in ihrem Bauch kehrte zurück.

»Heute möchte ich das übliche Aufwärmtraining sehen, dann zwanzig Liegestütz, zwei mal zwei Minuten Sprünge mit dem Seil und anschließend Training am Sandsack«, erklärte Nermin. Sie ging hinüber zu den Matten, die noch vom Abend zuvor kreuz und quer in der Halle lagen.

Chris begann mit Laufen auf der Stelle und das Keuchen ihres Atems holte sie endgültig zurück in die Realität. Am Sandsack schließlich verflogen die letzten Reste ihres Traums. Es blieb ein gutes Gefühl.

»Weiß du was?«, rief sie quer durch die Halle und stoppte mit der Rechten den sachte pendelnden Sandsack.

Nermin hob den Kopf.

»Die Sekretärin hat behauptet, die Schürer hätte damals ihre Doktorarbeit abbrechen müssen, weil sie eine Affäre mit dem Schwager ihres Doktorvaters hatte. Dafür hat er sie rausgeworfen und auch bei Kollegen angeschwärzt.«

Nermin blickte sie fragend an.

Chris musste grinsen. Dann ging sie zu ihrer Trainerin hinüber und erzählte ihr von dem Mord und ihren bisherigen Ermittlungen. »Und gestern war ich bei Weymanns früherer Sekretärin«, schloss sie ihren Bericht. »Die hat mir von der abgebrochenen Doktorarbeit Schürers erzählt.«

»Und was hat das alles mit dem Mord in der Arena zu tun?«, fragte Nermin nüchtern.

Chris kehrte an ihren Platz zurück. »Das werde ich rausfinden!«, rief sie und begann erneut, auf den Sandsack einzuschlagen.

Nermin kam zu ihr herüber und hielt den Sack fest, damit er unter ihren Schlägen nicht so stark pendelte. Als Chris nach Luft ringend innehielt, nickte Nermin anerkennend.

»Es lohnt sich immer, dranzubleiben. Man weiß erst hinterher, ob man wirklich eine Chance auf den Sieg hatte«, sagte Nermin und sah sie mit einem Lächeln an, das Chris verlegen machte. Nermin wandte sich ab und kehrte zu ihren Matten zurück. Grübelnd blickte Chris ihr nach.

Auf dem Weg nach Hause fiel ihr Blick auf den Zeitungsständer vor einem der kleinen Läden. In zentimetergroßen Schlagzeilen verkündete der Mannheimer Morgen, dass es einen Eishockeyspieler gab, der unmittelbar von Wagners Tod profitierte. Chris schnappte sich eines der Exemplare und legte ein paar Münzen auf den Tresen. Der Artikel gab nicht viel mehr her als die Schlagzeile. Die Faktenlage war dünn und die Meldung lebte von der Spekulation. Der Journalist hatte herausgefunden, dass die Vancouver Canucks nicht nur mit Wagners Berater verhandelten. Ein weiterer Spieler war im Gespräch gewesen, der nun als einzige Alternative zurückblieb. Ein Name wurde nicht genannt.

Eine halbe Stunde später saß Chris in ihrem Opel und machte sich auf den Weg zur SAP Arena. Heute absolvierten die Adler nach dem Mord ihr erstes Training in der Nebenhalle der Arena, das musste in Kürze zu Ende sein. Die breite Alleenstraße der Augustaanlage brachte Chris zur Autobahn. Sie bog zur Arena ab und steuerte das Parkhaus an. Eine Fußgängerbrücke führte sie über die Straßenbahngleise zur Nebenhalle. Mit ihr strömten einige Kinder mit Eishockeyschlägern in das Gebäude, begleitet von erwachsenen Personen mit riesigen Sporttaschen.

Chris betrat die Arena und nahm die Treppe in den ersten Stock, wo ein italienisches Restaurant untergebracht war. Nur wenige Tische waren besetzt. Sie setzte sich an eines der großen Innenfenster, von dort aus hatte sie einen guten Blick auf die Eisfläche. Bei einem mürrisch wirkenden Endfünfziger mit schwarz gefärbten Haaren bestellte sie einen Kaffee.

Unten auf der Eisfläche versammelte der Trainer die Spieler um sich und sprach eindringlich auf sie ein. Die Männer wirkten verhalten. Der Trainer schickte die Eishockeyspieler in eine weitere Trainingsrunde. Jeder der Spieler schnappte sich einen Puck und drehte auf dem Eis einige Runden, schob die schwarze Scheibe mal mit dem Schläger, mal mit den Kanten seiner Schlittschuhe von rechts nach links. Es musste schwer sein, nach dem Tod eines Spielers zur Tagesordnung zurückzukehren.

Konzentriert beobachtete Chris den Trainer. Er trug einen schwarzen wattierten Trainingsdress mit Adler-Aufdruck. Wenige Minuten später griff er zur Pfeife. Die Spieler glitten abschließend ein paar Runden über das Eis und staksten dann auf ihren Schlittschuhen zum Ausgang. Das Training war zu Ende.

Chris leerte ihre Tasse und machte sich auf den Weg nach unten. Der Trainer lehnte an der Bande und sprach mit einem Reporter. Als dieser sich verabschiedete, wandte er sich an zwei Männer in wattierten Trainingsanzügen. Chris beobachtete das lebhaft geführte Gespräch und wartete ab, bis der Reporter die Halle verlassen hatte. Dann ging sie auf die drei Männer zu.

Der Cheftrainer lehnte mit beiden Händen in den Taschen an der Bande. Ihm gegenüber standen die beiden anderen, breitbeinig und mit untergeschlagenen Armen. Als Chris näherkam, dämpften die drei ihre Stimmen, dennoch konnte sie mehrfach den Namen Thomas Wagner heraushören. Als sie herantrat, verstummte das Gespräch. Die beiden Begleiter blickten sie neugierig an, der Cheftrainer der Adler starrte auf den Boden und scharrte mit den Füßen.

»Harald Lehmann?«, fragte Chris und fixierte den Mann ihr gegenüber.

Der Trainer hob den Kopf und musterte sie misstrauisch. Mit gespreizten Fingern strich er sich strähnige braune Haare aus dem Gesicht. Ein Tick ließ sein linkes Auge in Abständen zucken.

»Herr Lehmann?« Chris nickte ihm freundlich zu.

Mürrisch senkte er den Blick. »Ja?«, knurrte er schließlich und stieß sich von der Bande ab. Nun stand er neben seinen Gesprächspartnern, ebenso breitbeinig und standhaft wie sie, doch schlanker und nervös wie ein Windhund.

»Haben Sie einen Moment?«, fragte Chris. Sie warf einen Blick auf die anderen beiden. »Allein?«

Einer der Männer spuckte verächtlich auf den Boden. Dann verzogen sie sich wie Kinder, die für ein Gespräch der Erwachsenen weggeschickt werden.

»Was wollen Sie von mir?«, fragte Lehmann und sah an ihr vorbei.

»Ich bin eine Mitarbeiterin des Security-Service der SAP Arena«, sagte Chris. »Ich versuche herauszufinden, warum Thomas Wagner sterben musste.«

»Lassen Sie mich zufrieden«, knurrte er und wandte sich ab.

»Interessiert Sie nicht, was mit Ihrem Schützling passiert ist?«, fragte Chris mit lauter Stimme. »In Ihrer eigenen Halle?«

Lehmann zuckte zusammen und blieb stehen. »Was wollen Sie damit sagen?« Unwillig schüttelte er den Kopf.

»Müsste doch eigentlich auch in Ihrem Interesse sein. Es geht um die Sicherheit Ihrer Leute«, erwiderte Chris und ließ ihn nicht aus den Augen.

Mit abschätzender Miene erwiderte Lehmann ihren Blick. Das Zucken um seinen Mund verriet Chris, dass sie ihn jetzt hatte. Dann kehrte er zurück. Er griff in seine linke Hosentasche und brachte eine Handvoll Kürbiskerne zum Vorschein.

»Was für ein Mensch war Wagner?«, fragte Chris.

Lehmann schob sich einen Kürbiskern in den Mund. »War okay«, sagte er kauend.

Chris schwieg.

»Wagner war in Ordnung« wiederholte Lehmann, beugte sich vor und spuckte Chris die Schale vor die Füße. »Redete nicht viel.« Er schob sich einen weiteren Kürbiskern in den Mund. »Außerdem war er ehrgeizig«, sprach er weiter und mahlte mit den Backenzähnen, »wollte unbedingt gewinnen. Hatte den Willen eines Siegers.«

Chris nickte.

»Er hat jeden Tag eisern trainiert, da kannte er nichts. Gehörte zu den Besten.« Lehmann kaute schneller und rieb sich mit einer fahrigen Bewegung die Stirn. »Er hat nur für seinen Sport gelebt, wollte schon als Jugendlicher Profisportler werden. Ich habe ihn bei den Jungadlern kennengelernt. Hab gesehen, wie ehrgeizig der Junge ist. Also hab ich ihn gefördert, so gut ich konnte. Und habe es nie bereut.«

»Hatte er eine Freundin?«

Lehmann sog scharf die Luft ein und verschluckte sich fast. »Keine feste«, sagte er und hustete. »Hatte manchmal eine Affäre, sonst nichts.«

»Hatte er Probleme mit Frauen?«, fragte Chris.

Überrascht hob Lehmann den Kopf. »So ein Blödsinn«, sagte er harsch, »der hatte keine Zeit für Frauen, das ist alles. Wer erzählt denn so was.« Er stieß einen verächtlichen Laut aus. »Sein Bruder, oder? Der hatte Tom in letzter Zeit echt auf dem Kieker.«

»Wieso?«

»Haben sich in den vergangenen Wochen mehrfach in der Wolle gehabt. Passt gar nicht zu den beiden, die verstanden sich bisher eigentlich ganz gut«, sagte der Trainer und setzte sich in Bewegung.

»Wagner war sportlich sehr erfolgreich«, sagte Chris rasch.

»Seit mehr als fünf Jahren gehörte er zur Weltspitze«, erwiderte Lehmann und blieb stehen. »Es war nur eine Frage der Zeit, bis sich ein Club der NHL meldet. Blöd nur, dass es noch einen gab, mit dem die Vancouver Canucks verhandelt haben. Aber Tom wusste schon ...«

Chris musterte prüfend das Gesicht des Trainers. Das nervöse Zucken seines Auges verstärkte sich.»Was meinen Sie?«, fragte sie. Unwillig zuckte Lehmann die Schultern.»Er hat da so ein paar Andeutungen gemacht«, sagte er und strich sich die strähnigen Haare aus dem Gesicht.»Hat wohl eine Möglichkeit gefunden, Schneider da rauszudrängen.«

Chris runzelte die Stirn.»Schneider?«, fragte sie.

Unwillig warf Lehmann die restlichen Kürbiskerne auf den Boden.»Ist doch jetzt auch egal«, knurrte er.»Aber von mir haben Sie das nicht.« Er wandte sich ab und ließ sie einfach stehen.

In Gedanken versunken blickte Chris ihm hinterher. Dann verließ sie die Nebenhalle der Arena und steuerte die Fußgängerbrücke an. In Gedanken versunken, kehrte sie zu ihrem Wagen zurück und lenkte den Corsa über die Augustaanlage in die Mannheimer Innenstadt. In den L-Quadraten stellte sie den Wagen ab und holte sich von einem nahe gelegenen Asia-Imbiss eine Schale Reis mit Rindfleisch-Curry. Eigentlich war es nicht weit nach Hause, doch dort war der Kühlschrank leer.

Die Lauerschen Gärten, eine Parkanlage in M6, waren wie immer um diese Zeit von Schülern der angrenzenden Schulen bevölkert. Chris setzte sich auf eine Bank neben zwei kichernde Teenager und schaufelte Reis und Rindfleisch schweigend in sich hinein. Zwei Hunde balgten vor roten Sandsteinen, letzter oberirdisch erhaltene Rest der Befestigungsmauern Mannheims.

Chris stellte die Schale zur Seite und griff nach ihrem Handy. Sie brauchte nicht lange, um herauszufinden, dass bei den Kölner Haien ein Jürgen Schneider spielte. Zeit, Weymann einen weiteren Besuch abzustatten.

Die letzten Bissen aß Chris im Gehen und am Ausgang der Gärten beförderte sie die Aluschale mit einem gezielten Wurf in einen der Abfalleimer. Von hier aus konnte sie den Rosengarten in fünf Minuten zu Fuß erreichen. Obschon Mitte März, pfiff ein kalter Wind über den Rosengartenplatz. Chris zog ihre Jacke fester um die Schultern. Heute wurde es nicht richtig hell und in den Fenstern des Bürogebäudes brannten vereinzelte Lichter.

Sie drückte die Klingel neben Weymanns Namen, und als kurz darauf der Summer ertönte, schob sie die Eingangstür auf. Im ersten Stock stand eine Tür offen und Licht ergoss sich wie ein gelber Teppich auf den Steinboden. Stimmen drangen nach außen und ein Türschild verriet, dass hier eine Übersetzerin ihr Büro hatte. Chris nahm die Treppe weiter nach oben und erreichte kurz darauf das oberste Stockwerk.

Weymanns flippiger Assistent musterte sie skeptisch und sagte rasch: »Sie sind zu früh. Der Chef ist noch nicht da.«

»Wann kommt er?«, fragte Chris.

Er zuckte mit der Achsel und sah auf seine Armbanduhr, deren Lederband notdürftig zusammengeflickt war. »Müsste eigentlich in der nächsten halben Stunde hier sein.«

»Okay«, erwiderte Chris, »ich komme wieder.«

Er grinste und antwortete nicht, als Chris sich mit einem kurzen Gruß verabschiedete. Sie kehrte zurück auf den Rosengartenplatz und betrat das Vapiano, das nur wenige Meter entfernt lag. Sie holte sich eine Cola und nahm einige der Tageszeitungen mit zu ihrem Platz. Alle berichteten über den Eishockeyspieler, der vom Tod Wagners profitierte. Doch nirgendwo war ein Name genannt.

Chris legte die Zeitungen zur Seite und sah auf die Uhr. Die halbe Stunde war fast vorüber, Weymann musste inzwischen gekommen sein. Sie leerte ihre Cola und machte sich auf den Weg.

In Weymanns Büro blickte ihr der Sekretär erwartungsvoll entgegen. »Sie haben Glück«, sagte er grinsend und deutete zum Zimmer seines Vorgesetzten. »Der Chef ist jetzt da.«

Der Gang war dunkel, nur ein schmaler Lichtstreifen quoll unter der Tür hervor. Energisch klopfte Chris und trat ein, ohne auf Antwort zu warten. Im Büro erhellte eine Schreibtischleuchte das trübe Tageslicht.

»Ja?« Weymann sah überrascht auf. Sein Schreibtisch wirkte wie leer gefegt, lediglich ein paar Blätter Papier waren darauf verteilt. Chris trat wortlos näher und setzte sich. Wie beim letzten Mal lag unter dem Schreibtisch der Rottweiler. Sein Kopf ruhte auf seinen Pfoten und er musterte sie träge aus halb geschlossenen Augen. Chris griff in ihre Umhängetasche und legte die aktuelle Ausgabe des »Mannheimer Morgen« auf den Tisch.

Weymanns Blick blieb an der Schlagzeile hängen. »Was soll das?«, fragte er unwillig.

»Sie haben mit den Vancouver Canucks wegen Wagner verhandelt. Die größte Chance seines Lebens. Je besser sein Vertrag, desto höher Ihre Provision.«

»Ich weiß«, erwiderte Weymann zynisch, »ich habe die Verhandlungen geführt. Was wollen Sie von mir?« Er wirkte genervt, seine Finger trommelten ungeduldig auf der Lehne seines Schreibtischstuhls. »Im Sport ist das so üblich. Mag sein, dass Ihnen das nicht geläufig ist. Welchen Sport treiben Sie? Spazieren gehen? Walken?« Er grinste überlegen. Der Rottweiler hob seinen Kopf und beobachtete sie wachsam.

»Ich glaube, Sie haben hoch gepokert«, erwiderte Chris. »Sie haben alles getan, um eine höhere Summe herauszuschlagen. Und damit eine höhere Provision.«

Weymann starrte sie an. Der Rottweiler fing an zu knurren. Dann öffnete Weymann seinen Mund und ein eigenartiges Geräusch erklang.

Chris beobachtete ihn interessiert.

Auf einmal klatschte sich Weymann mit beiden Händen auf die Schenkel und brüllte vor Lachen.

Der Heiterkeitsausbruch hörte so abrupt auf, wie er begonnen hatte. Weymann beugte sich nach vorn und schob die Zeitung zu ihr hinüber.

»Und jetzt gehen Sie. Ich habe noch zu tun.«

Der Rottweiler hörte auf zu knurren.

»Übrigens«, Weymann hatte sich wieder seinem Computer zugewandt, »wenn Sie sich genauer informiert hätten, wäre Ihnen aufgefallen, dass ein weiterer Spieler im Gespräch ist.« Er drehte sich zur Seite und grinste. »Das bedeutet«, fuhr er fort, »das hätte den Preis verringert, nicht nach oben getrieben. Aber das können Sie ja nicht wissen. Schließlich haben Sie vom Sport und von internationalen Spielerverträgen keine Ahnung.« Er lachte höhnisch und wandte sich seinem Bildschirm zu.

Wortlos ging Chris zur Tür. Dort blieb sie abwartend stehen, bis Weymann erneut den Kopf hob und sie verärgert ansah.

»Wenn zwei im Gespräch sind, verringert das den Preis«, erwiderte Chris und lächelte freundlich. »Aber Jürgen Schneider war drauf und dran, aus den Verhandlungen auszusteigen.«

Weymann erstarrte. Der Rottweiler hob mit einem leisen Knurren den Kopf.

Chris lächelte zufrieden und ging. In Gedanken versunken, kehrte sie in die Quadrate zurück. Ihren Wagen hatte sie vor einem Hot-Dog-Imbiss abgestellt. Achtlos zog sie einen Strafzettel unter dem Scheibenwischer hervor, knüllte das Papier zusammen und warf es auf die Straße. Als sie den Motor anließ, fiel ihr ein, dass sie Bauer noch einen Besuch versprochen hatte. Sie gab Gas und steuerte den Wagen in das Industriegebiet Mallau.

Bauer arbeitete gerade an einer Präsentation für das Sicherheitskonzept der Bunker Mannheims. Auf seinem Tisch lagen Pläne und Notizen herum.

»Wie gefällt Ihnen das?«, fragte er Chris.

»Sieht nach einem finsteren Arbeitsplatz aus«, erwiderte sie und grinste.

»Das will ich meinen«, sagte Bauer und lachte. Plötzlich brach er ab und rieb sich mit finsterer Miene die linke Schulter.

»Alles okay?«, fragte Chris besorgt.

»Schon gut«, murmelte Bauer und kehrte zu seinem Schreibtisch zurück, ließ sich dort schwer auf den Stuhl sinken. Sein Gesicht war verzerrt. »Was gibt's Neues?«, fragte er mühsam.

Chris berichtete.

»Okay«, sagte er und lächelte gequält. »Ist noch nicht viel, aber Sie sind ja erst vier Tage dran. In zwei Tagen will ich Sie wieder hier sehen.«

Chris warf ihm einen besorgten Blick zu und verabschiedete sich. Auf dem Weg nach unten kam ihr Gerd entgegen. Entgeistert starrte er sie an.

»Was machst du hier?«, fragte er, und sein Gesicht wurde finster.

»Hab nur meine Papiere geholt«, erwiderte sie achselzuckend und schritt gelassen die Treppe hinunter.

8

Bis zu den G-Quadraten dauerte es zehn Minuten. Ihren Corsa quetschte Chris in eine Lücke zwischen einem BMW und einem altersschwachen Polo. In ihrer Wohnung stand die Luft. Chris riss das Küchenfenster auf, nahm sich ein Glas aus dem Schrank und hielt es unter den laufenden Wasserhahn. Mit gierigen Zügen trank sie, setzte aufatmend das Glas ab und starrte grübelnd aus dem Fenster.

Sie seufzte tief und beschloss, dass jetzt ein guter Moment war, mit dem Walken anzufangen. Zögernd ging sie zu ihrem Kleiderschrank und suchte nach den Sportklamotten. Es war lange her, dass sie Laufhosen getragen hatte. Chris verzog unwillig das Gesicht, als sie feststellte, dass nichts mehr passte. Sie entsorgte die zu klein gewordene Kleidung direkt im Mülleimer, zog eine bequeme Jeans an und darüber einen warmen Pullover. Zum Schluss schlüpfte sie in ihre Joggingschuhe. Wenigstens die passten noch.

Vage erinnerte sie sich daran, wie ihr eine Freundin die Technik des Walking gezeigt hatte. Entschlossen winkelte sie die Arme an und machte sich auf den Weg. Auf der Straße zwischen den Häuserblocks der H- und G-Quadrate kam sie rasch voran. Vor dem Restaurant »Istanbul« am Marktplatz stand eine Gruppe türkischer Männer unterschiedlichen Alters. Sie redeten und kauten Pistazien, gelegentlich flatterte eine helle Schale zwischen ihnen nach unten auf die teerschwarzen Ritzen des Kopfsteinpflasters. Gegenüber war eine malerische Häusergruppe im Barockstil zu sehen, bestehend aus Altem Rathaus und Pfarrkirche, dazwischen der alte Kirchturm.

In der Kurpfalzstraße folgte sie den Straßenbahnschienen bis über die Kurpfalzbrücke auf die andere Neckarseite. Der Biergarten des Alten Bahnhofs lag verlassen im trüben Tageslicht. Vor den Eisenbahnwaggons, die als Kiosk dienten, ragten zusammengeklappte grüne Sonnenschirme in den Himmel und warteten auf die ersten schönen Tage. Eine schmale Treppe führte Chris hinunter auf die Wiese am Neckarvorland. Dort tummelten sich bei Sonnenschein Familien, Grillgruppen und Verliebte, heute hatten sich nur vereinzelte Hundeliebhaber eingefunden.

Der Wind strich über ihr Gesicht und hinterließ ein angenehmes Gefühl. Ihre Gedanken kehrten zu ihrem Auftrag zurück. Weymann war erst mal raus. Seine Vorstellung vom überlegenen Spielerberater heute Morgen war nicht sehr überzeugend gewesen. Trotzdem wollte sie sich nicht ausschließlich auf ihn einschießen. Es gab noch andere Spuren.

Bisher hatte sie auf beiden Seiten nach Hintergründen gesucht. Vielleicht sollte sie sich das Umfeld des Opfers noch mal genauer ansehen. Es war sehr wahrscheinlich, dass sie das Motiv für den Mord bei ihm und seinem Vorleben finden würde. Sie überlegte, wer für weitere Nachforschungen infrage kam. Seine Eltern natürlich, seine Geschwister und vielleicht auch Freunde.

Chris wischte sich den Schweiß von der Stirn und blickte in den verhangenen Himmel. Sie fühlte sich gut.

Als sie wieder in ihre Wohnung kam, setzte sie sich verschwitzt, wie sie war, vor ihren Rechner. Es dauerte nicht lange, bis sie Zeitungsberichte über Wagner gefunden hatte. Chris durchstöberte weitere Zeitungsportale, bis sie in einem älteren Artikel auf den Namen und den Wohnort von Wagners Eltern stieß. Sie waren wohl vor einigen Jahren von Mannheim in das knapp dreißig Kilometer entfernte Speyer gezogen.

Chris suchte deren Telefonnummer heraus und griff zum Telefon. Ein Anrufbeantworter sprang an und Chris lauschte auf die knappe Ansage einer Männerstimme. Sie legte auf, streckte sich und beschloss, erst mal zu duschen.

Kurz darauf saß sie mit nassen Haaren erneut vor dem Computer. Sie suchte nach weiteren Hinweisen auf Wagners Privatleben, doch im Netz waren nur Geschichten über seine sportliche Laufbahn zu finden. Lediglich dass Wagners Vater Möbelvertreter war, wurde in einem der Artikel am Rande erwähnt. Chris fuhr den Computer herunter und schob die Maus zur Seite.

Sie sehnte sich nach Maike. Vielleicht sollte sie Regina anrufen und einen Termin ausmachen. Sie wollte schon zum Telefonhörer greifen, doch dann ließ sie die Hand wieder sinken. Sie wollte Maikes Leben nicht durcheinanderbringen, nur weil sie im Moment keine geregelten Arbeitszeiten hatte. Sie beschloss, schlafen zu gehen.

Im Bett kreisten ihre Gedanken noch eine Weile um ihren Auftrag, doch allmählich glitt sie in den Schlaf. Kurz bevor sich ihr Bewusstsein in Traumwelten verlor, sah sie wieder den Mann vor sich, der am Kellerfenster vor Anita Schürers Haus gestanden hatte. Auf einmal wusste sie, wo sie das Gesicht schon gesehen hatte. Befriedigt drehte sie sich zur Seite und schlief ein.

Am nächsten Morgen rief sie erneut Wagners Eltern an. Nach zweimaligem Klingeln erklang eine Männerstimme.

»Wagner«, bellte es aus dem Telefon.

Chris erklärte ihm, dass sie vom Security-Service der SAP Arena sei und mehr über die Hintergründe des Mordes herausfinden wolle.

»Kommen Sie im Laufe des Vormittags vorbei«, rotzte die Männerstimme, dann wurde das Gespräch abrupt beendet.

Schon wenig später saß sie im Corsa auf dem Weg nach Speyer, eine der ältesten Städte Deutschlands. Dichter Nebel waberte in den Waldsenken links und rechts der Autobahn. Diffuses Licht drang durch eine geschlossene Wolkendecke, die Sonnenscheibe dahinter war nur zu erahnen.

Vor dem graublauen Himmel zeichneten sich die ungleichen Türme des Speyerer Doms ab. Chris wusste, dass er zum UNESCO-Weltkulturerbe gehörte, trotzdem hatte sie noch nie einen Fuß in diese weltweit größte erhaltene romanische Kirche gesetzt.

Sie umrundete den Domplatz und fuhr im Schritttempo über das Kopfsteinpflaster der Fußgängerzone, wo sich schon einige Touristen tummelten. Bald erreichte sie ein liebevoll renoviertes

Einfamilienhäuschen im Hasenpfuhl, eines der beliebtesten Viertel der historischen Altstadt Speyers. Die Außenwände waren in neutralem Weiß gehalten. Eine üppige Klematis rankte sich bis unters Dach. Neben der Haustür hing ein getöpfertes Schild mit dem verschnörkelten Schriftzug *Wagner*. Chris klingelte und hörte den Nachhall einer melodisch schwingenden Melodie.

»Ja?« Der Mann, der ihr öffnete, war etwa einen Kopf größer als Chris. Durch seine grauen Haarstoppeln schimmerte die Kopfhaut und sein Hemd war bis zum letzten Knopf dicht unter dem Kinn geschlossen. Um seinen Mund glaubte Chris einen bitteren Zug zu sehen, sonst ließ nichts darauf schließen, dass er vor gut einer Woche seinen Sohn verloren hatte.

»Wir haben heute Morgen telefoniert«, sagte Chris.

Grübelnd sah Hubert Wagner Chris an, seine weit geöffneten Pupillen ließen nur einen schmalen Rand der Iris zurück, deren Farbe nicht zu erkennen war. Er drehte sich um und bellte: »Kommen Sie mit.«

Chris folgte ihm durch einen engen, dunklen Gang, der sie zu einer steilen Treppe führte. Wagner ging schweigend voran, er hatte schmale Schultern, trug ein tadellos gebügeltes, dunkelgrünes Hemd mit einer schräg über seinen Rücken laufenden Sitzfalte. Die hölzernen Treppenstufen waren mit dunkelrotem Teppichboden belegt und jeder Schritt wurde von einem dumpfen Geräusch begleitet.

Wagner führte sie durch das Treppenhaus in den ersten Stock und steuerte auf eine Glastür zu, durch dessen geriffeltes Glas nur wenig Licht in den Gang fiel. Er öffnete sie und ließ Chris an sich vorbei ins Zimmer treten. Durch die Fensterfront in der gegenüberliegenden Wand fiel helles Sonnenlicht. Chris war geblendet. Sie konnte erst allmählich die Konturen im Zimmer ausmachen. Es roch nach Katze.

Unterhalb der Fensterfront zog sich ein Heizkörper die Wand entlang, davor saß eine Frau. Kaum war das runde Meditationskissen zu sehen, auf dem sie es sich bequem gemacht hatte. Sie machte keine Anstalten aufzustehen, sah von unten zu ihr hoch. Erneut nannte Chris ihren Namen. Thomas Wagners Mutter war eine schöne Frau. Dunkler Typ, mit ehemals schwarzen Haaren, inzwischen von Grau durchsetzt. Sie hatte rundliche Hüften, trug eine Jeans und darüber einen bunt gestrickten Pullover. Auf ihren Knien ruhte Strickzeug.

Im Hintergrund hörte Chris eine sonore Männerstimme, vermutlich der Sprecher eines Hörbuchs. Hubert Wagner verschwand hinter der nussbaumfarbenen Schrankwand und hantierte im Verborgenen, bis die Männerstimme plötzlich abbrach. Er tauchte lautlos neben Chris wieder auf und wies wortlos auf einen altmodischen Ohrensessel im Schatten der dunklen Schrankwand.

Chris setzte sich, doch anstatt in einem weichen Polster zu versinken, thronte sie auf der unnachgiebigen Spitze einer mächtigen Feder im Zentrum des Sitzes.

Mechthild Wagner beobachtete sie stumm, ihre Hände ruhten untätig auf ihren Knien. Sie sah müde aus, ihre Augen wirkten stumpf und blickten sie ohne Freude an. Dezentes Make-up verbarg ihre Haut und verriet nicht, ob ihre Wangen unter den Tränen gelitten hatten.

»Ich habe Ihnen nichts zu sagen«, sagte sie mit erstaunlich klarer Stimme.

Chris öffnete den Mund zu einer Antwort, doch Hubert Wagner war schneller. »Frau Peters will den Tod unseres Jungen aufklären«, herrschte er seine Frau an.

»Das tut die Polizei bereits.« Sie ließ sich nicht aus der Ruhe bringen.

»Die haben die Ermittlungen gestern eingestellt«, knurrte er.

Überrascht blickte Chris ihn an. Auch Mechthild Wagner war verblüfft. »Davon hast du noch nichts gesagt«, erwiderte sie, und nun lag ein leichtes Zittern in ihrer Stimme.

Hubert Wagner zuckte mit den Schultern. »Die haben die Täterin, alles andere interessiert die doch nicht«, sagte er.

Grübelnd blickte seine Frau zu Chris.

»Ich bin Angestellte des Security-Service der Arena«, sagte sie. »Wir wollen sicher sein, dass wir keinen Fehler gemacht haben. Wir wollen so viel Informationen wie möglich sammeln.«

Mechthild Wagner starrte auf ihr Strickzeug. Ihr Mann stand vor dem Fenster, mit beiden Händen in den Taschen, blickte nach draußen. Ein Geräusch im Hintergrund ließ vermuten, dass es tatsächlich eine Katze im Haus gab.

Mechthild Wagner erwachte aus ihrer Erstarrung. Sie seufzte. »Fragen Sie«, sagte sie und begann mit Blick auf ihre Hände zu stricken.

»Kennen Sie Anita Schürer?«, fragte Chris.

Frau Wagner schüttelte den Kopf.

»Wir haben nach dem Tod unseres Sohnes zum ersten Mal von ihr gehört«, stellte Hubert Wagner nüchtern fest, ohne den Kopf zu wenden. Seine Stimme klang hohl, wurde vom Glas der Fenster zurückgeworfen.

»Können Sie sich vorstellen, warum sie auf Ihren Sohn geschossen hat?«

»Nein«, sagte Mechthild Wagner.

»Hatte Ihr Sohn Feinde?«, fragte Chris vorsichtig.

»Er hat nie etwas in der Art erzählt«, erwiderte Hubert Wagner. Jetzt erst wandte er den Kopf und sah zu seiner Frau, die das Bündel aus Wollknäueln, Nadeln und Strickwerk auf ihren Schoß sinken ließ und schützend die Hände darüberlegte.

»Hatte er gute Freunde?«

Sie hob den Kopf und sah hinüber zu ihrem Mann. »Hatte er?«, fragte sie zynisch.

Hubert Wagner sah über ihren Kopf hinweg zu Chris, dann drehte er sich zurück zum Fenster. »Er hat immer für seinen Sport gelebt«, sagte er, »der war ihm am wichtigsten. Alles andere hat er vernachlässigt.«

»Hatte er eine Freundin?«, fragte Chris leichthin.

»Nein«, erwiderte Hubert Wagner knapp. Dann schien ihm etwas einzufallen, er runzelte die Stirn und sah zu seiner Frau, die ihn immer noch beobachtete.

»Vor etwas mehr als zwei Jahren gab es ein paar Monate lang eine Frau«, sagte Mechthild Wagner gedehnt und ließ ihren Mann nicht aus den Augen, »aber er wollte nicht darüber reden. Als ich ihn danach gefragt habe, ist er mir ausgewichen.« Sie verstummte und nahm das Strickzeug wieder hoch.

»Kann damals nicht lange gegangen sein«, sagte ihr Mann. »Thomas hat sich vor allem für seinen Sport interessiert, da war keine Zeit für Frauen.«

»Sie muss älter gewesen sein als er«, stellte Mechthild Wagner fest. Wieder sah sie zu ihrem Mann.

»Warum?«, warf Chris rasch ein.

Das Ehepaar antwortete nicht, jeder schien auf den anderen zu warten.

»Klaus«, sagte Hubert Wagner schließlich, und zum ersten Mal schwang so etwas wie Wärme in seiner Stimme mit, »der hat so was angedeutet.«

»Unser Jüngster«, erklärte seine Frau und zerrte an einem Faden, der sich verheddert hatte, »der jüngere Bruder von Thomas.«

»Hat er gesagt, wie sie heißt?«, fragte Chris.

Hubert Wagner schüttelte den Kopf. »Die war ihm nur im Weg«, erwiderte er. »Thomas wollte Erfolg haben. Dafür muss man arbeiten. Viel arbeiten.«

»Zwei Söhne und keiner hat an Frauen Interesse«, murmelte Mechthild Wagner. »Schon komisch, oder?«

Hubert Wagner sog scharf die Luft ein. »Lass das«, fuhr er seine Frau an. »Das geht uns nichts an. Das ist deren Sache.« Er stieß sich wortlos von der Fensterbank ab und ging an Chris vorbei zu einem niedrigen runden Tisch aus dunklem Holz. Aus einer rosafarbenen Schachtel, auf deren Deckel glänzende Muscheln aufgeklebt waren, entnahm er einen Zettel. Er legte ihn vor sich auf den Tisch und notierte eine Adresse.

»Fragen Sie ihn doch selbst«, sagte er und reichte Chris das Stück Papier.

»Morgen ist die Beerdigung«, sagte Mechthild Wagner geistesabwesend und streichelte das Strickzeug auf ihrem Schoß. »So unvermittelt, wie er mir gegeben wurde, so unvermittelt wird er mir wieder genommen«, murmelte sie.

Chris schwieg und musste an Maike denken. Wie runzelig und zart sie nach der Geburt ausgesehen hatte. Dass sie ihr heute kaum widerstehen konnte, wenn sie lächelte. Beklommen sah sie hinüber zu Thomas Wagners Mutter.

»Er wird um vierzehn Uhr dreißig auf dem Friedhof in Speyer beerdigt«, unterbrach Hubert Wagner schließlich die Stille.

Chris nickte und kämpfte gegen die aufsteigende Traurigkeit. Dann verabschiedete sie sich. Hubert Wagner brachte sie stumm hinaus. Er öffnete die Haustür. Chris ging an ihm vorbei und blieb in der Türöffnung stehen.

»Können Sie sich vorstellen, dass Anita Schürer vor zwei Jahren die Freundin Ihres Sohnes war?«, fragte sie.

Wagner sah sie erstaunt an, der Gedanke schien ihm noch nicht gekommen zu sein. Er sah aus, als hätte er einen unangenehmen Geschmack auf der Zunge. »Glaube ich nicht«, sagte er mit abfälliger Miene, »die ist ja so alt wie meine Frau.«

Wortlos zuckte Chris mit den Schultern.

»Kann ich mir nicht vorstellen«, erwiderte Hubert Wagner dumpf und trat zurück in den Hausgang. Ein Schatten legte sich über sein Gesicht, dann schloss er die Tür.

Deprimiert kehrte Chris zu ihrem Wagen zurück und rutschte hinter das Steuer. Sie hatte den Eishockeyspieler nie kennengelernt, und doch hatte sie unverhofft Bilder im Kopf, Thomas Wagner als Säugling, als lachendes Kind und als Jugendlicher, der den Puck auf das Tor schoss.

Sie richtete sich auf und versuchte, die Leere abzuschütteln, die sie in Wagners Elternhaus mit jedem Atemzug eingesogen hatte. Sie atmete tief durch, griff das Lenkrad fester und beschloss, direkt zum Polizeipräsidium weiterzufahren. Vielleicht hatte sie Glück und traf dort Gärtner.

Chris fuhr zurück auf die B 9 und überquerte auf der Konrad-Adenauer-Brücke den Rhein. Unter ihr pflügten Lastschiffe durch den aufgewühlten Strom. Sie schlängelte sich auf der viel befahrenen B 36 zwischen Schloss und Bahnschienen hindurch und tauchte in die L-Quadrate ein, wo sie einen der wenigen Parkplätze an den Lauerschen Gärten ergatterte. Von dort waren es nur ein paar Schritte bis zum Polizeipräsidium. Dicht an dicht drängten sich in der Straße die Jugendstilhäuser mit ihren von Abgasen grau gewordenen Fassaden, nur ein schmaler Streifen Sonnenlicht fand den Weg nach unten.

Im Gebäude fragte sie sich durch, bis sie vor dem Leiter der SOKO Arena stand. Hauptkommissar Gärtner war ein großer Mann mit kahlem eierförmigem Schädel in Jeans und Pullover, die an seinem schlanken Körper schlotterten. Entweder hatte er etliche Kilos abgenommen oder er neigte dazu, seine Kleidung unnötigerweise im Laden für Übergrößen zu kaufen. Gärtner war gerade dabei, einen Packen Papiere zu stapeln und auf einen fahrbaren Bürowagen zu laden, als Chris in der halb offenen Tür stand und ihn beobachtete.

Gärtner hob den Kopf und zog die Brauen zusammen. »Ja?«, fragte er unwirsch.

Chris trat ein und ließ sich auf den Stuhl vor seinem Schreibtisch fallen. Ein Geruch von ranzigem Fett hing in der Luft.

»Was wollen Sie hier?«, knurrte Gärtner.

»Sie haben den Mord in der Arena abgeschlossen?«, fragte Chris und blickte vielsagend zu den Papierstapeln auf Gärtners Schreibtisch.

»Gehen Sie«, zischte der Kommissar und warf einige Pappordner so schwungvoll auf den Wagen, dass sich eine Mappe selbstständig machte und auf dem Boden landete.

Chris bückte sich und hielt ihm den schmalen Ordner unter die

Nase. »Ich sage Ihnen, was ich weiß, und Sie sagen mir, was Sie wissen«, schlug sie vor.

Gärtner lachte höhnisch, nahm ihr die Mappe ab und warf sie zu den übrigen auf den Wagen. »Die Polizei macht keine Deals«, sagte er kalt.

»Könnte aber schon interessant für Sie sein, was ich rausgefunden habe«, erwiderte Chris. Sie überkreuzte die Arme vor der Brust und funkelte ihn herausfordernd an.

In Gärtners Augen blitzte Neugierde auf, die er verbergen wollte. Missmutig räumte er noch einige Stapel zur Seite, dann ging er hinüber zu seinem Schreibtisch und setzte sich auf eine Ecke. »Da die Täterin gefasst ist und die Tat nicht bestreitet, ist keine Gefahr im Verzug«, erklärte er ungerührt. »Wir haben die Ermittlungen nicht eingestellt, aber der Hafenmord vor zwei Monaten ist noch immer ungeklärt. Der hat jetzt oberste Priorität. Wir lassen uns nicht nachsagen, dass der Mord an einem Promi Vorrang hat.«

Chris musterte ihn verblüfft.

»Was soll's«, brummte Gärtner. »Morgen wird es ohnehin in allen Zeitungen stehen. Wir gehen von einer Beziehungstat aus.«

»Beziehungstat?« Chris schüttelte ungläubig den Kopf. »Welche Beziehung denn?«

»Die Staatsanwaltschaft wird Anklage erheben, die Täterin bleibt solange in Untersuchungshaft.«

»Sie hat das Motiv bestätigt?«, fragte Chris.

Unwillig sah Gärtner auf. »Sie macht keine Angaben zur Sache«, erwiderte er.

»Haben Sie seine ehemalige Freundin gefunden?«, erwiderte Chris.

Gärtner starrte sie an. »Wen meinen Sie?«, fragte er feindselig und erhob sich.

»Könnte ja vielleicht Frau Schürer gewesen sein«, sagte Chris.

Er trat einen Schritt näher. Chris stieg ein herber Duft in die Nase. »Was wissen Sie?«, fragte er hart.

»Dass Herr Wagner ein paar Monate lang eine Beziehung zu einer deutlich älteren Frau hatte«, erwiderte Chris achselzuckend. »Und das war Frau Schürer?« Gärtner kehrte zurück zu seinem Schreibtisch, lehnte sich über eine Ecke und zog Stift und Papier zu sich her.

»Weiß ich nicht«, sagte Chris achselzuckend. »Und Sie? Sie haben doch gesagt, es war eine Beziehungstat.«

Wortlos machte er sich Notizen und legte den Stift zurück. »Warum glauben Sie, dass Frau Schürer seine Freundin war?«, fragte er unbeirrt.

Noch bevor Chris antworten konnte, klopfte es an die Tür. Eine junge Frau mit blondem Pferdeschwanz und zerkratzter Nickelbrille streckte den Kopf herein.

»Chef?«, fragte sie und musterte Chris interessiert.

»Komme gleich«, erwiderte Gärtner ungeduldig. Sein Pullover schlenkerte um sein Handgelenk, als er sie mit seiner freien Hand verscheuchte.

»Warum glauben Sie das?«, wiederholte er und starrte Chris an. Diese zögerte. »Ich habe gerade mit Wagners Eltern gesprochen«, sagte sie. »Die erzählten was von einer älteren Freundin.«

Gärtner runzelte die Stirn und streckte sich. »Halten Sie sich gefälligst da raus«, knurrte er unwillig.

Chris erwiderte seinen wütenden Blick ungerührt.

»Wussten die Eltern Näheres von der Beziehung?«, fragte er und wirkte widerwillig interessiert.

»Nein«, sagte Chris. »Ihr jüngerer Sohn hat ihnen davon erzählt.«

»Der Staatsanwalt hat beschlossen, dass es für eine Anklage reicht«, erwiderte Gärtner unwirsch und kehrte auf seinen Platz hinter den Schreibtisch zurück. »Bis zur Verhandlung ist noch eine Menge Zeit für weitere Ermittlungen. Und jetzt gehen Sie.«

9

Auf dem Weg nach Hause steuerte sie den Corsa gerade durch die Augustaanlage, als ihr Handy klingelte. Chris holte es aus der Innentasche ihrer Jacke und warf einen Blick auf das Display. Überrascht las sie Bauers Namen. Mit der Rechten öffnete sie das Handy, während sie die Linke fest um das Lenkrad schloss.

»Ja?«, meldete sie sich.

»Die beiden waren Halbgeschwister«, hörte sie Bauers Stimme.

»Was?«, fragte Chris verblüfft. »Wer?«

Ein Pheaton schnitt sie und das einhändige Ausweichmanöver geriet etwas riskant. Am liebsten hätte sie gehupt, doch dafür hatte sie keine Hand frei.

»Thomas Wagner und die Tochter von Anita Schürer«, erwiderte Bauer mit merkwürdig verzerrter Stimme.

»Ich fasse es nicht«, murmelte Chris und war froh, dass die Ampel am Wasserturm auf Rot sprang. Sie stoppte.

»Ist eine vertrauliche Information von einem Kontakt bei der Polizei. Sie wissen von nichts«, erklärte Bauer.

»Wie sind die denn darauf gekommen?«, fragte Chris ungläubig.

»War ein Zufallsfund vom Labor«, erklärte Bauer und hustete. »Die Leute von der Spurensicherung haben dunkle Haare in einer Haarbürste gefunden, die in einem Badezimmerschränkchen von Anita Schürer lag. Sie wollten wissen, ob Wagner und die Schürer sich kannten.«

»Und?«, sagte Chris.

»Schürers Exmann Wolfgang Schürer hat den Beamten erzählt, dass die Schürer noch Zeug von ihrer toten Tochter im Bad haben könnte. Als Erinnerungsstücke sozusagen. Herr Schürer hatte noch Briefe von seiner Tochter, an denen Speichelreste klebten. Die Spurensicherung hat alles ins Labor gegeben. Wagner und die Tochter der Schürer waren Halbgeschwister.«

Aus den Augenwinkeln heraus sah Chris, dass neben ihr ein Wagen hielt. »Alles okay mit Ihnen?«, fragte sie ihren Chef. »Sie klingen so komisch.«

»Morgen will ich Sie hier bei mir sehen und hören, was Sie inzwischen rausgefunden haben«, erklärte Bauer unwirsch und legte ohne ein Wort des Abschieds auf.

»Ist ja schon gut «, murmelte Chris. So kannte sie Bauer gar nicht. Neben sich hörte sie eine Wagentür.

»Hat den Halbbruder ihrer Tochter erschossen«, murmelte sie und aktivierte die Handysperre. »Und womöglich hatte sie ein Verhältnis mit ihm.«

Eine Bewegung veranlasste sie, den Kopf zu drehen. Neben ihr stand ein Polizeiwagen und ein uniformierter Beamter kam grimmig lächelnd auf sie zu.

»Fuck«, presste Chris zwischen den Zähnen hervor und warf das Handy neben sich auf den Sitz.

Bauers Anruf hatte sie sechzig Euro Bußgeld gekostet. Eigentlich wollte sie sich heute Abend im »Helium« was zu essen gönnen, doch das war hiermit gestrichen. Auf dem Weg in ihre Wohnung machte Chris einen Zwischenstopp im Bazar und holte sich ein Fladenbrot, etwas Schafskäse und zwei Tomaten. Sie hörte das Telefon schon ein Stockwerk unterhalb ihrer Wohnung klingeln. Hastig nahm sie die letzten Stufen bis zur Tür, ließ die Tüte mit den Einkäufen fallen, schloss auf und nahm den Anruf entgegen.

»Hallo Chris, dachte schon, du bist nicht zu Hause und wollte gerade auflegen!« Regina rief vom Handy aus an und die Hintergrundgeräusche ließen vermuten, dass sie irgendwo auf der Straße stand.

»Alles okay bei euch?«, fragte Chris außer Atem.

»Ja klar!«, rief Regina, um ein lautes Rattern hinter ihr zu übertönen. Klang nach Straßenbahn. »Maike brauchte eine neue Hose und bei der Gelegenheit haben wir auch noch zwei T-Shirts und ein paar Sandalen gekauft. Sie möchte dir unbedingt die neuen

Sachen zeigen. Ist es okay, wenn wir in einer halben Stunde auf dem Weg nach Hause kurz bei dir vorbeikommen?«

»Klar«, erwiderte Chris und lachte. »Sag ihr, ich freu mich!«

»Mach ich!«, rief Regina und erwiderte das Lachen. »Bis gleich!«

Tief in Gedanken versunken, verstaute Chris ihre Einkäufe in der Küche. Dann ging sie hinüber ins Wohnzimmer, um ihren Rechner zu starten. Dass die Tochter von Schürer und der tote Eishockeyspieler Halbgeschwister waren, ließ ihr keine Ruhe. Ob die Mörderin das wirklich gewusst hatte? War das womöglich der Grund, warum Wagner sterben musste? Und was sollte die Andeutung des Trainers, Thomas Wagner hätte eine Möglichkeit gefunden, seinen Konkurrenten rauszudrängen? Alles sprach dagegen, dass die Mannheimer Laborärztin einen Adler-Spieler erschoss, weil er gerade dabei war, international durchzustarten. Die Verbindung mit den Halbgeschwistern hatte mehr Potenzial.

Es wurde Zeit, endlich Wolfgang Schürer anzurufen. Sie wusste inzwischen, dass er sich in Neckarau als Architekt niedergelassen hatte. Sie wählte die Nummer und schon nach einem Freizeichen wurde der Hörer abgenommen. Eine Frau war dran und Chris bat darum, mit Wolfgang Schürer sprechen zu können.

»Herr Schürer ist im Gespräch. Überhaupt ist es gerade schlecht, die Besprechung wird noch einige Zeit dauern«, erklärte die Frau geistesabwesend. »Kann er Sie zurückrufen?«

Chris gab ihr die Handynummer durch. Gerade als sie auflegen wollte, rief die Frau: »Da kommt er, einen Moment.«

Ein Rascheln drang durch den Hörer und die Geräusche des Architekturbüros sanken zu einem weit entfernten Grundrauschen herab. Vermutlich hatte sie die Hand über die Muschel gelegt. Wenige Sekunden später meldete sie sich geschäftig zurück. »Ein paar Minuten hat er gerade, einen Moment, ich verbinde.«

Es klingelte fast zehn Mal, bis Wolfgang Schürer das Gespräch entgegennahm. »Schürer.« Die tiefe Stimme klang freundlich und hatte einen leichten Mannheimer Einschlag.

»Mein Name ist Christina Peters«, sagte Chris. Sie hörte sein Atmen auf der anderen Seite der Leitung. Er schien zu warten, dass sie weitersprach. »Ich arbeite für den Security-Service der SAP Arena. Bauer & Böckler, mein Arbeitgeber, will diese Geschichte lückenlos aufklären, um sicher zu sein, dass so etwas nie wieder passieren kann, und etwaige Sicherheitslücken schließen, falls es welche gegeben hat.«

»Sie sprechen über den Mord«, erwiderte die dunkle Stimme, die nun deutlich distanzierter klang.

»Ja«, bestätigte sie. »Ihre Exfrau hat anscheinend ein oder zwei Besuche in der Arena dazu genutzt, um die Einzelteile einer Kalaschnikow hineinzuschmuggeln.«

»Und?«, fragte Wolfgang Schürer brüsk. Im Hintergrund schien sich eine Tür zu öffnen, Stimmengewirr wurde laut und versank wieder.

»Für die Polizei ist der Fall so weit geklärt. Der ermittelnde Beamte geht von einer Beziehungstat aus, obwohl das eigentliche Motiv weiterhin unklar ist.«

Schürer antwortete nicht.

»Wissen Sie vielleicht, was Ihre Frau bewogen haben könnte, das zu tun?«

Hinter ihr erklang die Türklingel. Chris sah verblüfft auf die Uhr. Es waren erst zehn Minuten seit dem Telefonat mit Regina vergangen. Mit dem Hörer in der Hand stand sie auf und betätigte den Türöffner.

»Entschuldigen Sie«, sagte sie zu Schürer, der immer noch schwieg. »An meiner Tür hat es geklingelt und ich möchte lieber öffnen. Ich erwarte meine ... kleine Tochter. Sie lebt nicht bei mir und wollte mich besuchen.«

»Sie lieben Ihre Tochter«, sagte Schürer warm.

»Ja«, erwiderte Chris mechanisch und lauschte angestrengt in das Treppenhaus, aus dem sich leichte Schritte näherten.

»Wir hatten auch eine Tochter«, sagte Schürer und seine Stimme wurde traurig. Laute Geräusche waren im Hintergrund zu hören. Er sprach nicht weiter, wartete, bis wieder Ruhe einkehrte.

Froh über die kurze Pause, verharrte Chris auf dem Treppenabsatz. Endlich bog ein Fahrradkurier um die Ecke und hielt ihr schweigend einen Brief hin. Er deutete auf eine Unterschriftenliste in seiner Rechten. Verblüfft griff Chris nach dem Stift, unterschrieb und nahm den Brief entgegen.

»Entschuldigen Sie«, sagte Chris und lauschte in den Hörer. Auf der anderen Seite war es still geworden. »War nur ein Fahrradkurier. Jetzt bin ich wieder da.«

»Sie ist gestorben«, erklärte Schürer leise. Fast war es, als hätte er nicht bemerkt, dass ihr Gespräch unterbrochen worden war. »Vor zwei Jahren. Daran ist unsere Ehe zerbrochen. Immer wenn wir uns angesehen haben, spiegelte sich im Auge des anderen die eigene Trauer. Das haben wir irgendwann nicht mehr ausgehalten.«

Chris zwang sich, ihren Blick von dem Brief abzuwenden und sich wieder auf das Gespräch zu konzentrieren. »Woran ist Ihre Tochter gestorben?«, fragte sie.

»Sie war krank«, erwiderte er knapp. »Ja, tut mir leid, dass ich Ihnen nicht helfen kann, aber ich weiß nicht, warum meine geschiedene Frau diesen bedauerlichen Mann erschossen hat. Sie hat mit mir nicht darüber gesprochen. Ich habe den Namen des Mannes nie zuvor gehört und erst von ihm erfahren, als ich in der Zeitung von dem Mord gelesen habe.«

»Die Polizei sagt, Ihre Tochter und der ermordete Eishockeyspieler waren Halbgeschwister. Das hat ein Gentest ergeben.«

»Ich weiß«, erwiderte Schürer, »das haben sie mir auch gesagt. Aber das ist ausgemachter Blödsinn. Denen muss im Labor ein Fehler unterlaufen sein.«

»Und wenn doch nicht?«, fragte Chris.

»Sie haben ein gesundes Kind«, erwiderte Schürer ungehalten. »Freuen Sie sich darüber, es ist ein Geschenk. Manchmal erkennt man eine Kostbarkeit erst, wenn man sie verloren hat.«

Bevor Chris etwas erwidern konnte, sprach er weiter:»Ich bin beruflich sehr eingespannt, draußen warten ein paar Leute auf mich.« Er legte ohne ein weiteres Wort auf.

Zerstreut betrachtete Chris den Umschlag, den sie noch immer in der linken Hand hielt. Schnell legte sie das Telefon zur Seite und riss ihn auf. Sie blickte erstaunt auf die Papiere, die in ihre Hand rutschten. Eine Lohnsteuerkarte und die Lohnabrechnung des vergangenen Monats. Beides war mit ihrem Namen versehen. Entgeistert schüttelte sie den Umschlag und fand einen Brief mit höflichen Abschiedsfloskeln, unterschrieben von der Personalleiterin bei B&B. Verwirrt schüttelte Chris den Kopf. Das konnte nur ein Missverständnis sein.

Erneut klingelte es an der Tür. Chris warf das Kuvert auf die Ablage an der Garderobe und öffnete. Sie lächelte, als von unten eine Kinderstimme»Chrissy!« rief und die Rufe allmählich näher kamen.

10

An der Rheinpromenade stellte Chris ihren Wagen auf denselben Platz wie vor einigen Tagen. Der Rhein schimmerte in der Frühlingssonne und wirkte träge. Zwei Jogger kamen ihr entgegen, als sie sich auf den Weg zum Schützenhaus machte. Beim Einschlafen vorgestern Abend war ihr klar geworden, dass sie den Mann vor Schürers Haus im Schützenhaus gesehen hatte. Der Schütze auf Schießstand Nummer neun hatte sich kurz umgedreht, als sie hinter ihm vorbeigelaufen war. Er musste mitbekommen haben, dass sie den Schießwart nach Anita Schürer gefragt hatte. Und offensichtlich wusste er mehr über Schürer als der Schießwart, sonst wäre er nicht bei ihrem Wohnhaus aufgetaucht.

Chris betrat den Eingangsbereich, der als Aufenthaltsraum und Gaststätte diente. Etliche Taschen waren an die Seite geschoben, in der hinteren Ecke unterhielten sich zwei Männer bei einem Bier, an einem Tisch gleich neben der Tür reinigte eine Frau ihr Luftgewehr.

Hinter der Theke hob die Bedienung ihren Kopf, die schon bei ihrem letzten Besuch Dienst hatte. Chris nickte ihr zu und steuerte die gegenüberliegende Tür an, die zu den Schießständen führte.

»Moment mal«, erklang es scharf hinter ihr.

Gemächlich wandte sich Chris um und ging zur Theke zurück.

»Hier kann nicht einfach jeder reinlaufen«, sagte die Frau hinter dem Tresen. »Wir sind dazu verpflichtet, darauf zu achten, dass die Schießanlage sicher ist und nicht jeder Zugang hat.« Sie schien noch immer in demselben blauen Overall zu stecken wie beim letzten Mal. Unter ihren tief liegenden Augen lagen Schatten.

»Ich suche eines Ihrer Mitglieder«, sagte Chris. »Leider weiß ich seinen Namen nicht. Ich habe gehofft, dass ich ihn draußen finde.«

Die Frau musterte sie unbewegt, dann lächelte sie unvermutet und ihr Gesicht hellte sich auf. »Okay«, sagte sie und zwinkerte

Chris zu, »aber ich habe Sie gewarnt, dass Sie draußen nicht in die Schusslinie geraten und sich eine Kugel einfangen.«

»Ich achte darauf«, erwiderte Chris und grinste. Sie hatte damit gerechnet, dass heute am Freitagvormittag mehr Betrieb sein würde. Langsam ging sie an den Schießständen entlang. Enttäuscht sah sie, dass an Schießstand Nummer neun ein junger Mann mit schmalem Oberkörper stand, der Mühe hatte, sein Gewehr im Anschlag ruhigzuhalten. Chris ging weiter. Sie erkannte an Schießstand zwölf den Schießwart, der wieder mit einer Pistole übte. Chris schritt alle Stände bis nach hinten ab, doch der Mann, den sie suchte, war nicht da. Sie schlenderte an den Schützen vorbei zurück. Da sie keinen Namen von ihm hatte, konnte sie den Unbekannten nur hier abpassen. Sie zögerte, als sie am Schießwart vorbeikam. Der wusste vielleicht, wer neulich neben ihm gestanden hatte. Chris hatte sich sein Gesicht gut genug eingeprägt, um ihn beschreiben zu können. Doch dann beschloss sie, nicht noch mehr Aufmerksamkeit auf sich zu ziehen. Sie warf einen Blick auf die Uhr. Es war zwanzig nach elf, sie hatte noch Zeit. Chris durchquerte die Gaststube, nickte der Frau an der Theke zu und verließ das Schützenhaus. Draußen blieb sie ein paar Schritte weiter stehen und sog die frische Luft ein. Eine Windböe strich über ihr Gesicht, unmittelbar vor ihren Füßen huschte eine Ratte ins nächste Gebüsch. Ein Lastkahn tuckerte träge an ihr vorüber, von den Sandbergen auf seiner Ladefläche fast unter die Wasseroberfläche gedrückt. Ein Mann in Arbeitskleidung kniete neben dem Führerhaus und strich es in schrillem Gelb.

Chris kehrte gemächlich zum Parkplatz zurück. Gerade schob sich in die Parklücke neben ihrem Corsa ein dunkelgrüner Peugeot, der vor langer Zeit einmal gute Tage gehabt haben musste. Chris warf im Vorübergehen einen flüchtigen Blick auf den Fahrer und stutzte. Rasch ging sie auf den Wagen zu und legte die Hand auf den Griff der Fahrertür. Sie hoffte, dass die Tür nicht abgeschlossen war.

Der Mann wandte den Kopf, als Chris unvermittelt die Autotür aufriss. »Hey, was soll das, lass die Tür los, du Arsch«, plärrte er mit heiserer Stimme.

»Immer mit der Ruhe«, sagte Chris hart und versperrte ihm den Weg, sodass der Mann nicht aussteigen konnte. Erst jetzt hob er den Kopf und starrte Chris von unten an. Langsam hob er die Hand zum Zündschlüssel und drehte ihn um. Der Motor erstarb. Der Wind wehte die aufgebrachten Schreie eines Kindes herüber, die mit den Böen ab- und anschwollen.

»Was wollen Sie?« Der Mann starrte Chris wütend an und seine Mundwinkel zogen sich verächtlich nach unten.

Chris war sicher, dass hinter der zur Schau gestellten Aggressivität Angst steckte. »Sie sind neulich Nacht hinter mir hergekommen«, sagte sie, »und haben mich in den Keller eines Wohnhauses eingeschlossen.«

Der Mann öffnete protestierend den Mund, doch Chris sprach einfach weiter. »Das war Freiheitsberaubung, aber das interessiert mich nicht. Ich will wissen, was Sie mit Anita Schürer zu tun haben.«

Mit finsterer Miene ließ sich der Mann nach hinten sinken. Er verschränkte beide Arme vor der Brust und reckte das Kinn. »Was wollen Sie von mir«, bellte er. »Ich habe Sie noch nie gesehen. Lassen Sie mich in Ruhe.«

Chris beobachtete ihn ein paar Sekunden lang. Er erinnerte sie an ein ängstliches kleines Frettchen, das sich in Drohgebärde auf die Hinterbeine stellte, damit niemand bemerkte, wie viel Schiss es hatte. Sie senkte den Kopf und schob ihr Gesicht ganz dicht an das des Mannes heran.

»Für blöde Spielchen habe ich keine Zeit«, flüsterte sie. »Sag endlich, was du mit Anita Schürer zu tun hast. Sonst werde ich dir ein paar gute Gründe liefern, mir mehr zu erzählen.« Chris blickte ihm drohend in die Augen, die so nah vor ihren waren, dass sie den entsetzten Atemzug des anderen auf ihrer Wange spüren konnte.

Der Mann blinzelte. Dann begann er zu reden und Chris konnte riechen, dass er vor nicht allzu langer Zeit versucht hatte, seinen Kater mit einer Kanne Kaffee zu betäuben.

»Ich war ihr Anwalt«, sagte das Frettchen eilig. Er streckte den Arm aus und fischte aus dem Aschenbecher eine Visitenkarte. Chris musterte ihn kalt. Bedächtig griff sie nach der Visitenkarte und richtete sich wieder auf. Das Papier war blütenweiß und wirkte wie frisch aus dem Drucker. *Peter Kreinberg*, war darauf zu lesen, *Anwalt für Strafrecht*. Darunter standen eine Adresse, eine Festnetznummer und eine Mobilnummer.

»Anwalt«, murmelte Chris und massierte ihren schmerzenden Nacken. »Und was wollte Frau Schürer von Ihnen?«

Das Frettchen blinzelte erneut. Chris hätte wetten können, dass er nach einem Ausweg suchte, um nicht die Wahrheit sagen zu müssen. Er brauchte viel zu lange, um den Mund aufzumachen.

Chris machte einen drohenden Schritt auf ihn zu. Seinem Gesicht war anzusehen, dass er sich am liebsten auf den Beifahrersitz verkrochen hätte, doch er bemühte sich, ruhig sitzen zu bleiben und sich nichts anmerken zu lassen.

»Ich habe ihr eine Waffe besorgt«, sagte er heftig, »ganz legal. Ich habe nur einzelne Teile in Polen gekauft, wie sie es von mir verlangt hat. Sie hat bezahlt, ich bin gefahren. Das war alles.«

»Sie wussten, dass Frau Schürer in ihrem Wohnhaus im Keller Schießübungen damit veranstaltet hat«, sagte Chris.

Kreinberg nickte und blieb regungslos sitzen.

»Warum haben Sie mich eingeschlossen?«, fragte sie.

»Ich war das nicht«, murmelte Kreinberg.

Chris schnaubte.

»Also gut, ich war dort.« Wütend schlug er gegen das Lenkrad. »Ich wollte, dass Sie aufhören rumzuschnüffeln!«

»War die Polizei schon bei Ihnen?«, fragte Chris und schob die Visitenkarte in ihre Jackentasche.

Kreinberg schüttelte den Kopf.

»Falls sie noch auftaucht«, sagte Chris, »lassen Sie mich aus dem

Spiel. Sonst werde ich ziemlich ungemütlich.« Grußlos wandte sie sich ab und ging hinüber zu ihrem Corsa. Aus den Augenwinkeln registrierte sie, dass Kreinberg sitzen blieb, bis sie ihren Wagen angelassen hatte und rückwärts aus der Parklücke herausgefahren war. Beim Anfahren sah sie in ihren Rückspiegel. Kreinberg stieg zögernd aus seinem Wagen aus und blickte ihr nach.

***

Chris fuhr direkt zu Bauer. Der Parkplatz in der Mallaustraße vor dem Hauptsitz von B&B hatte sich schon ziemlich geleert, viele machten am Freitag früher Schluss. Die Mittagssonne spiegelte sich in den Fenstern des Bürogebäudes. Die Rezeption im Eingangsbereich war verwaist.

Mit einem unguten Gefühl stürmte Chris die Treppe hinauf. Vielleicht war es doch schon zu spät, um mit Bauer zu sprechen. Es wäre besser gewesen, ihn noch einmal anzurufen.

Auch im dritten Stock traf sie niemanden und der Schreibtisch in Bauers Vorzimmer war leer. Unschlüssig blieb Chris stehen und musterte die Schreibtischplatte. Eine Teetasse war nur halb geleert und daneben lagen mehrere zerknüllte Papiertaschentücher. Das sah Norma nicht ähnlich, sie legte sonst großen Wert auf einen pedantisch aufgeräumten Schreibtisch.

Chris blickte sich um. Niemand war zu sehen. Zögernd ließ sie Normas Arbeitsplatz hinter sich und klopfte an Bauers Bürotür.

»Ja!«

Überrascht hob Chris den Kopf. Die Stimme klang anders als erwartet, trotzdem kam sie ihr irgendwie bekannt vor. Entschlossen stieß sie die Tür auf.

Hinter Bauers Schreibtisch saß Gerd. Er wirkte mindestens ebenso verblüfft wie sie, doch er fand seine Stimme bald wieder.

»Was machst du hier?«, schnappte er und schnellte hoch.

»Wo ist der Chef?«, fragte Chris zurück und trat ein.

Gerd warf sich in die Brust, umrundete den Schreibtisch und

baute sich vor Chris auf. Sie blieb stehen. In seinen Augen glaubte sie Triumph zu erkennen.

»Bauer hatte gestern einen Herzinfarkt«, sagte Gerd barsch. »Liegt im Krankenhaus und ist für die nächste Zeit außer Gefecht gesetzt.«

Entsetzt starrte Chris ihn an. »Ich muss unbedingt mit ihm sprechen«, beharrte sie.

Gerd lachte höhnisch. »Seine Ärzte haben striktes Besuchsverbot erteilt. Die nächsten Wochen wird es nur eines geben, das für ihn wichtig ist: seine Gesundheit.«

»Es geht um den Spezialauftrag, den er mir gegeben hat«, erklärte Chris widerstrebend.

»Bauer war in den letzten Tagen nicht mehr er selbst«, erwiderte Gerd und kniff die Augenbrauen zusammen. »Spezialauftrag!« Er lachte höhnisch.

»Hey, er hat nur was an der Pumpe, im Kopf war er immer klar«, protestierte Chris.

»Er wusste nicht mehr, was für die Firma wirklich gut ist«, erwiderte Gerd und verschränkte die Arme vor der Brust. »Ich leite das Unternehmen, bis er wieder auf dem Damm ist. Die Zeit werde ich nutzen, um die Spreu vom Weizen zu trennen.« Gerd warf Chris einen höhnischen Blick zu und legte die Hand auf den Türgriff. »Wenn ...«, sagte er und machte eine vielsagende Pause, »... er zurückkommt.« Er grinste und begann, die Tür zu schließen.

»Was ist mit mir?«, fragte Chris rasch.

»Du hast doch deine Papiere bekommen«, erklärte Gerd.

»Gestern schon«, erwiderte Chris. »Du hattest es ja verdammt eilig.«

»Damit ist alles erledigt«, erwiderte Gerd ungerührt. Er versetzte der Tür einen Stoß, sodass sie mit einem dumpfen Knall unmittelbar vor ihrem Gesicht ins Schloss fiel. Wie erstarrt blieb Chris stehen. Hinter ihr erklang ein diskretes Hüsteln. Chris fuhr herum. Norma Krüger stand mit erhobenem Kopf mitten im Raum. Die Haut ihrer Wangen schimmerte unter der frischen Puderschicht ungewohnt rot.

»Ich glaube schon, dass der Chef zurückkommt«, sagte Norma entschieden und kehrte an ihren Schreibtisch zurück. Umständlich sortierte sie ihre Kostümjacke und rückte das perfekt gebügelte Halstuch zurecht. »Ich denke, es wäre in seinem Sinne, wenn Sie bis dahin weitermachen, wie er es Ihnen aufgetragen hat.«

Sie faltete ihre Hände mit seidenmatt schimmernden Fingernägeln auf der Schreibtischunterlage. Dann zwang sie sich zu einem Lächeln.

Vor ihr klingelte das Telefon. Norma seufzte ergeben, warf Chris einen verschwörerischen Blick zu und nahm das Gespräch gewohnt freundlich entgegen.

***

Der Kühlschrank war leer. Chris zögerte nicht lange, sie hatte heute ohnehin keine Lust auf eigene Küche. Mit der Jacke in der Hand trat sie auf die Straße und machte sich auf den Weg zum »Helium«. Grübelnd kickte sie einen Stein vor sich her. Sollte sie wirklich auf eigene Faust weitermachen? Wenn Bauer nicht zurückkam, machte das überhaupt keinen Sinn.

Der Essensgeruch im »Helium« erinnerte sie daran, dass sie Hunger hatte. Das Tagesessen, Spaghetti mit Hackfleischsoße, stand innerhalb weniger Minuten vor ihr. Chris begann zu essen, doch sie nahm kaum wahr, was sie in den Mund schob.

Bauers Sekretärin hatte zwar gesagt, sie solle einfach weitermachen, aber ihre Situation hatte sich grundlegend geändert. Bis heute Mittag hatte sie einen Auftrag von ihrem Arbeitgeber gehabt. Nun war sie auf sich allein gestellt. Ihr fiel der Satz ein, den die Frau neulich auf dem Spielplatz gesagt hatte. Wenn sie jetzt klein beigab, würde es immer so aussehen, als hätte sie dazu beigetragen, dass dieser Mord geschehen konnte. Maike kam ihr in den Sinn und das unerschütterliche Vertrauen, mit dem sie ihre Mutter angesehen hatte.

»Na? Heute so nachdenklich?«, erklang eine freundliche Stimme unmittelbar neben ihr.

Chris hob den Kopf. Vor ihr stand Julia und sah sie amüsiert an. »Kleines berufliches Problem«, erklärte Chris und lachte.

»Das tut mir leid«, murmelte Julia und setzte sich auf den Stuhl gegenüber.

Chris spürte ein Kribbeln. Verlegen schob sie den Teller zur Seite.

»Hast du Lust, am Neckar unten einen Spaziergang zu machen?«, fragte Julia. »Ich brauch noch ein bisschen frische Luft.«

»Warum nicht«, erwiderte Chris, winkte den Kellner heran und zahlte.

Schweigend gingen sie Seite an Seite, ließen die Quadrate hinter sich und überquerten die Kurpfalzbrücke. Wenn sich ihre Blicke begegneten, kehrte das Lächeln zurück auf ihre Gesichter.

Die beiden Frauen folgten den Stufen am Ende der Brücke hinunter zur Neckarwiese. Die Büsche am Rand zeigten zaghaft das erste Grün und zwischen den kahlen Zweigen war noch der Müll des Winters zu sehen, zerrissene Plastiktüten, achtlos weggeworfene Pappbecher, leere Flaschen. Hunde streiften über das ausgedehnte Wiesengelände und kläfften freudig ihre Besitzer herbei. In der einsetzenden Dämmerung blinkten ihre Halsbänder in allen Farben und bewegten sich wie eine Lichterscheinung am Rande des silbrig im Mondlicht schimmernden Wassers.

Julia hakte sich bei Chris unter und lächelte sie an. Chris nahm die Wärme ihres Körpers wahr. Ein Kribbeln entstand in ihrer Magengrube, stieg nach oben und setzte sich über ihren Nacken fort bis unter die Kopfhaut. Behutsam verstärkte Chris den Druck ihres Arms und ihr Lächeln vertiefte sich, als sie spürte, dass Antwort kam.

***

Mit einem Ruck fuhr Julia hoch und fixierte blinzelnd den Wecker. Chris drehte den Kopf und kniff die Augen zusammen. Nur mühsam entzifferte sie im grellen Licht der Nachttischlampe die Zahlen auf dem Display: Es war kurz nach Mitternacht.

Julia stöhnte. »Sorry«, erklärte sie und richtete sich auf. »Ich hab meine Medikamente nicht dabei und muss die heute unbedingt noch nehmen.«

Schlaftrunken hob Chris die Hand und folgte mit den Fingerspitzen der Wirbelsäule unter Julias rosig schimmernder Haut. »Was meinst du?«, fragte sie träge.

»Ich muss los«, erwiderte Julia und schwang sich aus dem Bett.

Chris' erhobene Hand fiel ins Leere. Enttäuscht strich sie über das Laken, das Julias Wärme gespeichert hatte. »Schade«, erwiderte sie gedehnt. »Was Schlimmes?«

Julia zog das T-Shirt über den Kopf und griff nach ihrer Hose. Fragend blickte sie Chris an.

»Die Medikamente«, erklärte Chris.

Julia schüttelte den Kopf und knöpfte ihre Jeans zu. »Hab gerade Probleme mit dem Zahnfleisch und zur Behandlung gehört auch Antibiotikum«, erklärte sie. »Keine große Sache. Aber wenn ich die Medikamente heute Abend nicht nehme, ist alles für die Katz.« Sie nahm sich ihre Jacke, schlüpfte in die Turnschuhe und ging zur Tür. Dort blieb sie einen Moment stehen und zwinkerte Chris freundlich zu.

»Ich muss los«, wiederholte sie.

Chris krabbelte aus dem Bett, schlang sich die Decke um den Körper und folgte Julia an die Wohnungstür. »Sehen wir uns wieder?«, fragte sie leise.

Verschmitzt lächelnd beugte sich Julia zu ihr hinüber und gab ihr einen langen Kuss. »Ich denke schon«, flüsterte sie ihr ins Ohr und trat in das dunkle Treppenhaus.

Mit der Linken tastete Chris nach dem Lichtschalter. Ein lautes Klacken ertönte, dann war das Treppenhaus in gleißendes Licht getaucht. Chris schloss geblendet die Augen. Als sie die Lider wieder öffnen konnte, war Julia bereits hinter dem Treppenabsatz verschwunden. Chris lauschte ihren Schritten auf der alten Holztreppe, bis die Haustür ins Schloss fiel.

Lächelnd kehrte Chris zurück ins Schlafzimmer, ließ sich auf das zerwühlte Bett fallen und kuschelte sich auf die schlafwarme Matratze. Es fühlte sich gut an. Ein Jahr lag die Trennung mit Regina zurück. Es tat gut, wieder nackte Haut zu spüren.

11

Am nächsten Morgen weckte sie ein Summen. Chris rollte sich zur Seite und tastete nach dem Geräusch. Julia hatte wohl schon Sehnsucht nach ihr. Schlaftrunken griff sie nach dem Handy und öffnete lächelnd die SMS.

HALT DICH DA RAUS UND DENK AN DEINE TOCHTER. SONST WIRST DU ES BITTER BEREUEN.

Chris fuhr hoch, Adrenalin schoss in ihre Adern und vertrieb die letzten Schlafreste. Rasch schlüpfte sie in eine Jogginghose und ein T-Shirt und saß kurz darauf mit einer Tasse Instantkaffee am Küchentisch. Wütend scrollte sie auf ihrem Handy die Nachricht zum wiederholten Mal nach unten. Der Absender war *UNBEKANNT.*

Grübelnd ging Chris alle Beteiligten durch, mit denen sie in den vergangenen Tagen gesprochen hatte. Ob einer von denen ...? Aber warum? Sie war ja nicht hinter irgendjemand Bestimmtem her. Die Mörderin saß schließlich im Untersuchungsgefängnis. Wenn sie frei herumliefe und Chris ihr auf den Fersen wäre, wäre die SMS verständlich. Denn die Mörderin hätte einen Grund, panisch zu reagieren. Aber so? Es hatte nie Zweifel am Tathergang gegeben. Die Täterin war längst verhaftet, die Polizei hatte den Fall abgeschlossen und die Staatsanwaltschaft war dran, die Anklageschrift vorzubereiten. Wen, verdammt noch mal, hatte sie mit ihren Ermittlungen aufgescheucht? Und warum diese Drohung?

Chris wurde schlecht bei dem Gedanken, dass Maike etwas passieren könnte. Das war das Letzte, was sie mit ihren Ermittlungen erreichen wollte: ihr eigenes Kind in Gefahr bringen! Sie rieb sich das Gesicht mit beiden Händen, dann starrte sie wieder auf das Handy, das vor ihr auf der Tischplatte lag. Und nun?

Sie stützte beide Hände auf den Tisch, drückte sich hoch und blieb einen Moment unentschlossen stehen. Dann gab sie sich einen Ruck und verschwand unter der Dusche.

Bald danach stand sie mit feuchten Haaren und in voller Montur in der Küche. Sie trank den letzten Schluck des lauwarmen Kaffees und schnappte sich Handy und Autoschlüssel. Nur die rote Ampel auf Höhe der Abendakademie hielt sie auf. Ungeduldig umklammerte Chris das Lenkrad und starrte auf pinkfarbene Pipelines, die sich auf hohen Stelzen durch die Quadrate schlängelten und Grundwasser aus den riesigen Baustellen der Innenstadt zum Neckar brachten. Endlich wechselte das Licht und Chris konnte Gas geben.

Ihrer Expartnerin war die Überraschung auf dem Gesicht abzulesen. Doch sie fing sich schnell und bat Chris herein. Im Wohnzimmer stellte Maike mit einer Barbiepuppe und ihrem Stoffhund »Findet Nemo« nach. Gerade schimpfte ihr Stoffhund alias Clownfisch Marlin mit der Barbiepuppe in der Rolle von Dorie, dass sie mal wieder vergessen hatte, wie sein Sohn hieß. Als Maike Chris' Stimme hörte, ließ sie alles fallen und stürzte sich kreischend in ihre Arme.

Gemeinsam gingen sie hinüber in Reginas Arbeitszimmer. Der Rechner summte und der Bildschirm zeigte eine märchenhafte Waldlandschaft. Regina hatte wohl gerade an ihren Entwürfen gearbeitet. Neben der Tastatur standen eine Kaffeetasse und ein leerer Teller. Regina holte für Chris eine weitere Tasse. Nach einigen ausgelassenen Kuschelrunden kehrte Maike zurück ins Wohnzimmer und widmete sich erneut ihrer Inszenierung. Sie hörten, wie Dorie sich gegenüber Marlin verteidigte, dass sie nichts für ihr schlechtes Gedächtnis könne, das sei ein Familienerbe.

»Was ist los?«, fragte Regina, als ihre Tochter sich wieder ins Spiel vertieft hatte und alles um sich herum vergaß. Ihre ehemalige Lebensgefährtin wirkte besorgt.

Chris nahm das Handy aus ihrer Jacke und holte die SMS auf das Display. Mit grimmiger Miene las Regina die wenigen Worte und wandte sich angeekelt ab.

»Was ist denn das für ein Arschloch«, zischte sie wütend und blickte gleichzeitig besorgt in Richtung Wohnzimmer. Doch

Maike schien nichts zu bemerken. Gerade erklärte sie einem Plastikfrosch in der Rolle von Nemo, dass er jetzt tapfer sein müsse, weil eine Flucht aus dem Aquarium nicht so einfach sei.

»Du wirst dich doch von irgendeinem Arsch nicht abschrecken lassen?«, fragte Regina. Sie griff nach ihrer Tasse und nahm einen großen Schluck Kaffee.

»Ich will auf keinen Fall Maike gefährden«, erklärte Chris.

»Der will dich doch nur ruhigstellen, wer immer das auch sein mag«, erwiderte Regina. »Hast du irgendeine Idee?«

»Keine Ahnung«, erwiderte sie. Schnell erzählte sie, dass Bauer im Krankenhaus lag und Gerd ihr bereits die Papiere ins Haus geschickt hatte.

»Wie blöd«, murmelte Regina. »Damit bist du erst mal den offiziellen Auftrag los. Und jetzt?«

»Seine Sekretärin meinte, dass Bauer mit Sicherheit will, dass ich weitermache«, erzählte Chris.

»Und sie kennt ihn seit dreißig Jahren. Ich würde sagen, sie hat recht«, erwiderte Regina und grinste. Dann verdüsterte sich ihr Gesicht erneut. »Das sind nur leere Drohungen«, erklärte sie und schob mit finsterer Miene das Handy zur Seite.

»Ich könnte es nicht ertragen, Maike und dich in Gefahr zu bringen«, erklärte Chris leise. Sie sah hinüber zum Wohnzimmer, wo Maike inzwischen dazu übergegangen war, den Plastikfrosch alias Nemo mit lauten Geräuschen durch ein imaginäres Aquarium schwimmen zu lassen.

Regina beugte sich vor und legte ihre Rechte auf die Hand von Chris. Als sie erstaunt aufsah, fing Regina ihren Blick ein. »Uns wird nichts passieren«, erklärte sie eindringlich. »Und du kannst diesen Auftrag zu einem guten Ende bringen. Wenn Bauer wieder auf dem Posten ist, wird er bestimmt sein Versprechen halten.«

»Du weißt, dass es nicht um diesen Job geht«, antwortete Chris und erwiderte den Blick der Freundin nachdenklich. Es war lange her, dass Regina sie auf diese Weise angesehen hatte.

»Ich weiß«, erklärte Regina mit rauer Stimme.

***

»Natürlich kannte ich ihn«, sagte die rothaarige Kellnerin ungeduldig. »Er hat bei uns regelmäßig eine Tasse Kaffee getrunken. Aber gegessen hat er nie, der hat immer nur selbst gekochtes Zeug in sich reingeschaufelt, was weiß ich, was das war, helles Fleisch meistens, trockener Reis oder Oliven. Was anderes hat der, glaube ich, nie gegessen.« Sie wippte ungeduldig von einem Bein auf das andere. Ihre flachen Turnschuhe gehörten keiner bekannten Marke an und waren mit Sprayfarben und Glitzerstiften reichlich verziert. Ihr knallrot gefärbtes Haar trug sie streichholzkurz und die übergroße Jeans war mit einem mächtigen Gürtel in der Taille festgezurrt.

Chris tippte darauf, dass es sich um die Tochter des Hauses handelte. Die junge Frau im Restaurant der SAP Arena war eine sehr zuvorkommende Bedienung. Und wie erwartet kannte sie Wagner, der sich zumindest gelegentlich hier aufgehalten hatte. Nach dem Gespräch mit Regina hatte Chris beschlossen, direkt weiterzumachen. Sie wollte der SMS und der Drohung so wenig Raum wie möglich geben.

»Hat er sich ab und zu mit einer Frau getroffen?«

»Hören Sie« erwiderte die Rothaarige entschieden, »unsere Gäste haben ein Recht darauf, dass ihr Privatleben geschützt bleibt. Da könnte ja jeder kommen und mich ausfragen. Würden Sie wollen, dass ich jedem dahergelaufenen Gast erzähle, was Sie essen und mit wem Sie sich treffen?«

Chris grinste in sich hinein. Die Frau war mit Sicherheit keine zwanzig Jahre alt, doch sie verhielt sich wie ein top ausgebildeter Butler. »Wissen Sie«, erwiderte sie, »die Polizei kümmert sich inzwischen um andere Fälle, weil sie die Täterin bereits haben. Deshalb hat mein Chef mich beauftragt rauszufinden, was wirklich passiert ist. Er will alle Sicherheitslücken hier in der Arena ein für alle Mal stopfen, damit keine Menschenleben gefährdet werden. Ist doch auch Ihr Arbeitsplatz. Sie müssen mir natürlich nicht antworten, das ist Ihr gutes Recht, aber Sie können dazu beitragen, dass wir hier künftig solche Taten verhindern.« Grübelnd musterte die Kellnerin sie. »Okay«, sagte sie schließlich und verschwand hinter dem Tresen, wo Chris sie herumkramen hörte. Es war noch früh, halb elf Uhr morgens, sie war der einzige Gast. In der Trainingshalle kurvte die Eisbearbeitungsmaschine von einer Ecke zur anderen, laut Anschlagtafel war heute Nachmittag Training der Jungadler.

Die rothaarige Bedienung tauchte mit einem schwarz eingeschlagenen Buch in der Hand wieder neben Chris auf. Schweigend legte sie ein Stück Papier vor Chris auf den Tisch, auf dem sie einen Namen notiert hatte. »Vor etwa zweieinhalb Jahren war sie ein paarmal hier, hat sich mit ihm getroffen«, sagte sie mit gesenkter Stimme, obwohl außer Chris niemand in der Nähe war. »Mich hat sie an meine Mathelehrerin erinnert, deshalb fiel sie mir auf.«

»Teresa!« Die energische Männerstimme ertönte von hinten, aus der Küche vielleicht.

Gelassen warf die Bedienung einen Blick zum Tresen. »Komme gleich!«, rief sie. Dann wandte sie sich wieder Chris zu. »Und weil sie so viel älter war als Wagner. Alle haben sich damals das Maul über ihn zerrissen, weil er mit so einer alten Frau hier auftauchte. Sonst hat er nie eine Freundin gehabt, zumindest hat er nie eine hierher gebracht, nur diese eine.« Sie strich sich eine Strähne aus der Stirn.

»Teresa!«, ertönte es erneut und schwere Schritte näherten sich.

»Sie kam nur ein paar Monate. Danach habe ich sie nie wieder gesehen«, erzählte die Kellnerin ungerührt weiter.

Aus der Tür hinter dem Tresen tauchte der mürrische Endfünfziger mit den schwarz gefärbten Haaren auf, bei dem Chris neulich den Kaffee bestellt hatte. Mit verwundertem Blick und zunehmend verärgert musterte er das Reservierungsbuch in den

Händen der Bedienung. Missmutig blickte er auf den Zettel, der unberührt vor Chris auf dem Tisch lag.

»Was machst du da?«, fragte er scharf, trat zu ihnen und streckte die Hand nach dem Zettel aus.

Behutsam legte Chris die Hand auf das kleine Stück Papier und zog es zu sich herüber.

»Nichts weiter, Daddy«, erklärte die Kellnerin leichthin und drückte ihm das in schwarzes Leder eingeschlagene Buch in die ausgestreckte Hand. »Nimm das schon mal mit nach hinten, ich komme gleich.«

»Du wolltest mir bei der Vorspeise helfen«, erwiderte der Mann und musterte Chris unfreundlich.

»Ich komme gleich«, erklärte die junge Frau mit Nachdruck.

Der Wirt klemmte sich das Buch unter den Arm und zog sich zurück, bedachte dabei Chris und seine Tochter mit einem finsteren Blick.

Ohne ihn weiter zu beachten, wandte sich die Bedienung wieder Chris zu. »Als sie noch regelmäßig kam, hat sie einmal einen Tisch reserviert, weil sie kurz vor einem Adler-Spiel hier essen wollte«, erzählte sie mit gedämpfter Stimme. »Aber eine Stunde vorher hat sie angerufen und abgesagt. Mein Vater hat sich damals ziemlich geärgert, weil er die ganze Zeit diesen Tisch frei halten musste, obwohl es so voll war, und am Ende kam sie doch nicht. Er hat ihren Namen in seinem Buch für Reservierungen voller Wut ausgestrichen.« Sie wies mit der flachen Hand auf den Papierfetzen, den Chris nun aufnahm. »Deshalb habe ich ihn auch wiedergefunden. Ich glaube, danach ist sie nicht mehr hier gewesen. Mein Vater wollte sich bei ihr beschweren, wenn sie das nächste Mal kommt, aber sie kam nicht mehr.«

In schwungvoller, verschnörkelter Schrift stand auf dem Zettel *Hedwig Vollmer*.

»Teresa!«, ertönte es in diesem Moment wütend von hinten.

Rasch zog Chris den Zettel zu sich her, erhob sich und legte ein paar Münzen auf den Tisch.

»Kommst du jetzt?« Der Wirt stand mit sichtlich verärgertem Gesicht in der Tür und verschränkte die Hände vor der Brust.

»Danke Ihnen«, flüsterte Chris lächelnd.

Die Bedienung zwinkerte ihr fröhlich zu und wandte sich mit ausdruckslosem Gesicht ihrem Vater zu. »Was ist denn, Daddy?«, fragte sie und schüttelte scheinbar ratlos den Kopf.

***

Eine halbe Stunde später stand Chris mit einem Glas Wasser in der Hand in ihrer Küche und wanderte unruhig zwischen den Schränken hin und her. Der Zettel lag auf dem Tisch vor ihr. Sollte sie zu ihr fahren? Oder doch nicht? Sie beschloss, sich erst einmal ein wenig Bewegung und frische Luft zu verschaffen.

Rasch schlüpfte sie in die Sporthose, die sie gestern bei Kaufhof für ein paar Euro erstanden hatte. Sie passte nicht besonders gut, doch Chris achtete nicht weiter darauf. Sie zog ihre Walkingschuhe an und stand bald danach auf der Straße. Ohne außer Atem zu kommen, schaffte sie es bis über die Kurpfalzbrücke und hinunter an das Neckarufer. Die Luft war klar und roch heute nicht nach den Ausdünstungen der Schokoladenfabrik am gegenüberliegenden Ufer.

Bald darauf erreichte Chris wieder die Quadrate. Sie wollte nicht über den Mord in der Arena nachdenken, über Bauer und wie es nun weitergehen sollte. Trotzdem kehrten ihre Gedanken immer wieder dorthin zurück.

Das Laufen hatte gut getan und nach dem Duschen hatte sie das Gefühl, ihre Gedanken wieder auf ihre Ermittlungen richten zu können. Auf dem Wohnzimmertisch lag die Liste derer, die sie noch befragen wollte. Chris schrieb den Namen Hedwig Vollmers dazu, gleich unter Klaus Wagner, den Bruder des ermordeten Adler-Spielers.

Gedankenverloren blickte sie auf den Namen Wagners. Inzwischen hatte sie herausgefunden, dass er als Versicherungskaufmann in einer großen Mannheimer Versicherung arbeitete. Vermutlich konnte sie ihn am besten am Wochenende erwischen. Vielleicht war ja jetzt der richtige Moment gekommen.

12

Thomas Wagners Bruder wohnte auf der gegenüberliegenden Rheinseite in Ludwigshafen. In der Wredestraße suchte Chris auf den Klingelschildern nach seinem Namen. Klaus Wagner lebte in einem größeren Wohnblock, der offensichtlich vor Kurzem saniert worden war. Sie drückte auf den Knopf neben dem schnörkellosen Schriftzug, dann verriet ein schriller Summton, dass die Tür sich nun öffnen ließ.

Klaus Wagner stand im zweiten Stock in der Wohnungstür, als Chris sich näherte. Auf den ersten Blick hatte er keine Ähnlichkeiten mit seinem Bruder. Der Eishockeyspieler war eher von kräftiger Statur gewesen, breitschultrig und dunkelhaarig. An der halb offenen Tür wartete auf Chris ein hoch gewachsener, schmächtiger Mann Anfang zwanzig in Jeans und T-Shirt, vermutlich blond, die Stoppeln auf seinem kahl rasierten Schädel schimmerten hell. Fragend sah er sie an.

»Ich bin wegen des Mordes an Ihrem Bruder hier«, sagte Chris, als sie den Treppenabsatz vor seiner Wohnung erreicht hatte.

Seine Miene verfinsterte sich.

»Ich arbeite für den Security-Service«, erklärte Chris. »Mein Chef möchte alle denkbaren Sicherheitslücken überprüfen. Dafür möchten wir wissen, wie es zum Mord gekommen ist.«

»Keine Ahnung«, erklärte Klaus Wagner düster und trat einen Schritt zurück in seine Wohnung. »Mein Bruder ist ermordet worden, das ist alles, was ich weiß.«

»Es ist sehr wichtig für mich«, bat Chris.

Der Mann schüttelte den Kopf und trat in den Wohnungsflur zurück.

»Kennen wir uns aus dem ›Helium‹?«, fragte Chris.

Wagners Bruder stutzte.

Chris hatte ihn noch nie in der Szenekneipe gesehen, die ein beliebter Treffpunkt für Schwule und Lesben war. Doch dem Aussehen nach hielt sie ihn für schwul.

»Sollten wir?«, fragte er misstrauisch, trat wieder einen Schritt vor und musterte sie eindringlich. Er zögerte. »Kommen Sie schon«, sagte er barsch und drückte die Tür auf.

Seine Wohnung war kleiner, als das Haus es hätte erwarten lassen. Zwei Zimmer, vermutete Chris, plus Küche und Bad. Er lotste sie in einen etwa dreißig Quadratmeter großen Raum, der von riesigen aus Naturfasern geflochtenen Sitzmöbeln dominiert wurde. Dazwischen standen niedrige Beistelltische in dunklem Teakholz. Lange Stoffbahnen in unterschiedlichen Materialien dienten als Raumteiler und zugleich als Vorhang.

Klaus Wagner ließ sich in einen der mächtigen Korbsessel sinken und deutete auf das Sofa ihm gegenüber. Sein Misstrauen hatte inzwischen einer deprimierten Traurigkeit Platz gemacht. »Ich glaube nicht, dass ich Ihnen weiterhelfen kann«, erklärte er.

»Die Zeitungen berichten, dass Ihr Bruder ein neues Angebot hatte«, begann Chris und setzte sich unter das Bild eines lebensgroßen männlichen Aktmodels.

»Hatte er«, erklärte Klaus Wagner und rieb sich mit beiden Händen über das Gesicht. Als er aufsah, glühten rote Striemen auf seinen Wangen. »Verrückt, oder? Seit fünf Jahren hat er darauf gewartet, aus den USA oder Kanada ein Angebot zu bekommen. Und kurz bevor es so weit ist, bringt ihn jemand um.« Er schüttelte den Kopf. »Die wollten ihn«, erklärte er. »Das hat er mir zumindest erzählt. Aber sein Berater sollte den Scout erst Ende der Saison treffen. Bisher hat er nur mit denen telefoniert. Mehr war noch nicht gelaufen.«

»Wissen Sie, wie hoch das Angebot war?«

Klaus Wagner überlegte. »Thomas hat keine Zahl genannt. Aber die Clubs der NHL zahlen natürlich gut. Und die Kanadier liegen da weit vorn. Der Anruf kam vor ein paar Wochen und seitdem konnte man mit Thomas nicht mehr reden. Der war total durch den Wind.«

»Hatten Sie deshalb Streit?«

Müde hob Klaus Wagner den Kopf und musterte sie.»Wer hat Ihnen davon erzählt?«

»Lehmann. Der Trainer.«

Klaus Wagner schüttelte den Kopf.»Der kannte Thomas gut. Hat ihn von klein auf gefördert.« Er stemmte sich aus seinem Sessel hoch und verließ das Zimmer.

Chris hörte Gläser klirren und Wasser rauschen. Wagner kehrte mit einem Tablett zurück, das er auf den niedrigen Tisch zwischen ihnen abstellte.

»Möchten Sie was trinken?« Er hielt ihr ein Glas mit einem Inhalt undefinierbarer Farbe hin, in dem Eiswürfel schwammen.

Dankbar griff Chris zu. Es schmeckte säuerlich und erfrischend. Klaus Wagner leerte sein Glas in einem Zug und stellte es mit laut klappernden Eiswürfeln auf das Tablett zurück.»Der Sport hat ihm viel bedeutet«, nahm er das Gespräch wieder auf.»Als der Anruf kam, ist er total ausgerastet. Er hätte alles getan, um diesen Vertrag zu kriegen. Einfach alles.«

Chris horchte auf.»Was hat er denn getan?«, fragte sie.

Klaus Wagner seufzte und verdrehte die Augen.»Sie behalten das für sich?«, fragte er und sah sie prüfend an.

»Selbstverständlich«, erwiderte Chris und hielt seinem Blick stand.

»Keine Presse«, sagte er nachdrücklich.

»Es geht mir ausschließlich um die Sicherheit der Arena. Alles andere ist mir egal.« Chris sah ihn direkt an.

Gedankenverloren betrachtete Klaus Wagner sie, dann atmete er tief durch.»Ich hatte vor einigen Monaten eine Affäre. Mit einem Eishockeyspieler, einem Profi. Einer der Kölner«, sagte er mit weicher Stimme.

Chris zog überrascht die Augenbrauen hoch.

Klaus Wagner fing ihren Blick auf. Sein Gesicht verhärtete sich.»Meldet sich seit einigen Wochen nicht mehr. Reagiert nicht mehr auf meine SMS«, erklärte er, und seine Lider flatterten. »Tja, hat wohl jemand anderen gefunden.«

»Und Ihr Bruder?«, fragte Chris vorsichtig.

Seufzend sank Klaus Wagner tiefer in den Sessel. »Ich hab Thomas eigentlich nichts gesagt, war nur so eine Andeutung. Ich ...« Er zögerte. Stille kehrte ein. Von draußen drangen die Geräusche eines startenden Motors herein. »Ach, was soll's«, murmelte er und sah auf. »Ein paar Wochen lang dachte ich, es könnte mehr werden. Da habe ich Thomas davon erzählt. Erst war es ihm egal, dass es ein Eishockey-Profi war, was ging ihn das an. Aber als das Angebot von den Vancouver Canucks kam, da war er wie durchgedreht. Wollte auf einmal unbedingt wissen, wer das ist. Hab ich ihm natürlich nicht erzählt.«

»Wissen Sie, warum das auf einmal so wichtig für ihn war?«, fragte Chris und lehnte sich gespannt nach vorn.

»Keine Ahnung«, antwortete Klaus Wagner kopfschüttelnd. »Aber er war ein paarmal hier, um das herauszufinden. Klar haben wir uns gestritten. Wenn der Ehrgeiz ihn packt, dann ist er echt ein Arsch. Dann ist ihm alles andere egal.«

Klaus Wagner griff nach seinem leeren Glas und stemmte sich hoch.

»Auch noch eins?« Die Eiswürfel klapperten, als er es Chris entgegenhielt.

»Danke, ich hab noch.«

Wenige Sekunden später kehrte er mit einem gefüllten Glas zurück, das er unberührt vor sich auf den niedrigen Couchtisch stellte.

»Haben Sie die aktuellen Zeitungsberichte gelesen?«, fragte Chris vorsichtig.

Klaus Wagner verneinte.

»Die Vancouver Canucks haben noch mit einem zweiten Spieler verhandelt, einem Kölner«, sagte Chris.

Klaus Wagner hob abrupt den Blick. Auf seinem Gesicht lag Neugier und Skepsis.

»Ich weiß es nicht sicher«, erklärte Chris zögernd, »aber es ist vermutlich Jürgen Schneider.«

Scharf sog er die Luft ein.

Chris ließ ihn nicht aus den Augen. Er rutschte nach vorn und erhob sich, trat vor eines der breiten Fenster, die sich an der Längsseite des Zimmers entlangzogen. Sie gingen zur Wredestraße hinaus, von der jedoch nur sehr gedämpft Geräusche hereindrangen. »Mein Bruder hat von mir nichts erfahren. Gar nichts«, erklärte er dumpf. Dann fuhr er herum. »Das war's?« Er verschränkte die Arme vor der Brust, zwischen seinen Augenbrauen stand eine steile Falte.

»Die Untersuchung der Polizei hat ergeben, dass die Tochter von Anita Schürer und Ihr Bruder Halbgeschwister waren«, fuhr Chris fort. »Die Tochter ist vor zwei Jahren gestorben. Der geschiedene Mann von Anita Schürer glaubt, dass es sich um einen Laborfehler handelt. Das glaube ich allerdings nicht. Haben Sie eine Ahnung, was dahinterstecken könnte? Was könnte Ihr Bruder mit der Tochter seiner Mörderin gemeinsam haben?«

Klaus Wagner musterte sie schweigend. Dann seufzte er. »Zumindest ein Elternteil.« Der Gedanke schien ihn zu amüsieren, ein Lächeln glitt über sein Gesicht. »Er war mein älterer Bruder«, begann er. Seine Stimme brach und seine Gesichtshaut wurde fahl.

Am liebsten wäre Chris aufgestanden, um ihn zu trösten, doch stattdessen senkte sie rücksichtsvoll den Blick. Als sie einige Sekunden später aufsah, war die Farbe in Klaus Wagners Gesicht zurückgekehrt. Er fing ihren Blick auf, kehrte zum Tisch zurück und griff nach seinem Glas.

»Er war mein älterer Bruder«, begann er erneut und leerte sein Glas in einem Zug. »Ich habe sehr an ihm gehangen. Aber das Verhältnis zwischen meinem Vater und ihm war ...« Er zögerte, dann räusperte er sich und fuhr fort. »War eher schwierig. Thomas fühlte sich von ihm nicht richtig akzeptiert. Sein Sport, sein Ehrgeiz, alles, was er tat, diente letztlich dazu, die Anerkennung unseres Vaters zu erringen.«

»Ihr Bruder hatte vor einiger Zeit eine Freundin.« Chris stellte ihr Glas auf den Tisch zurück. »Hedwig Vollmer.«

»Das ging nur ein paar Monate«, erwiderte Klaus Wagner und grinste schief. »Eine Frau passte nicht so recht in seine Pläne.«

»Wie ist Ihr Verhältnis zu Ihrem Vater?«

»Gut«, sagte Klaus Wagner und fuhr sich mit der Rechten über den kahl rasierten Schädel. »Wenn man mal davon absieht, dass er meine Art zu leben nicht besonders schätzt.« Seine Augen wanderten durch das Zimmer und blieben an dem Foto über ihrem Kopf hängen.

»Dabei weiß er noch nicht mal alles.« Er sah sie mit schiefem Grinsen an. »Aber Sie sind nicht gekommen, um über mich zu sprechen.«

Chris lächelte und nickte, dann wurde sie wieder ernst. »Ihr Bruder war nicht der Sohn Ihres Vaters.«

Seine Pupillen weiteten sich.

»Ich meine, er war nicht der leibliche Sohn Ihres Vaters«, fuhr Chris fort.

Klaus Wagner zögerte, dann nickte er. »Ja«, sagte er, »so ist es. Gerade deshalb hat er sein Leben lang um seine Anerkennung gekämpft.« Seine Stimme brach erneut, dann räusperte er sich. »Wir hatten ein gutes Verhältnis, Thomas und ich, trotz allem.« Er hob den Kopf. »Er wollte immer, dass ich mich oute, wissen Sie«, sagte er leise und setzte sich wieder. »Ich denke, er hat gehofft, dass mein Vater enttäuscht von mir sein würde und er dadurch in seiner Gunst steigt. Und vermutlich hätte er recht gehabt. Mein Vater ist auf Schwule nicht besonders gut zu sprechen.«

»Ich glaube, er weiß es«, sagte Chris vorsichtig.

»Ich denke auch«, sagte er und atmete tief durch. »Aber er ignoriert es, so gut er kann.«

»Und Ihre Mutter?«

»Sie hat bis zum Schluss dafür gekämpft, dass Thomas genau wie ich zur Familie gehört. Sie wollte ihn auf keinen Fall spüren lassen, dass er adoptiert wurde.«

»Was?« Chris hob verdutzt den Kopf.

»Aber deswegen sind Sie doch hier«, sagte Klaus Wagner verblüfft. »Thomas war nicht mein Bruder. Ich meine, er war nicht mein leiblicher Bruder.«

»Sieh an«, sagte Chris. »Ich dachte, dass vielleicht Ihre Mutter und der Mann von Anita Schürer ...«

Klaus Wagner hob die Mundwinkel zu einem Grinsen, dann wurde er wieder ernst. »Meine Eltern haben mehrere Jahre lang versucht, Kinder zu bekommen. Aber es hat nicht geklappt. Deshalb haben sie Thomas adoptiert. Zwei Jahre danach kam ich zur Welt, der lang ersehnte Stammhalter für meinen Vater.«

Er barg den Kopf in beiden Händen und rieb sich über sein Gesicht. »Ein Adoptivsohn, den er nie richtig akzeptieren konnte, und ein Schwuler. Feine Ausbeute.«

»Es ist in Ordnung, schwul zu sein«, erwiderte Chris.

»Ich weiß«, sagte er und zuckte resigniert mit den Schultern. »Aber es tut trotzdem weh.«

∗∗∗

Am nächsten Morgen regnete es. Chris stand mit einem Becher Kaffee am offenen Fenster und beobachtete, wie die Kinder unten auf der Straße mit hoch gezogenen Schultern, einem Schirm in der Rechten oder tief in die Stirn gezogenen Kapuzen zur Schule strömten. Noch zwei Jahre, dann war auch Maike ein Schulkind. Chris seufzte, es war so nah und doch konnte sie sich nicht vorstellen, dass ihr Baby bald zur Schule gehen würde. Sie war doch noch viel zu klein für solche Pflichten.

Chris seufzte, schloss das Fenster und stellte die Tasse in die Spüle. Sie schnappte sich die Trainingshandschuhe, die Nermin ihr beim letzten Mal verpasst hatte, und ging hinüber in die Turnhalle der alten Schule. Sie stieß die verzogene Tür zu Nermins Boxstudio auf. Für die Kickboxerin hatte das Training schon begonnen.

Als Chris in die Halle trat, unterbrach Nermin nur kurz. »Aufwärmtraining, dann zwei mal drei Minuten Seilspringen, dann Sandsack«, stieß sie hervor und kehrte zu ihrem Sandsack zurück, den sie mit harten Fäusten bearbeitete.

Die beiden Frauen trainierten schweigend, nur ab und zu unterbrach ein Stöhnen die Stille. Keuchend erreichte Chris das Ende ihrer Trainingseinheit. Sie ging ein paar Schritte in der leeren Halle umher und sog die Luft tief in ihre Lungen.

»Und?«, fragte Nermin. Sie legte eine Hand an den Sandsack vor ihr, der sanft hin und her schwang.

Chris streifte sich die Boxhandschuhe von den Händen und erzählte in groben Zügen, was sie bisher herausgefunden hatte. Am Ende berichtete sie, was Klaus Wagner ihr am vergangenen Abend erzählt hatte. »Was die Zeitungen berichten, dass Wagner kurz davor war, einen Millionenvertrag zu unterzeichnen, ist reine Spekulation«, sagte sie. »Die haben gerade erst die Fühler nach ihm ausgestreckt. Wer weiß, ob daraus wirklich was geworden wäre. Ich kann mir eigentlich nicht vorstellen, dass diese Geschichte etwas mit seinem Tod zu tun hat.«

»Gibt die Sache mit dem Halbbruder was her?«, fragte Nermin.

»Wenn er ein Halbbruder von Anita Schürers Tochter war, haben die beiden ein gemeinsames Elternteil«, fuhr Chris grübelnd fort. »Und von den Wagners kann es niemand sein, da Thomas Wagner von ihnen als Säugling adoptiert wurde.«

»Das heißt?«

»Es muss jemand von den Schürers sein.«

»Anita, meinst du«, erwiderte Nermin.

»Wagner war älter als Anitas Tochter. Vielleicht war sie vor ihrer Heirat schon mal schwanger und hat das Kind zur Adoption freigegeben.«

»Dann hätte die Schürer ihren eigenen Sohn erschossen«, sagte Nermin verblüfft.

»Verstehe ich nicht«, sagte Chris. »Schürer hat vor zwei Jahren ihre Tochter verloren. Die hat sie sehr geliebt. Dann trifft sie auf ihren Sohn. Den hätte sie doch kennenlernen können. Stattdessen bringt sie ihn um.«

»Was ist mit der älteren Liebhaberin von Thomas Wagner? Vielleicht hat die Schürer ein Verhältnis mit ihm gehabt und erst viel zu spät gemerkt, dass es ihr eigener Sohn war.«

»Nein, das war nicht die Schürer«, sagte Chris. »Ich habe gestern rausgefunden, wer seine ehemalige Geliebte war. Aber ich war noch nicht bei ihr.«

»Vielleicht war ja nicht die Schürer die Mutter von Wagner. Vielleicht war ihr Exmann der Vater?«

»Bisher streitet er alles ab«, berichtete Chris. »Ich habe mit ihm telefoniert. Er sagt, es muss ein Laborfehler sein. Seine Tochter und Thomas Wagner waren keine Halbgeschwister. Doch wenn beide adoptiert waren, könnten sie sehr wohl Halbgeschwister gewesen sein.«

»Selbst wenn.« Nermin kehrte zu ihrem Sandsack zurück. »In dem Fall konnte die Schürer nicht wissen, dass Wagner der Halbbruder ihrer Tochter ist. Solche Informationen gibt das Jugendamt normalerweise nicht heraus.« Sie hob beide Hände und das Geräusch dumpfer Schläge füllte die Stille.

Auch Chris trat vor ihren Sandsack und verpasste ihm eine ordentliche Tracht Prügel. Sie kämpfte gegen die unbändige Wut, die in ihr hochstieg, wenn sie an die SMS dachte.

Als sie keuchend innehielt, stand Nermin neben ihr und betrachtete sie mit gekrauster Stirn. »Du hast Talent«, sagte sie nüchtern. »Aus dir könnte was werden.«

»Ich bin jetzt arbeitslos«, erklärte Chris und grinste. »Eine Karriere als Kickboxerin wäre doch für eine Dreißigjährige ein lohnendes Ziel. So mit fünfzig könnte ich richtig gut sein. Gibt es eigentlich Seniorenboxen?«

Nermin lachte, dann wurde sie wieder ernst. »Warum lebt deine Kleine eigentlich bei ihrer Co-Mutter?«

Überrascht sah Chris auf.

Ernst blickte Nermin sie an.

Chris streifte die Boxhandschuhe ab und warf sie neben sich auf den Boden. Umständlich begann sie, die Bandagen abzuwickeln. »Regina kann ihr mehr Wärme geben als ich«, sagte sie leise, ihren Blick fest auf ihre Hände gerichtet. »Das hat sie verdient.« Sie schnürte die Bänder zu einem kleinen Paket und blickte auf.

Nermin musterte sie grübelnd. Als sich ihre Blicke begegneten, gab sich die Trainerin einen Ruck. »Vielleicht könnte ich das für dich rausfinden«, erklärte sie entschieden.

»Was?« Überrascht sah Chris sie an.

»Ob die beiden wirklich Halbgeschwister waren.«

»Und wie?«

»Lass das meine Sorge sein und komm morgen früh wieder«, erwiderte sie lachend. »Und vergiss deine Boxhandschuhe nicht.«

13

Chris brauchte nicht lange, um den Spielerberater Schneiders ausfindig zu machen. Auf der Homepage des Kölner Beraters Horst Mangold war eine Liste von Top-Eishockeyspielern verzeichnet, darunter auch der Stürmer der Kölner Haie. Als Chris das Telefon zur Hand nahm, hatte sie ihn direkt am Apparat.

»Mangold«, ertönte eine dunkle Stimme.

Rasch erklärte ihm Chris, dass sie vom Security-Service der SAP Arena beauftragt war, die Hintergründe des Mordfalls Thomas Wagner zu klären. »Ich würde deshalb gern mit Ihrem Schützling sprechen, Jürgen Schneider«, schloss sie.

Auf der anderen Seite trat für einen Moment Stille ein. »Woher soll ich wissen, dass Sie nicht von der Presse sind?«, erklang wieder die dunkle Stimme, nun deutlich misstrauischer.

»Sie können Bauer & Böckler anrufen, den Security-Service, meinen Auftraggeber«, erklärte Chris. Rasch diktierte sie die Nummer von B&B und nannte die Durchwahl von Norma Krüger. Dann legte sie auf und hoffte inständig, dass Bauers Sekretärin an ihrem Platz saß.

Zwei Minuten später klingelte ihr Telefon.

»Sie haben Glück«, erklang dieselbe dunkle Stimme, nun deutlich friedlicher. »Schneider hat heute einen Termin in der Heidelberger Uniklinik, Sie können direkt mit ihm sprechen, wenn Sie wollen.«

Chris notierte sich die genauen Daten der Klinik, die Mangold ihr nannte. »Ich ruf ihn an«, sagte er, »dann wird er mit Ihnen sprechen.«

Als sie auflegte, warf Chris einen Blick auf die Uhr. Schneider wurde heute Nachmittag in der Klinik erwartet, dort konnte sie ihn direkt abfangen. Zeit genug, zuvor der Exfreundin von Thomas Wagner einen Besuch abzustatten.

***

Ein Telefonat mit der Auskunft hatte genügt, um die Anschrift von Hedwig Vollmer in Mannheim ausfindig zu machen. Sie wohnte in der Neckarstadt in der Elfenstraße. Chris fuhr am Neckar entlang und bog in die Draisstraße ein. Diese führte sie an einem Spielplatz und der roten Klinkerfassade des Neckar-städter Kinderhauses vorbei bis in die Gartenfeldstraße, wo sie ihren Wagen abstellte.

Sie stopfte beide Fäuste in die Taschen ihrer dunklen Jacke und stemmte sich mit den Schultern gegen den Wind. Auf dem mager wirkenden Rasenstück inmitten des ziegelroten Rondells vor der Humboldtschule tobten zwei Kinder im Vorschulalter mit ihren Müttern. Trotz der niedrigen Temperaturen hatte es sich eine Gruppe Jugendlicher auf den Bänken unter uralten Platanen gemütlich gemacht.

Flüchtig sah Chris nach links und rechts und überquerte die Straße. Suchend schritt sie die Häuserfronten der Elfenstraße entlang und zählte die Hausnummern herunter. Links von ihr lagen die ziegelroten Giebel mehrerer niedriger Garagen. Schließlich blieb sie vor einem mintgrün gestrichenen Haus stehen. Die gedrungene Fassade wirkte kleiner als die anderen in der Straße und sprang etwas zurück.

An der Haustür gab es mehrere Klingelschilder, doch Chris musste nicht lange suchen. Das Schild in der untersten Reihe mit dem verschmierten Schriftzug *Vollmer* ließ vermuten, dass Thomas Wagners Exfreundin im Erdgeschoss wohnte. Aus den Augenwinkeln beobachtete sie die Gardine am Fenster neben dem Eingang und klingelte, doch Hedwig Vollmer machte sich offensichtlich nicht die Mühe, ihre Besucher zu taxieren. Schon wenige Sekunden später ertönte der Türöffner.

Chris tauchte in einen dunklen Hausflur ein, der intensiv nach Schimmel roch. Links von der nach oben führenden Steintreppe stand in der weit offenen Wohnungstür eine kleine, zierliche Frau, die sie kritisch musterte. Sie war zwischen vierzig und fünfzig Jahre alt, schätzte Chris, und wirkte verärgert über die Störung.

An ihren Händen klebte Farbe, ihre Bluse war voller Flecken. Entschuldigend lächelte Chris sie an und erklärte, dass sie an dem Mord von Thomas Wagner interessiert war.

Vollmers Gesicht verdüsterte sich. »Was habe ich damit zu tun?«, erwiderte sie barsch und wandte sich um.

»Ich arbeite beim Security-Service der SAP Arena und wir wollen den Mordfall restlos aufklären, damit so etwas nie wieder passieren kann«, erklärte Chris rasch.

Vollmer stutzte. Misstrauisch blickte sie Chris an und schien aus ihrem Gesicht lesen zu wollen, wie viel sie wusste.

»Sie waren doch seine Freundin, nicht wahr?«, fragte Chris.

»Was wollen Sie damit sagen?«, erwiderte Vollmer, und ihre Augen verengten sich.

»Es geht mir nur darum, solche Anschläge künftig zu verhindern«, sagte Chris.

Vollmer zögerte.

Chris nutzte den kurzen Moment und studierte ihr Gesicht. Vollmer wich ihrem Blick aus und trat einen Schritt zurück.

»Kommen Sie schon«, sagte sie unwirsch und winkte Chris herein.

Das unangenehme Gefühl, das in ihr aufstieg, schüttelte Chris ab. Sie betrat die Wohnung, atmete die stickige Luft ein, die geschwängert war mit Lösungsmitteln. Im Flur blieb sie abwartend stehen, bis Vollmer die Tür geschlossen hatte und durch den dunklen Gang nach hinten ging. Chris folgte ihr und trat in einen großen, hellen Raum mit grob gehobeltem Holzboden und unverputzten Wänden. In einer Ecke stand eine Bank mit dünnen Polstern und grellgrünem Bezug, von Farbflecken übersät und zerschlissen. In der Tasse, die auf dem Boden davor stand, konnte Chris einen Rest einer undefinierbaren Flüssigkeit ausmachen, vielleicht Kaffee oder Tee.

Vollmer blieb inmitten des Zimmers stehen und drehte sich zu ihr um. Hinter ihrem Rücken sah Chris eine Staffelei, darauf das großformatige Foto eines Mannes, das mit Farben stark verändert worden war. Neben der Staffelei stand ein niedriger Tisch, auf dem sich Gläser mit farbloser Flüssigkeit, zahllose Tuben in verschiedenen Stadien des Gebrauchs, ein Becher mit Pinseln und eine verschmierte Palette drängten. An der Wand dahinter lehnten zwei alte Leinwände, die als Pinnwand dienten und auf denen neben- und übereinander Zettel, Postkarten und Fotos hingen.

»Sie haben Fragen an mich«, sagte Vollmer und verschränkte ihre Arme vor der Brust. Sie wirkte nicht ängstlich, eher entschlossen, und warf Chris einen grimmigen Blick zu.

»Sie sind nicht gut auf Thomas Wagner zu sprechen«, sagte Chris und musterte die Tuben auf dem kleinen Tisch.

»Merkt man das?«, erwiderte Vollmer und hob ihr Kinn.

»Sie hatten ein Verhältnis mit ihm«, stellte Chris fest.

»Ja«, sagte Vollmer und lächelte grimmig, »das hatten wir. Allerdings hätte er das am liebsten geheim gehalten. Er hat sich für mich geschämt, weil ich älter war als er.« Ihre Augen verdunkelten sich. »Außerdem war ihm der Sport wichtiger als eine Beziehung.« Vollmer fuhr sich mit der Linken durch das Haar, das mit grauen Strähnen durchzogen war und an dem Farbreste klebten. »Das war kein Problem für mich«, fuhr sie fort. »Ich habe ihm viel Freiraum gelassen. Anders als die jungen Dinger, mit denen hat er immer gleich Stress gekriegt.« Sie gab einen verächtlichen Laut von sich. »Deshalb dachte ich am Anfang, wir könnten eine normale Beziehung führen. Er hat seinen Sport, ich meine Malerei.« Ihr Blick fiel auf die Staffelei und blieb an dem Bild hängen. »Am Ende war ihm sein Sport wichtiger.«

»Wie lange waren sie zusammen?«, fragte Chris.

»Ein paar Monate«, erwiderte Vollmer.

»Woher kannten Sie sich?«

Zum ersten Mal zögerte Vollmer. Sie steckte beide Hände in die Taschen ihrer ausgebleichten Jeans und trat einen Schritt zur Seite, musterte vor dem Tisch stehend die Farbpalette.

»Ich bin eine Freundin seiner Mutter«, erwiderte sie. Sie stand noch immer mit dem Rücken zu Chris und ließ ihre Hand über die Tuben vor ihr gleiten. Dann drehte sie sich um, lächelte, doch die Falten unter ihren Augen schienen sich vertieft zu haben. Das Telefon klingelt irgendwo in den Tiefen der Wohnung. Vollmer runzelte die Stirn, entschuldigte sich und verschwand.

Chris sah ihr nach. Als sie nicht sofort zurückkehrte, warf sie einen Blick auf die Staffelei und schlenderte hinüber zur Pinnwand. Alte Fotos zeigten Vollmer als Kind mit zwei Menschen, die vermutlich ihre Eltern waren, und einem anderen Mädchen. Vielleicht ihre Schwester. Daneben hing ein aktuelles Bild der Malerin in beschmiertem Kittel und mit zerzausten Haaren. Rasch studierte Chris die Zettel unterschiedlicher Größen und Farben. Neben Telefonnummern und Namen stachen ihr zwei flüchtig hingekritzelte Buchstaben ins Auge, ein H und ein M, der Rest verschwand unter dem Flyer eines Pizza-Lieferanten. Hinter Chris erklangen Schritte, rasch kehrte sie auf ihren ursprünglichen Platz zurück.

Vollmer betrat das Zimmer und sprach weiter, als hätte es keine Unterbrechung gegeben. »Vor etwa zehn Jahren haben wir uns kennengelernt, damals war Thomas noch in der Schule. Ich fand ihn von Anfang an sympathisch, aber da war er für mich natürlich noch ein Kind. Danach haben wir uns aus den Augen verloren und sind uns erst auf einem Geburtstag seiner Mutter erneut über den Weg gelaufen.« Sie hob die Mundwinkel und Chris nahm an, dass es ein Lächeln sein sollte.

»Wir haben uns verliebt und waren einige Monate zusammen«, ergänzte Vollmer und hob die Hände, als wäre damit alles gesagt.

»Warum haben Sie sich getrennt?«, fragte Chris vorsichtig.

»Unsere Beziehung hat ihn irgendwann nicht mehr interessiert.« Sie zögerte. »Ich habe ihn nicht mehr interessiert. Es gab ein wichtiges Spiel, hier in Mannheim, in der Arena. Sie waren im Play-off. Ich wollte dabei sein und sehen, wie er sich schlug. Etwa zwei Stunden vorher rief er mich an, um mir zu sagen, dass ich nicht kommen solle. Seine Eltern waren überraschend eingetroffen und er wollte verhindern, dass wir uns begegnen. Seine Mutter hätte etwas merken können.« Erneut gab sie einen verächtlichen Laut von sich. »Das kam ihm gerade recht.« Sie drehte das Gesicht zum Fenster, als wolle sie es in der Sonne wärmen. »Er war froh, dass er mich auf so einfache Art los war.«

Der kurze Lichtschimmer verschwand, der Schatten stürmisch ziehender Wolken legte sich darüber.

»Danach habe ich die Beziehung beendet«, sagte sie und ging zwei Schritte an Chris vorbei auf die Tür zu. Dort blieb sie stehen und drehte den Kopf, fragend, als hätte sie erwartet, dass Chris ihr folgte.

»War das alles, was Sie wissen wollten?«, fragte sie und zog fröstelnd die Schultern hoch.

»Ja«, sagte Chris und musterte sie kritisch. Irgendwas an dieser Frau störte sie.

Vollmer wandte sich ab und ging durch den dunklen Flur voraus zum Ausgang. Sie sprach erst wieder, als sie an der Wohnungstür angekommen waren. »Ich habe inzwischen wieder einen Freund. Das mit Thomas habe ich hinter mir gelassen.« Sie öffnete die Tür und ließ Chris vorbei. Erneut hob sie die Mundwinkel, als wolle sie lächeln, doch ihre Gesichtszüge erstarrten in einer Grimasse.

Chris brauchte nur ein paar Minuten zurück zu ihrem Wagen. Als sie gerade aufschließen wollte, meldete sich ihr Handy. Hastig fummelte sie es aus der Tasche und holte die SMS auf das Display.

ICH WEIß, DASS DU WEITERMACHST! HÖR ENDLICH AUF. DU WIRST ES SONST BEREUEN – UND DEINE TOCHTER AUCH.

Entsetzt riss Chris den Kopf hoch und sah sich in alle Richtungen um. Sie suchte nach einem Gesicht, das sie beobachtete. In ihrer Magengrube nistete sich Wut ein, die sich über ihre Adern im ganzen Körper verteilte wie eine sich rasch ausbreitende Infektion. Doch außer den Jugendlichen, die noch immer unter einem Baum hockten und inzwischen eine Zigarette kreisen ließen, die verdächtig nach Joint roch, war niemand zu sehen.

Chris öffnete die Fahrertür und ließ sich hinter das Steuer fallen. Mit quietschenden Reifen fuhr sie an. Beim Anblick von zwei Kindern, die Hand in Hand auf dem Gehweg standen und sie erschreckt anstarrten, meldete sich ihr Verstand zurück. Chris stoppte den Wagen und blieb einige Sekunden mit laufendem Motor stehen.

»Beruhige dich«, murmelte sie mehrmals und atmete tief ein und aus. Sie warf einen Blick in den Rückspiegel, winkte dem verärgert hupenden Autofahrer hinter ihr entschuldigend zu und fuhr langsam weiter.

Nur wenige Minuten später stand sie in Käfertal vor dem Mehrfamilienhaus. Regina war überrascht, sie so schnell wiederzusehen. Schnell erzählte ihr Chris, was geschehen war. Dann holte sie ihr Handy aus der Tasche und zeigte ihr die SMS.

Regina warf nur einen flüchtigen Blick auf das Display. »Lass dich nicht einschüchtern«, erklärte sie fest. »Der will dir nur Angst einjagen. Mach weiter.«

Chris blickte sie stirnrunzelnd an. »Ich will euch nicht in Gefahr bringen«, sagte sie zögernd.

»Der will dir nur Angst einjagen«, wiederholte Regina mit fester Stimme. »Mach weiter. Ich will wissen, wer dahintersteckt. Erst dann kann ich wieder ruhig schlafen.«

Schlagartig wurde Chris klar, dass sie keine Wahl mehr hatte. Wenn sie nicht wussten, wer sie bedrohte und vor allem warum, würde immer ein Gefühl der Unsicherheit bleiben. Sie konnten nicht mehr darauf vertrauen, dass Maike in Sicherheit war.

Sie dachte kurz darüber nach, die Polizei einzuschalten. Doch aus ihrer Ausbildung wusste sie, dass diese erst etwas unternehmen konnte, wenn eine Straftat stattgefunden hatte. Eine Morddrohung wäre eine Straftat, doch die Worte »ihr werdet es bereuen« waren gut gewählt. Da konnte die Polizei wenig tun.

Chris verabschiedete sich von Regina, fuhr auf die A 6 und wechselte wenig später auf die A 656. Nur zehn Minuten waren es zur Stadtgrenze Heidelbergs. Für die letzten zwei Kilometer bis zur Uniklinik brauchte sie genauso lange wie von Mannheim nach Heidelberg. Chris querte den Neckar und erreichte kurz darauf das Neuenheimer Feld. Auf einem der Parkplätze nahe der Kopfklinik stellte sie ihren Opel ab.

Ein Geruch nach Desinfektionsmittel und menschlichen Ausdünstungen stieg ihr in die Nase, als sie die Eingangshalle betrat. Hinter dem Informationsschalter saß ein älterer Mann mit einer von entzündeten Pickeln übersäten Nase. Gelangweilt erklärte er ihr den Weg zur Sprechstunde des Chefarztes.

Chris nahm den Aufzug in den dritten Stock und fand nach einigem Umherirren eine unauffällige weiße Tür, auf der der Schriftzug *Sekretariat Chefarzt Prof. Dr. Stirner* kaum zu erkennen war. Sie klopfte und trat nach einer Aufforderung ein.

»Ja?« Ein etwa dreißigjähriger Mann in bequemer Sportkleidung saß vor einem Computer und musterte sie neugierig.

Rasch erzählte Chris, dass sie Jürgen Schneider hier treffen wollte.

Der Sekretär schien Bescheid zu wissen, griff wortlos nach einem gefalteten Zettel und reichte ihn herüber. »Der Chef hatte einen Notfall«, antwortete er mit einem Blick auf seinen Bildschirm. »Herr Schneider wollte deshalb die Zeit nutzen und sich das Schloss ansehen. Er war wohl noch nie in Heidelberg.« Er nickte und verabschiedete Chris mit einem kurzen Gruß. Sie überflog den handgeschriebenen Zettel. Schneider bat sie, zum Schloss nachzukommen und ihn dort auf dem Handy anzurufen. Die Nummer hatte er unter der Nachricht notiert.

Chris verabschiedete sich und warf einen Blick auf die Uhr. Schneider hatte die Zeit notiert. Er war noch keine halbe Stunde weg.

Sie beeilte sich, zum Wagen zurückzukehren, und folgte den schmalen Straßen der Heidelberger Innenstadt bis zur Altstadt. Eine steile Stichstraße trug sie den Fuß des Königstuhls hinauf, an den sich das Heidelberger Schloss schmiegte. Nach seiner Zerstörung im 17. Jahrhundert war der Bau aus rotem Sandstein nur teilweise restauriert worden. Nun thronte die berühmteste Ruine Deutschlands über der Heidelberger Altstadt und zog jedes Jahr zahlreiche Touristen aus aller Welt an.

Oberhalb des Schlosses steuerte Chris den Corsa auf einen der Besucherparkplätze. Von dort waren es nur wenige Meter zu Fuß zum Schlossgarten. Chris bremste ihren Schritt und nahm sich die Zeit, einen Blick über das alte Sandsteingeländer auf den Neckar und die verwinkelten Gassen der Heidelberger Altstadt zu werfen. Ein Lastschiff stampfte aus einer der Schleusen und kämpfte sich unterhalb des Philosophenwegs den glitzernden Neckar hinauf.

Chris suchte nach ihrem Handy und zog den Zettel aus der Hosentasche. Kaum hatte sie Schneiders Nummer getippt, ertönte in wenigen Metern Entfernung der Song »We are the champions«. Amüsiert beobachtete Chris, wie ein vielleicht zwanzigjähriger Mann in Jeans und Kapuzenjacke umständlich in seine Tasche griff und schließlich ein Handy herauszog, das unbeirrt den Queens-Hit dudelte. Eine etwa gleichaltrige Frau in Rock und Anorak musterte ihn unzufrieden.

Aus Chris' Handy meldete sich eine Stimme, dessen Echo aus wenigen Metern Entfernung zu ihr herüberwehte.

»Hallo, Herr Schneider«, rief Chris lachend und winkte, »ich steh hier, gleich neben ihnen!«

Missmutig hob Jürgen Schneider den Kopf und blickte sie an. »Ja?«, knurrte er und ließ das Handy in seine Jackentasche fallen.

Chris beendete ebenfalls das Telefongespräch und ging einige Schritte hinüber. Freundlich begrüßte sie die beiden. Schneiders Begleiterin machte sich nicht die Mühe, den Gruß zu erwidern. Wortlos trat sie an das Geländer des Renaissance-Gartens und sah gelangweilt hinüber zum zerstörten Pulverturm des Heidelberger Schlosses.

»Mangold hat gesagt, ich soll mit Ihnen reden«, stieß Schneider zwischen den Zähnen hervor. »Was wollen Sie?«

Rasch erklärte Chris, dass es bei ihren Ermittlungen vor allem um Sicherheitslücken der SAP Arena ging.

Schneiders Blick wurde ein wenig sanfter. »Was wollen Sie dann von mir?«, murmelte er.

»Thomas Wagners Berater hat mit den Vancouver Canucks wegen eines Vertrags für die nächste Saison verhandelt. Sie waren ebenfalls im Gespräch«, sagte Chris.

Erneut verfinsterte sich Schneiders Blick. »Und?«

»Die Vancouver Canucks waren nur an einem interessiert. Für Sie ist jetzt der Weg frei«, sagte Chris.

»Was wollen Sie damit sagen«, zischte er. »Glauben Sie etwa, ich habe diese durchgeknallte Alte angeheuert, um Wagner auszuschalten?«

»Natürlich nicht«, erwiderte Chris freundlich.

»Der Blödmann hat es nicht anders verdient. Hat seinen Berater auf mich gehetzt, wollte, dass ich aus den Verhandlungen aussteige.« Schneider rieb sich die Stirn.

»Wenn nur noch einer von beiden im Gespräch ist, könnte er den Preis diktieren«, erwiderte Chris gedehnt. »Stimmt's?«

»Das hätte er wohl gern gehabt«, zischte Schneider. Er blickte nervös zu seiner Begleiterin und senkte die Stimme. »Hat mich sogar erpresst, der Arsch.«

»Thomas Wagner?«, fragte Chris rasch.

Wieder sah Schneider nervös zu der jungen Frau, die regungslos an der Balustrade stand und hinunterstarrte. »Weymann«, sagte er leise und schien es im nächsten Moment bereits zu bereuen. Er trat einen Schritt zurück und atmete tief durch. »Jetzt kann ich den Preis vorgeben«, sagte er laut. »In ein paar Monaten trete ich in Kanada an.«

Seine Begleiterin wandte sich um und lächelte ihn zufrieden an. Eine Gruppe aufgedrehter Zehnjähriger näherte sich. Vereinzelte Kinder rannten zwischen ihnen hindurch. Genervt verzog die junge Frau das Gesicht.

»Womit hat er Sie erpresst?« Chris blickte ihn prüfend an. Wieder sah er sich nervös um. Nun hatte sie die ganze Gruppe der

Viertklässler erreicht. Zwanzig bis dreißig Zehnjährige strömten lachend und rufend an ihnen vorbei.

»Kennen Sie Klaus Wagner?«, fragte Chris spontan. »Aus Ludwigshafen?«

Die Augen des Eishockeyspielers weiteten sich. Mit einem festen Griff packte er Chris am Oberarm und zerrte sie einige Schritte zur Seite. »Was soll das?«, zischte er wütend, und Chris spürte seinen dumpfen Atem auf ihrer Wange. »Woher haben Sie diesen Namen?«

Chris fixierte Schneiders Hand auf ihrem Arm. Er folgte ihrem Blick, dann ließ er sie unvermittelt frei.

Sie sah ihn an. »Wagners Bruder«, erklärte sie fest.

»Was?«, fragte Schneider überrascht und wich zurück. »Davon hat er nichts gesagt. Die sehen sich doch gar nicht ähnlich. Und außerdem wohnt Klaus doch in Rheinland-Pfalz.« Widersprüchliche Gefühle zeichneten sich auf seinem Gesicht ab.

»Ludwigshafen liegt zwar auf der anderen Rheinseite und gehört zu Rheinland-Pfalz«, erwiderte Chris, »ist aber nur einen Kilometer von Mannheim entfernt.«

Wieder warf Schneider einen nervösen Blick zu seiner Begleiterin, die ihre Arme übereinanderschlug und Chris abschätzend musterte.

»Hey, Bruderherz«, rief sie auffordernd, »wie sieht's aus, du wolltest mir doch noch einen Kaffee spendieren.«

»Weymann hat Sie erpresst. Er wollte es an die große Glocke hängen, dass Sie schwul sind«, erklärte Chris mit leiser Stimme. »Es sei denn, Sie verzichten auf Verhandlungen mit dem kanadischen Club.«

»Klaus«, zischte Schneider. »Der Arsch. Dacht ich's mir doch.«

»Er hat sie nicht verraten«, erwiderte Chris und schüttelte den Kopf. »Hatte deshalb Streit mit seinem Bruder. Aber er hat dicht gehalten.«

Schneider runzelte die Stirn. Doch sein Blick verlor die Härte und eine Zuckung in seinem Gesicht verriet, dass er Chris gern glauben wollte. Seine Schwester setzte sich in Bewegung und schlenderte zu ihnen herüber.

»Danke Ihnen«, sagte Chris laut. »Hat mir weitergeholfen.«

»Sie behalten das doch für sich«, erwiderte Schneider leise, die Skepsis kehrte in seinen Blick zurück. »Ich habe nichts gesagt. Und nichts von dem, was Sie gesagt haben, bestätigt. Ich streite alles ab.«

Die junge Frau hatte sie erreicht und schob sichtlich genervt ihre Hand in die Armbeuge ihres Bruders. »Gehen wir?«, fragte sie herausfordernd und funkelte Chris wütend an.

»Bleibt alles bei mir«, erwiderte Chris und sah Wagner fest in die Augen. »Versprochen.«

14

Der Kühlschrank hatte zwei Eier hergegeben und im Küchenschrank fanden sich noch ein paar Scheiben Brot. Chris wischte die letzten Reste des Eigelbs vom Teller und achtete nicht weiter auf den Fernseher, über dessen Bildschirm die Tagesschau flackerte. Als es klingelte, hob sie überrascht den Kopf. Sie stand auf, drückte den Türöffner und blieb wartend auf dem Treppenabsatz stehen.

Julia stapfte lachend die Treppe hoch und streckte ihr zwei Flaschen entgegen. »Lust auf ein kaltes Bier?«, rief sie.

Chris lachte. »Komm rein«, sagte sie.

Im Flur stellte Julia die Flaschen ab und konnte es kaum erwarten, bis Chris die Tür geschlossen hatte. Sie schmiegte sich an ihren Rücken und schlang beide Arme um ihre Hüften. »Komm«, flüsterte sie ihr ins Ohr.

Chris ließ sich gegen Julias warmen Körper fallen und genoss für einen Moment ihre Nähe. »Ich muss dir was erzählen«, erwiderte sie leise und löste sich. Ernst blickte sie Julia an, die sie überrascht musterte.

»In Ordnung«, erklärte sie, packte die beiden Flaschen und ging hinüber ins Wohnzimmer. »Hast du zwei Gläser für uns?«, rief sie und steuerte das Sofa an.

»Klar«, erwiderte Chris, räumte die Reste ihres Abendessens beiseite und kehrte kurz darauf mit den Gläsern aus der Küche zurück. Sie warf sich neben Julia aufs Sofa und stellte die beiden Gläser ab.

»Was ist los?«, fragte Julia und griff zu einer der Flaschen. Mit einem lauten Ploppen sprang der Schnappverschluss auf. Julia schenkte die Gläser voll und prostete Chris zu.

»Das tut gut«, sagte Chris nach dem ersten Schluck. Sie stellte das Bier ab und seufzte. Dann erzählte sie Julia von den beiden SMS.

»Verdammt«, murmelte Julia düster und leerte ihr Glas in einem Zug. Sie schenkte nach, stand auf und ergriff mit jeder Hand eines der Gläser. »Komm«, sagte sie und ließ Chris nicht aus den Augen. »Lass uns rübergehen.«

Auch in dieser Nacht ging Julia erst spät.

»Du hättest doch heute die Medikamente mitbringen können«, murmelte Chris, als sich Julia aus dem Bett wälzte.

»Vergessen«, erwiderte Julia leichthin und zog ihre Klamotten zu sich herüber, die weit verstreut im Zimmer auf dem Boden lagen.

Schlaftrunken begleitete Chris sie zur Tür und verabschiedete sie mit einem langen Kuss.

***

Der Innenstadtring war wie leer gefegt. Der erste Schwung Berufsverkehr musste schon durch sein. Chris beschleunigte. Sie hatte beschlossen, Thomas Wagners Berater einen weiteren Besuch abzustatten. In den vergangenen Tagen hatte sie im Zusammenhang mit dem Mord nur wenigen Personen ihre Handynummer gegeben. Weymann war einer davon.

Chris stieg die Stufen zu seinem Büro hoch.

»Sie schon wieder«, stöhnte Weymanns Assistent und schwenkte seine farbigen Haarsträhnen von der linken auf die rechte Schulter. »Der Chef will Sie nicht mehr hier sehen.«

Chris grinste und steuerte zielstrebig Weymanns Bürotür an.

»Hey«, ertönte es hinter ihrem Rücken, »Sie können doch nicht einfach so durchmarschieren!« Eilige Schritte folgten Chris. Doch bevor sie näher kamen, stand sie bereits in Weymanns Bürotür.

Der Spielerberater hob den Kopf. Als er Chris sah, stemmte er sich aus seinem Stuhl hoch. »Lassen Sie mich gefälligst in Ruhe«, zischte er wütend, und sein Gesicht verfärbte sich zu einem ungesunden Rot.

»Ich habe mit Schneider gesprochen«, erklärte Chris gelassen. »Der war gestern zufällig in der Heidelberger Uniklinik zu einem Routinecheck. War eine gute Gelegenheit, mal in Ruhe mit ihm zu reden. Interessant.«

Weymanns Assistent trat hinter sie. »Kommen Sie schon!«, rief er aufgebracht. »Der Chef will Sie hier nicht mehr sehen.« Er schob sich an ihr vorbei und versuchte, sie ohne eine Berührung aus Weymanns Büro zu drängen. »Sorry, Chef«, brachte er mühsam hervor, »die ist einfach an mir vorbeigerannt.«

Chris blieb ruhig in der Tür stehen und beobachtete, wie sich das Rot auf Weymanns Gesicht noch vertiefte.

»Lass uns gefälligst in Ruhe«, blaffte er in Richtung seines Assistenten.

Der hob verblüfft den Kopf. »Aber Sie haben doch gesagt ...«, quetschte er hervor.

»Raus hier!«, brüllte Weymann. Der Ärger verzerrte sein Gesicht zu einer unschönen Grimasse.

Beleidigt schwenkte der Assistent seine farbigen Haarsträhnen auf den Rücken und kehrte mit angewidertem Blick auf Chris in den Gang zurück.

Weymann stand auf, umrundete seinen Schreibtisch und schloss hinter Chris die Tür. Dann baute er sich vor ihr auf.

»Was wollen Sie von mir?«, zischte er, und ein Sprühnebel feiner Spucke traf Chris auf der rechten Wange.

Bedächtig hob sie die Hand und wischte sich die Feuchtigkeit aus dem Gesicht.

Sichtlich erregt trat Weymann einen Schritt zurück. »Was wollen Sie von mir?«, wiederholte er und bemühte sich, ruhig zu bleiben.

»Keine Sorge, ich will Sie nicht auffliegen lassen«, erwiderte Chris gelassen. »Wozu?«

»Was dann?«, fuhr er sie an.

»Ich hab Ihnen doch meine Handynummer hinterlassen«, begann Chris.

Überrascht hob Weymann den Kopf. »Keine Ahnung«, knurrte er. »Und?«

»Ich habe eine SMS mit einer Drohung erhalten. Kam die von Ihnen?«

»Was?«, fragte Weymann unwirsch und kniff die Augen zusammen.

Chris musterte ihn kühl. Seine Überraschung schien echt zu sein. »Warum sollte ich so etwas Bescheuertes tun?«, fragte er und sah sie zum ersten Mal mit ruhigem Blick an.

»Vielleicht weil Sie Angst haben, dass ich Ihre Erpressung auffliegen lasse«, erwiderte Chris.

»So ein Quatsch!«, rief er.

Chris grinste ihn an.

Als er ihrem Blick begegnete, sah er betreten zu Boden. Sie wartete, bis er schließlich die Stille unterbrach. »Wagner hatte mir die Information beschafft«, verteidigte er sich schwach. »Er wollte, dass Schneider einen Rückzieher macht und ihm das Feld überlässt.«

»Und Sie haben gehofft, dass ohne Konkurrenz eine höhere Provision für Sie abfällt«, erwiderte Chris kühl. »Eine halbe Million ist ja nicht übel für so ein bisschen Vertragsverhandlung.«

Weymann fuhr herum und funkelte sie wütend an. »Und?«, rief er. Er sah zur Tür und senkte seine Stimme. »Was wollen Sie jetzt tun?«

»Nichts«, erwiderte Chris gelassen und zog die Schultern hoch. Dann ließ sie sie wieder fallen. »Ist mir ziemlich egal, was Sie getrieben haben. Vorausgesetzt, Sie lassen Schneider künftig in Frieden.«

Wütend schob er die Hände in seine Hosentaschen. »Der ist mir doch scheißegal«, zischte er. »Ohne Wagner geht mir das Ganze am Arsch vorbei. Für mich ist es gelaufen.«

»Dann interessiert mich die Sache auch nicht mehr«, erklärte Chris gelassen.

Ungläubig starrte er sie an. »Sie behalten das für sich?«, fragte er.

»Ich glaube nicht, dass Schneider will, dass Polizeibeamte oder

Journalisten in seinem Leben rumschnüffeln«, erklärte Chris. »Sonst hätte er längst Anzeige erstattet. Ist also in beiderseitigem Interesse.«

Regungslos sah Weymann sie an. Schließlich kam wieder Leben in ihn, er ging zu seinem Schreibtisch und wühlte in einem Stapel von Unterlagen. »Hier«, sagte er und hielt triumphierend ein Blatt Papier in die Höhe. »Da ist sie. Ihre Handynummer. Die hatte ich längst vergessen.« Mit dem Zettel in der Hand kehrte er zu ihr zurück. »Ich war das nicht«, erklärte er ruhig. »Das können Sie mir glauben.«

Chris nahm das Papier mit ihrer Handynummer aus Weymanns Hand, faltete es und verstaute es in ihrer Hosentasche.

»Ich glaube Ihnen«, erwiderte sie und meinte es auch so. Sie ging zur Tür und legte die Hand auf die Klinke. Dann wandte sie sich über die Schulter noch einmal an den Spielerberater. »Ach ja, noch eine Frage. Reine Neugier.«

Skeptisch zog Weymann die linke Augenbraue hoch.

»Woher wusste Thomas Wagner das von Schneider?«

Weymann grinste. »Hat im Handy von seinem Bruder rumgeschnüffelt. Schneider hat doch tatsächlich ein paar SMS an ihn geschickt. Mit dem eigenen Handy, wie blöd ist das denn.«

Chris nickte. »Danke«, sagte sie schlicht und verließ sein Büro.

Weymanns Assistent antwortete nicht auf ihren freundlichen Abschiedsgruß.

Auf dem Rosengartenplatz stoppte sie und griff nach ihrem Handy. Im Speicher fand sie noch Schneiders Nummer. Sie schrieb ihm eine kurze SMS, dass sie es nun ganz sicher wusste: Klaus Wagner hatte dicht gehalten, sein Bruder hatte hinter seinem Rücken in seinem Handy spioniert und die Information an seinen Spielerberater weitergegeben.

Aufatmend schob Chris das Handy zurück in ihre Tasche, dann schlenderte sie hinüber zu ihrem Corsa. Sie war schon auf dem Weg in ihre Wohnung, als eine SMS zurückkam. Darin stand nur ein Wort: *Danke.*

15

Es war bereits gegen Mittag, als Chris bei Nermin eintraf. So spät am Morgen war die kleine Sporthalle schon gut besucht. Zwei Jugendliche mit gegelten Haaren und Trainingshosen bekannter Sportmarken quälten die Sandsäcke. Nermin erklärte einer jungen Frau in ausgeleierter blauer Baumwollhose, wie sie das Springseil halten sollte. Chris winkte ihr zu und schnappte sich eines der Seile, die noch im Schrank am Haken hingen.

Später kam Nermin zu ihr herübergeschlendert und wartete, bis der Timer das Signal für das Ende des Seilspringens gab. Chris stoppte schwer atmend und sah fragend zu Nermin hinüber.

»Du hattest recht«, erklärte die.

Chris musterte sie verblüfft.

»Sie waren beide adoptiert«, sagte Nermin. »Thomas Wagner und Hanna Schürer. Hatten dieselbe Mutter und unterschiedliche Väter.«

Chris hob anerkennend den Kopf.

Nermin unterdrückte ein Lächeln. »Thomas Wagner und Hanna Schürer waren also Halbgeschwister«, berichtete sie weiter. »Ihre Mutter hat sie im Abstand von ein paar Jahren zur Adoption freigegeben, jeweils kurz nach der Geburt.«

Chris nickte.

»Die Schürers haben vor einigen Jahren versucht, Kontakt zu Thomas Wagner aufzunehmen«, fuhr Nermin fort.

»Das heißt also, Schürers wussten, dass ihre Adoptivtochter einen Halbbruder hatte?«, fragte Chris.

»Ja, das heißt es«, bestätigte Nermin. »Laut meiner Informantin ist es üblich, dass den Adoptiveltern die familiären Verhältnisse ihrer Kinder dargelegt werden, ohne jedoch Namen zu nennen. Die Schürers haben vermutlich bei der Adoption mitgeteilt bekommen, dass Hanna einen älteren Halbbruder hat. Aber sie haben nicht erfahren, wie er heißt und wo er lebt.«

»Wie fand dann die Kontaktaufnahme statt?« Chris wickelte das Springseil von ihren Händen und schlang es zu einem handlichen Bündel zusammen.

»Über das Jugendamt. Die Schürers haben einen Brief an den Bruder ihrer Tochter geschrieben und dem Jugendamt übergeben. Der Brief wurde an ihn weitergeleitet. Wagner hat geantwortet und auch seine Antwort ging zunächst an das Jugendamt und von dort weiter zu den Schürers.«

»Und worum ging es in dem Brief?«

Sie schlenderten hinüber zum Schrank, wo Chris das Springseil wieder über einen der Haken legte.

»Das geht nicht aus den Akten hervor«, sagte Nermin. Bedauernd hob sie die Achseln. »Dort ist nur vermerkt, dass es zu diesem einmaligen Briefwechsel gekommen ist. Das ist jetzt ungefähr drei Jahre her.«

»Hat Wagner auf diesem Weg den Namen der Schürers erfahren?«, fragte Chris.

Gemeinsam gingen sie hinüber zu den Sandsäcken. Die beiden Jugendlichen waren bereits in einen der Boxringe gewechselt.

»Nicht aus dem Brief, den die Schürers an ihn geschrieben haben«, erwiderte Nermin. »Sie waren verpflichtet, darin keine Namen zu nennen. Aber er hätte ihre Identität erfahren können, wenn er gewollt hätte. Doch anscheinend wollte er nicht. Er hat lediglich auf den Brief geantwortet.«

»Haben die Schürers erfahren, wer er ist?«, fragte Chris und zog die Boxhandschuhe über ihre mit Bandagen fest umwickelten Hände.

»Nein.« Nermin schüttelte den Kopf. »Meine Informantin hat erzählt, dass in den Akten ausdrücklich vermerkt war, dass Thomas Wagner die Anonymität gewahrt wissen wollte. Nur er hat die Entscheidung darüber, ob seine Identität offen gelegt wird oder nicht.«

»Also haben die Schürers eine Antwort erhalten, ohne zu wissen, von wem sie kam«, sagte Chris und verpasste dem Sandsack eine Rechts-Links-Kombination und einen Leberhaken. Nermin korrigierte ihre Handhaltung.

»Und woher hast du die Informationen?«, fragte Chris.

Nermin lächelte verschmitzt.

Chris lachte und nahm sie spontan in den Arm. In ihrer Magengrube kribbelte es. »Ich danke dir«, sagte sie schnell und grinste ihre Trainerin an, die etwas verlegen ihr Lächeln erwiderte.

»Da komm ich ja im richtigen Moment«, erklang eine Stimme von der Tür.

Erstaunt sahen beide auf und musterten die Frau, die in der offenen Tür stand. Julias Worte klangen nach einem Scherz, doch ihr Gesicht war finster.

Chris öffnete den Mund, aber Nermin war schneller.

»Hallo Schatz, was machst du denn hier?«, erklärte sie strahlend und ging hinüber zu Julia.

Verblüfft starrte Chris die beiden an.

»Ich habe Chris ein paar wichtige Informationen verschafft, dafür hat sie sich bedankt«, erklärte Nermin und begrüßte Julia mit einem Kuss auf den Mund.

Chris erstarrte.

Julia hielt Nermin im Arm und warf Chris über ihre Schulter einen düsteren Blick zu. Dann legte sie den Zeigefinger auf ihre Lippen.

»Ihr kennt euch noch nicht«, erklärte Nermin lachend und löste sich aus der Umarmung. Sie nahm Julia an die Hand und zog sie hinter sich her zu Chris. »Meine Freundin Julia«, sagte sie, und aus ihrer Stimme klang ein gewisser Stolz. »Ist vor ein paar Wochen zu mir nach Mannheim gezogen.«

Chris und Julia starrten sich an. Hinter ihnen klappte erneut die Tür.

»Hi Nermin«, krähte ein etwa zehnjähriges Mädchen beim Eintreten und zerrte an ihren viel zu großen Jeans.

Nermin ging hinüber, um sie zu begrüßen.

»Ich will es ihr selbst sagen«, flüsterte Julia.

Chris presste die Lippen zusammen und wortlos lauschten sie, wie Nermin dem Neuankömmling erklärte, dass sie zuerst in die Umkleideräume gehen sollte, um ihre Sportsachen anzuziehen. Sie deutete auf zwei verschrammte Türen am gegenüberliegenden Ende des Raums. Das Mädchen verschwand auf beiden Beinen hüpfend hinter einer der Türen.

Als Nermin wieder zu ihnen herüberkam, kehrte das Leben in Chris zurück. »Ich muss«, rief sie rasch. »Und ganz herzlichen Dank für die Infos, Nermin, das bringt mich wirklich weiter.«

»Willst du schon los?«, fragte Nermin. »Was ist mit deinem Training? Du bist doch noch nicht durch.«

»Muss noch was erledigen«, erwiderte Chris hastig, streifte die Boxhandschuhe ab und riss sich die Bandagen von den Händen. »Und wegen der Infos, das ist echt toll, was kann ich dir denn ...«

Sie brach ab, als sie Julias düsteren Blick bemerkte. Sie zog den Kopf ein und stürmte aus der Halle.

In ihrer Wohnung angekommen, warf Chris die Tür hinter sich ins Schloss und lehnte sich gegen das kühle Holz. Ihre Knie zitterten, in ihrem Kopf herrschte eine chaotische Leere.

Einige Minuten stand sie in der Dämmerung ihres Flurs. Dann stieß sie sich ab, trottete ins Wohnzimmer und sank auf das Sofa. Allmählich kehrten die Gedanken zurück.

Julia hatte ihr nichts verschwiegen. Sie hatte von ihrer Freundin erzählt. Es hatte bisher keinen Grund gegeben, über diese Freundin zu sprechen, also warum hätte sie den Namen erwähnen sollen. Chris hatte nie nach ihr gefragt und Julia hatte nicht von ihr gesprochen. Vermutlich hatte sie bis heute Morgen nicht einmal gewusst, dass Chris und Nermin sich kannten.

Trotzdem. Sie fühlte sich einfach mies und hatte ein schlechtes Gewissen gegenüber Nermin, die hoffentlich inzwischen davon erfahren hatte. Da die beiden eine offene Beziehung führten, kam es vermutlich nicht zum ersten Mal vor, dass Julia eine Affäre hatte. Unwillkürlich fragte sich Chris, wie viele Frauen es wohl schon in Julias Leben gegeben hatte, mit denen sie keine Beziehung geführt und doch das Bett geteilt hatte.

Chris seufzte. Es machte keinen Sinn, weiter darüber nachzudenken. Bald darauf stand sie mit einer Tasse Kaffee am offenen Küchenfenster und beobachtete in Gedanken versunken den Verkehr unten auf der Straße. Ein schwarzer Volvo neueren Baujahrs wollte auf der anderen Straßenseite einparken. Ein Mann im dunklen Anzug saß am Steuer und versuchte im dritten Anlauf, sich in die Parklücke zu quetschen. Hinter ihm drückte ein Taxifahrer ungeduldig auf die Hupe. Entnervt schrie der Mann im Anzug etwas aus dem Fenster, dann startete er seinen vierten Versuch und eine helle Abgaswolke quoll aus seinem Auspuff.

Chris stellte die Tasse in die Spüle und warf sich ihre Jacke über. Den Gedanken nachzuhängen, machte es nicht besser. Sie hatte ohnehin im Verein für Organspende vorbeisehen wollen, bei dem Anita Schürer sich seit einigen Jahren engagierte. Sie musste dort eine Menge Zeit verbracht haben.

Auf der Straße angekommen, stellte Chris fest, dass der Volvofahrer es nicht geschafft hatte. Die Parklücke war noch immer leer. Sie zwängte sich durch eine Gruppe türkisch sprechender Frauen, die lachend und gestikulierend auf dem Gehweg standen, einige hatten kleine Kinder auf dem Arm, andere Einkaufstüten in der Hand.

Der Verein »Länger leben« hatte seinen Sitz in der Langen Rötterstraße im Stadtteil Neckarstadt. Chris fuhr den Corsa in eine der Parkbuchten vor der Melanchtonkirche. Die Platanen ringsum reckten ihre kahlen Äste in den Himmel. Sie wusste aus dem Internet, dass der Hauptzweck des Vereins darin bestand, für Organspenden zu werben. Sein wichtigstes Ziel war, dass möglichst viele Menschen einen Organspendeausweis bei sich trugen. Denn nur dieser machte es den Ärzten möglich, ohne Verzögerung nach Eintritt des Todes die Organe für eine Transplantation zu entnehmen.

Chris erreichte einen heruntergekommenen Jugendstilbau, in dem die Geschäftsstelle des Vereins untergebracht war. Sie betätigte die Klingel mit der Aufschrift *Länger leben e.V.*, und als die Haustür nach einem kurzen Summen aufsprang, folgte sie der Treppe bis in den dritten Stock. Eine zerkratzte Tür gab den Weg frei in eine renovierungsbedürftige Wohnung, die der Verein offensichtlich als Büro nutzte. Links und rechts von einem dunklen Gang gingen Türen ab. Chris kam an einem schmalen Büro vorbei. Darin stand ein alter Schreibtisch mit einem museumsreifen Computer. Der Schreibtischstuhl war verwaist. Weiter hinten musste links das Bad sein, daneben die Küche. Dann kam wieder ein Zimmer. Es war um einiges größer, vermutlich das ehemalige Wohnzimmer. Darin standen mehrere Industrie-Schreibtische in der Mitte des Raums zusammengeschoben. Auf den Platten drängten sich etliche Bildschirme und einige Tastaturen, unter den Tischen standen die Rechner.

Ein älterer Mann in Alpakapullover und schmuddeliger Cordhose stierte in den Bildschirm und bastelte an einem Text in einer Programmiersprache. Als Chris in der offenen Tür stehen blieb, blickte er auf.

»Ja?«, fragte er knapp. Sein schütteres Haar schimmerte grau, nur sein ungepflegter Bart verriet, dass er einmal dunkelhaarig gewesen sein musste.

»Ich komme wegen Anita Schürer«, erklärte Chris.

»Die ist im Gefängnis«, grummelte der Mann und starrte wieder auf seinen Bildschirm.

»Ich weiß«, erwiderte Chris. Mit wenigen Worten erklärte sie, dass sie vom Security-Service der Arena sei und den Auftrag hätte, die Hintergründe zu klären.

»Frau Moll kommt in einer Stunde«, antwortete der Mann muffig.

»Wer ...?«, begann Chris.

»Die Sekretärin«, fiel er ihr ins Wort.

»Und Sie sind?« Chris sah sich um. Auf dem Tisch lagen Flyer und Broschüren, daneben abgegessene Teller und klebrige Tassen.

»Wienold«, antwortete er dem Bildschirm.

»Kannten Sie Frau Schürer?«, fragte Chris.

»Wer nicht«, quetschte Wienold hervor und sah zum ersten Mal auf.

Chris schob die Hände in ihre Jackentaschen und setzte sich ihm gegenüber auf einen der altersschwachen Stühle. Die Lüfter der Computer surrten.

Wienold sah sie an und seufzte. »Sie hat uns unterstützt«, begann er.

»Womit?«

»Alles Mögliche.« Wienold strich sich ein Büschel fettiger Haare aus der Stirn. »Broschüren texten, Vorträge organisieren, Unterschriften sammeln, was halt so ansteht.«

»Wie lange denn schon?«, fragte Chris und betrachtete das Durcheinander vor sich. Rund um die Tastatur tummelten sich mehrere Stapel Bücher und Broschüren, dazwischen füllten leere Tassen und zerknülltes Papier die Lücken.

»Sie kam kurz vor dem Tod ihrer Tochter«, antwortete er mürrisch. »Deshalb hat sie sich ja engagiert.«

Chris horchte auf. »Wieso?«, fragte sie.

»Na, ihre Tochter«, fuhr Wienold auf. »Deswegen hat sie das alles doch gemacht.«

Fragend sah Chris ihn an.

»Sie war krank, litt an Glomerulonephritis, einer Entzündung der Nierenkörperchen«, erklärte er unwirsch. »Wurde bei einer Routineuntersuchung entdeckt, als sie acht Jahre alt war.«

»Das ist hart«, murmelte Chris und musste an Maike denken.

»Ihre Nieren waren da schon stark geschädigt«, erzählte er weiter. »Haben immer schlechter gearbeitet. War klassisch. Mit zwölf zum ersten Mal zur Dialyse, bis man zwei Jahre später ein passendes Spenderorgan für sie hatte.« Wienold rieb sich die Stirn. »Die meisten wollen ein Organ haben, wenn sie krank sind. Aber spenden: nein danke. Woher die ganzen Organe kommen sollen, darüber macht sich keiner Gedanken.«

»Ich hab auch keinen Ausweis«, murmelte Chris betreten.

Er legte einen Zeigefinger auf einen Flyer und schob ihn Chris über den Tisch zu. »Unterschrift genügt«, erklärte er und nickte ihr auffordernd zu.

Sie griff nach dem Papier, faltete es sorgfältig und steckte es ein.

»Am besten gleich«, sagte Wienold und schob einen Stift hinterher.

Chris grinste. »Ich will mir in Ruhe durchlesen, was ich da unterschreibe.«

Ein misstrauischer Blick streifte sie.

»Aber ich füll das aus, versprochen.«

»War ein seltener Gewebetyp«, grummelte er. »Mit vierzehn wurde sie transplantiert.« Wienold warf einen sehnsüchtigen Blick auf seinen Bildschirm. »Zwei Jahre Dialyse. Wissen Sie, was das heißt?«, fragte er bedächtig.

Chris schüttelte den Kopf.

»Drei Mal die Woche hing sie für vier Stunden an einer Maschine«, begann er. »Da bleibt keine Zeit für ein normales Leben: Es gibt nur Schule, Hausaufgaben, Schlafen, Dialyse. Sie musste eine strenge Diät halten, durfte nie so viel trinken, wie sie wollte. Die Krankheit schränkt das Wachstum ein und verschiebt die Pubertät nach hinten. Nach der Transplantation ist erst mal alles gut. Diät muss zwar immer noch sein, aber das Leben wird nicht mehr von der Maschine bestimmt. Ein Jahr darauf hatte sie eine Grippe, die hat eine Abstoßungsreaktion ausgelöst und die neue Niere war wieder futsch.«

»Und dann?«

Wienold zuckte mit den Achseln. »Das Übliche. Wieder auf der Suche nach einer Niere. Frau Schürer hat gekämpft bis zum Schluss. War deshalb auch so aktiv bei uns.«

»Und das Mädchen?«

»Als sie wieder an der Dialyse hing und keine neue Niere gefunden wurde, hat sie sich aufgegeben. Konnte einfach nicht mehr. Ist am Ende an einer Infektion gestorben.« Er schwieg.

»Was passierte dann?« Chris erhob sich.

»Nichts weiter«, sagte Wienold und griff nach seiner Maus. »Frau Schürer hat ihr Kind begraben und sich weiter bei uns engagiert. Bis heute.« Sein Blick klebte wieder am Bildschirm. Dann runzelte er die Stirn und sah auf. »Bis zu dem Mord«, korrigierte er sich knapp und wandte sich erneut dem Computer zu.

»Danke Ihnen«, murmelte Chris und ging zur Tür. »Werde ich mir mal in Ruhe durchsehen«, sagte sie und tippte auf ihre Tasche. Wienold beachtete sie nicht weiter. Chris murmelte noch einen kurzen Gruß und ging.

Als sie am Straßenrand auf eine Lücke im vorbeifließenden Verkehr wartete, kreisten ihre Gedanken um das Mädchen. Ob sie Angst gehabt hatte vor dem Tod? Zwischen zwei Lkws blieb genug Zeit, um die Straße zu queren. Chris steuerte die Uhlandschule an. Der Backsteinbau hatte Ähnlichkeit mit einem Renaissanceschloss. In einem vorgelagerten niedrigen Gebäude, das als Pförtnerhäuschen durchgehen würde, war ein Kiosk untergebracht. Dort kaufte sich Chris eine Cola und kehrte zu ihrem Wagen zurück. Sie öffnete die Tür und setzte sich hinter das Steuer. Sie nahm einen tiefen Schluck aus der Flasche und tastete mit der Rechten nach der Broschüre in ihrer Jacke.

In dem kurzen Text wurden nur wenige Zahlen genannt. In Deutschland warteten etwa zwölftausend Menschen auf ein Spenderorgan. Davon starben jeden Tag drei Menschen, weil es nicht genügend Organspenden gab. Doch obwohl die Mehrheit der Deutschen mit einer Organspende im Falle ihres Todes einverstanden ist, tragen nur rund zwanzig Prozent einen Organspendeausweis mit sich. Deshalb kommt es oft nicht zu einer Organspende, da die trauernden Angehörigen mit der kurzfristig zu treffenden Entscheidung überfordert sind.

Auf der Rückseite der Broschüre gab es einen Antrag auf einen Spenderausweis. Den konnte man ausfüllen und dem Verein zuschicken, dann würde man per Post einen Ausweis erhalten. Chris suchte im Handschuhfach nach einem Stift und begann, ihren Namen in das Formular einzutragen. Ihr Handy gab ein leises Summen von sich. Chris meldete sich und klemmte das Mobiltelefon zwischen Schulter und Kinn, um weiterschreiben zu können. Entsetzt hielt sie inne, als sie Reginas Stimme hörte. Selten hatte sie so wütend geklungen.

»Da war ein Mann auf dem Spielplatz«, erzählte Regina mit verzerrter Stimme. »Hat mit Maike gesprochen. Als ich das gesehen habe, bin ich sofort rüber. Aber der hat natürlich nicht gewartet, bis ich dort war.«

»Was wollte er?« Chris legte den Stift zur Seite.

»Keine Ahnung«, sagte Regina düster. »Aber ich fand das ziemlich merkwürdig. So ein Blödmann.«

»Hoffentlich taucht der nicht wieder auf«, murmelte Chris. Ihr Alarmsystem meldete Stufe rot, was Regina auf keinen Fall merken sollte. Klar konnte es Zufall gewesen sein. Aber wenn es doch mit dem Mord in der Arena zusammenhing? »Wie sah er aus?«, fragte sie.

»Hab ein Foto gemacht«, sagte Regina. »Ist allerdings nicht viel zu sehen, er hat sich gerade verdrückt. Aber besser als nichts.«

»Schickst du mir das?« Chris kniff die Augen zusammen.

»Was sollen wir machen?«, fragte Regina.

»Das wird mir zu heiß«, erklärte Chris. »Ich will euch nicht in Gefahr bringen.«

»Blödsinn!«, rief Regina aufgebracht. »Ich lass mir nicht so einfach Angst machen.«

»Aber zur Polizei geh ich damit auf jeden Fall«, erklärte Chris entschieden.

Sie wechselten noch ein paar Worte und verabschiedeten sich. Chris starrte durch die Windschutzscheibe auf den futuristischen Ständerbau neben der Melanchthonkirche, der eher einer Raumfahrtstation als einem Glockenturm glich. Wen hatte sie aufgescheucht und warum reagierte dieser Mensch so panisch?

Sie nahm erneut den Stift, machte den Antrag fertig und faltete ihn zusammen. Ächzend schwang sie sich aus ihrem Wagen, überquerte die Lange Rötterstraße und ging hinüber zur Geschäftsstelle des Vereins, wo sie den Zettel in den Briefkasten warf. Als sie auf dem Weg zurück eine Gruppe Jugendlicher umrundete, die vor einem Geschenkeladen standen und hitzig über ein passendes Geschenk für eine Schulkameradin debattierten, meldete sich ihr Handy erneut. Das Foto war angekommen.

Chris öffnete die Datei und betrachtete das unscharfe Foto. Ein dunkler Umriss zeichnete sich vor einem hellen Himmel ab. Von dem Mann war nicht viel zu erkennen, Regina hatte ihn nur von hinten erwischt. Seine Kleidung war undefinierbar dunkel und er schien eine Art Schirmmütze zu tragen. Gegen den hellen Hintergrund konnte Chris vage sein Profil erahnen, das war alles.

Besorgt ließ sie das Handy sinken. Entschlossen warf sie es zur Seite und startete den Motor. Der Weg bis zu den L-Quadraten führte sie quer durch die Innenstadt und zog sich quälend lang hin. In der Mordkommission herrschte heute wenig Betrieb, entweder gab es aktuell einen neuen Fall oder irgendwo fand eine Betriebsversammlung statt.

Ratlos blieb Chris auf dem Gang stehen. In diesem Moment öffnete sich weiter vorn eine der Türen und eine junge Frau trat in den Gang. Sie trug Uniform und hatte ihre langen schwarzen Haare zu einem Pferdeschwanz gebunden. Rasch ging Chris zu ihr hinüber.

»Ich suche Kriminalhauptkommissar Gärtner, wo finde ich den?«

Die Beamtin fasste den Aktenordner unter ihrem Arm fester, runzelte die Stirn und blickte Chris böse an. »Der hat jetzt echt keine Zeit, ist der SOKO Hafenmord zugeteilt worden, die haben gerade Besprechung im Konferenzraum.« Sie wandte sich ab. Über die Schulter rief sie zurück: »Kommen Sie in ein paar Tagen wieder«, und verschwand in der gegenüberliegenden Tür.

Chris setzte sich auf einen der Stühle, die an der Wand aufgereiht standen. Zwei Stunden später hatte sie sich gerade den dritten Kaffee aus dem Automaten im Untergeschoss geholt, als Gärtner vor seinem Zimmer auftauchte, hinter ihm ein Pulk von düster dreinblickenden Menschen, die nur kurze Satzfetzen austauschten. Chris warf den vollen Becher in einen der Mülleimer und heftete sich an Gärtners Fersen.

»Ich muss Sie unbedingt sprechen, wegen des Mordes in der Arena. Nur kurz!«

Gärtner kniff die Augen zusammen und zerrte an seinem durchgeschwitzten Hemd, das wie ein Sack an ihm herunterhing.

»Was haben Sie denn schon wieder hier verloren«, sagte er unwirsch. »Sie sollten sich doch da raushalten.« Er verschwand in seinem Büro.

Chris ging ihm nach und blieb vor seinem Schreibtisch stehen.

»Ich habe jetzt keine Zeit für so was«, erklärte er barsch. »Das Labor ist dran und liefert in Kürze weitere Erkenntnisse zu dem Mord am Adler-Spieler. Und jetzt gehen Sie!«

»Es ist wichtig. Nur einen Moment«, sagte Chris flehentlich. »Bitte.«

Düster starrte er sie an. Schließlich seufzte er, ließ sich auf seinen Schreibtischstuhl sinken und warf einen Blick auf den Bildschirm seines Computers. »Sie haben zwei Sekunden«, knurrte er.

»Ich habe im Auftrag meines Arbeitgebers die Hintergründe von dem Mord in der Arena näher untersucht«, begann sie. »Mein Chef will vor allem wissen, wo die Lücken im System sind, die Schürer genutzt hat. Irgendwen habe ich dabei aufgescheucht. Vor zwei Tagen bekam ich die erste SMS mit einer Drohung, die gegen mein Kind gerichtet war, einen Tag danach kam eine zweite. Heute Morgen hat ein unbekannter Mann auf dem Spielplatz meine Tochter angesprochen. Als meine Expartnerin ihn bemerkte, verschwand er. Sie hat ein Foto von ihm gemacht. Leider total unscharf.« Sie hielt ihr Handy in die Höhe.

»Und?«, fragte Gärtner barsch, wandte sich seinem Computer zu und begann zu tippen.

»Sie haben die Sache fast abgeschlossen, aber irgendwas muss da noch sein«, fuhr Chris eindringlich fort. »Wer hätte sonst Grund, meine Tochter zu bedrohen, damit ich aufhöre, in dem Fall rumzuschnüffeln?«

Die Hände des Polizisten sanken herunter und blieben regungslos auf der Tastatur liegen. Sein Blick war noch immer auf den Bildschirm geheftet.

»Wieso werde ich bedroht, wenn doch alles geklärt ist? Und von wem?«

Er stöhnte, wandte sich um und streckte ihr über der Schreibtischplatte die Hand entgegen. »Lassen sie mal sehen.«

Chris holte eine der beiden SMS auf das Display und legte Gärtner das Handy in die Hand.

Er las, tippte auf eine der Tasten, las wieder. »Und das Foto?«, fragte er und gab ihr das Handy zurück.

Chris öffnete die Datei und hielt ihm erneut das Handy hin.

»Nichts zu erkennen.« Ernst blickte er sie an. »Hören Sie«, sagte er. »Wenn Sie meinen Rat befolgt hätten, säßen Sie jetzt nicht hier.«

»Meine Ermittlungen sind wichtig für meinen Chef und seine Firma«, stieß Chris hervor. »Da hängen eine Menge Arbeitsplätze dran. Auch meiner!«

»Aber Sie haben natürlich recht«, fuhr Gärtner fort, rieb sich über den kahlen Schädel und gähnte. »Irgendwas stimmt da nicht. Wobei die Sache auf dem Spielplatz auch ein Zufall sein könnte.«

»Glauben Sie an einen Zufall?«, fragte Chris skeptisch.

»Im Moment kann ich nichts für Sie tun«, sagte Gärtner und wandte sich wieder seinem Computer zu. »Da könnte sich auch jemand einen Scherz erlaubt haben. Außerdem haben wir diese Leiche im Hafenbecken. Das geht vor.«

Enttäuscht erhob sich Chris.

»Lassen Sie am besten die Finger von der Sache«, sagte er, ohne aufzusehen. »Dann ist der Spuk bald vorbei.«

16

In dieser Nacht fand sie kaum Ruhe. Durch ihre Träume geisterten dunkle Schatten, die es auf Maike abgesehen hatten. Chris war froh, als es dämmerte. Sie nutzte den frühen Morgen, um ihre Wohnung in Ordnung zu bringen. Einige Zeit darauf saß sie mit einer Tasse Kaffee am offenen Küchenfenster und grübelte darüber nach, was sie tun konnte, um Maike zu schützen. Schließlich stellte sie die leere Tasse ab und ging zum Kleiderschrank. Unschlüssig musterte sie ihre Sportklamotten. Sollte sie heute wirklich zu Nermin hinübergehen? Es war bereits ein Teil ihres Lebens geworden, morgens zu trainieren. Aber sollte sie nach dem Vorfall gestern wirklich weitermachen? Andererseits hatte sie keinen Fehler begangen. Nermin und Julia hatten eine offene Beziehung. Also alles in Ordnung.

Entschlossen schnappte sich Chris die Sportsachen, schlüpfte hinein und griff auf dem Weg zur Tür nach ihrer Jacke. Drüben im Hof zögerte sie einen Moment, stieß schließlich einen Stoßseufzer aus und öffnete die Tür.

An diesem Morgen war außer Nermin niemand zu sehen.

»Hallo!« Sie winkte aus den Umkleideräumen. »Fang schon mal mit den Aufwärmübungen an, ich komm gleich.«

Chris warf ihre Jacke auf die Bank und ging zu den Trainingsmatten. Sie begann, auf der Stelle zu laufen. Als der Timer das Signal gab, wechselte sie auf den Boden und machte mit Sit-ups weiter. Ihr fiel auf, dass sie inzwischen viel länger durchhielt als am Anfang.

Nermin trat aus den Umkleiden, nickte ihr freundlich zu und ging hinüber zu den Matten, die wie immer kreuz und quer in der Halle lagen. Erleichtert erwiderte Chris ihr Lächeln und wechselte wenig später zu den Sandsäcken.

»Du bist bald so weit.« Nermin war zu ihr getreten.

Chris hielt schwer atmend inne und stoppte den pendelnden Sandsack mit der Rechten. »Wie weit?«

»Training mit mir als Sparringspartnerin«, erwiderte Nermin und grinste. »Du willst doch nicht für den Rest deines Lebens den Sandsack verdreschen.«

»Dem tun meine Schläge zumindest nicht weh«, erklärte Chris und lachte. »Auch wenn es mal danebengeht.«

Nermin lächelte, ging hinüber zum Ring und kontrollierte dort die Seile. Chris trainierte schweigend weiter. Als sie sich nach dem Training verabschiedete, konnte sie sich eine kurze Frage nicht verkneifen.

»Wie geht's Julia?«, erkundigte sie sich betont harmlos.

Nermin wirkte für einen Moment verblüfft, dann glitt ein Lächeln über ihr Gesicht. »Wir sind heute Nachmittag verabredet, wollen in den Zoo«, erklärte sie und lachte. »Dort war ich seit meiner Kindheit nicht mehr.«

Chris wurde klar, dass Julia ihr nichts gesagt hatte. Nermin war ahnungslos und blickte sie fragend an. Chris sah wieder das Gesicht Julias vor sich, wie sie den Zeigefinger auf ihre Lippen legte. Sie zögerte. Das ungute Gefühl in ihrer Magengrube verstärkte sich.

»Viel Spaß«, quetschte sie mühsam hervor, zwang sich zu einem Lächeln und stürmte hinaus. Sie kam erst in ihrer Wohnung wieder zum Stehen, warf die Eingangstür hinter sich ins Schloss, ließ sich gegen das verzogene Holz fallen und wischte sich den Schweiß von der Stirn. Mach dir keinen Stress, schalt sie sich, zwischen Julia und Nermin ist alles geklärt. Sie spürte, dass sie für eine Dreiecksgeschichte nicht geschaffen war.

Sie stieß sich von der Tür ab und ging durch den dunklen Flur. Schade eigentlich, dachte sie, es hat Spaß gemacht mit Julia. Doch mit diesem unguten Gefühl konnte sie nicht leben. Sie suchte ihr Telefon und überlegte, ob sie Julia anrufen und die Situation klären sollte. Andererseits war ihre Affäre vollkommen unverbindlich gewesen. Ihr fiel ein, dass sie keine Nummer von ihr hatte. Anrufen ging also nicht. Oder sollte sie Nermin danach fragen?

Unschlüssig starrte sie auf das Mobilteil in ihrer Hand und bemerkte das rote Blinken des Anrufbeantworters. Sie drückte den Knopf und horchte geistesabwesend auf die Automatenstimme, die ihr erklärte, dass die neue Nachricht um acht Uhr fünfzehn heute Morgen aufgesprochen wurde. Es war Martin Bauer. Chris hob den Kopf. Er klang noch ziemlich schwach.

»Hallo, Frau Peters. Norma hat mir erzählt, dass Gerd Sie vor die Tür gesetzt hat. Das ist natürlich nicht in Ordnung und sobald ich wieder einsatzfähig bin, werde ich das rückgängig machen. Außerdem war ein Kollege von Kriminalhauptkommissar Gärtner bei mir. Er wollte noch mal hören, ob wir inzwischen wissen, wer Frau Schürer geholfen hat, die Waffe in die Arena zu schmuggeln. Dabei hat er auch erzählt, dass Sie von einem Unbekannten per SMS bedroht werden.«

Seine Stimme setzte für einen Moment aus. Besorgt hörte Chris ein leises Röcheln. Nach einer Pause sprach er mit leiser Stimme weiter.

»Hören Sie, ich wollte natürlich auf keinen Fall, dass Sie sich in Gefahr bringen. Bitte beenden Sie diese Sache. Sie bekommen den Job als Sonderermittlerin. Da gab es für mich schon vorher keinen Zweifel. Ich will Sie.« Er begann zu husten und die Aufnahme brach ab.

Grübelnd sah Chris auf ihren Anrufbeantworter. Sie hatte wieder einen Job. Einen, der besser war als alles, was sie bisher hatte. Das war gut. Doch noch immer war unklar, wer es auf Maike abgesehen hatte. Das war nicht gut. War es hier trotzdem zu Ende?

Sie trottete hinüber ins Bad und ließ ihre verschwitzte Sportkleidung achtlos auf den Boden fallen. Eigentlich gab es nur eins, das wirklich zählte. Dass Maike in Sicherheit war.

Chris beschloss, die ganze Sache ruhen zu lassen. Alles andere wäre Wahnsinn.

Sie stieg in die Duschwanne und griff zum Shampoo. Chris spürte, wie Wut in ihr hochschwappte. Ohnmächtige Wut auf diesen Menschen, der ihre Tochter bedrohte. Sie zwang sich, ruhig durchzuatmen, spülte sich den Schaum von Kopf und Körper, stieg aus der Wanne und rieb sich trocken. Rasch schlüpfte sie in frische Kleidung, fuhr sich kurz durch die Haare und schnappte sich ihre Schlüssel. Sie freute sich auf den Tag mit Maike.

***

»Chrissy, Chrissy, Chrissy!«

Maike kam aus dem Wohnzimmer gelaufen, in der Linken ein Marmeladebrot. Sie hüpfte in die Arme ihrer Mutter und ließ sich jubelnd im Kreis schwenken. Kurz darauf saß Chris atemlos mit einer Tasse Kaffee vor sich am Frühstückstisch. Ihr gegenüber kaute Maike zufrieden an ihrem Brot. An der Stirnseite des Tisches schob Regina den Brotkorb neben ihren Teller. Dankbar griff sich Chris eine Scheibe. Ihre kleine Familie. Es fühlte sich gut an.

***

Fünf Stunden später kehrte sie mit Maike auf dem Arm zurück. Sie hatten im Luisenpark eine ausgiebige Runde über den Spielplatz gedreht, den Nasenbären einen Besuch abgestattet, sich mit den Gondeln über den Kutzerweiher ziehen lassen, und waren schließlich noch bei den Schweinen im Bauernhof gewesen. Am Ende war Maike so geschafft gewesen, dass sie auf dem Weg nach Hause im Kindersitz eingeschlafen war. Nun hing sie schlaftrunken in den Armen ihrer Mutter, den Kopf auf ihrer Schulter.

Regina öffnete ihnen die Tür und lachte. »Es war schön«, stellte sie fest und dirigierte Chris durch die Wohnung ins Kinderzimmer. Geschickt entkleidete sie die Vierjährige, die bereits schlief, noch bevor ihr Kopf auf dem Kissen lag. Lautlos verließen die beiden Mütter den Raum und blieben im Flur stehen.

»Ich habe gefüllte Paprika gemacht«, sagte Regina leise.

Chris lachte. Ihr liebstes Kindheitsgericht. Das hatte Regina früher immer gekocht, wenn sie etwas von ihr wollte. Sie wurde wieder ernst. »Okay«, erwiderte sie knapp. »Ich muss auch mit dir reden.«

Überrascht blickte Regina sie an. Gemeinsam gingen sie hinüber ins Wohnzimmer. Dort hatte Regina den Tisch für zwei gedeckt.

Chris setzte sich und holte die SMS auf das Display ihres Handys, die sie vor einer Stunde im Luisenpark bekommen hatte, und reichte es Regina. *NEUGIER WIRD BESTRAFT*, stand dort schlicht zu lesen. Und wieder war der Absender unbekannt.

Angeekelt warf Regina das Handy vor sich auf den Tisch. Wortlos ging sie hinüber in die Küche und kehrte mit zwei dampfenden Tellern zurück, die sie mit Paprika, Reis und dunkler Soße gefüllt hatte. Einen stellte sie vor Chris ab und setzte sich ihr gegenüber.

»Iss«, sagte sie schlicht. »Nachher können wir besser denken.«

Schweigend aßen sie. Regina hatte es noch immer raus, genau ihren Geschmack zu treffen, stellte Chris fest. Trotzdem ließ sie nach ein paar Bissen die Gabel sinken.

»Was jetzt?«, fragte sie besorgt. Rasch erzählte sie von ihrem Gespräch mit Gärtner.

»Ich glaube nicht, dass Maike wirklich in Gefahr ist«, sagte Regina. »Inzwischen bin ich sicher, dass der Mann auf dem Spielplatz nichts mit den SMS zu tun hat. Hab einfach panisch reagiert. Da will einer nur drohen. Mehr als auf dem Handy rumtippen kann der nicht.«

Zweifelnd sah Chris sie an.

»Aber ich will, dass das aufhört«, erklärte Regina entschieden. »Du bist gut mit so was, das weiß ich. Schnapp dir den Kerl und sorg dafür, dass er ein für alle Mal kapiert, dass er uns in Ruhe lässt.«

»Ich bin mir nicht so sicher, dass er nicht gewalttätig wird«, sagte sie besorgt. »Ich hab Angst um euch.«

»Genau das wollen die Kerle«, sagte Regina bitter. »Uns Angst machen. Aber ich will nicht, dass uns so einer Angst machen kann. Nur weil er deine Handynummer hat und uns diese SMS schicken kann. Das ist doch ein feiger Penner, sonst würde er sich nicht hinter einer unbekannten Nummer verstecken!«

Chris starrte grübelnd auf die Reste der Paprika vor sich. »Bist du dir sicher?«, fragte sie eindringlich, hob den Kopf und studierte das Gesicht ihrer ehemaligen Lebensgefährtin. Regina war noch immer die Frau, die sie liebte. Anders als früher, doch sie hatte einen festen Platz in ihrem Herzen.

»Ja«, erwiderte Regina und nickte nachdrücklich. »Ganz sicher. Leg dem Drecksack das Handwerk. Dann ist endgültig Ruhe mit dem Blödsinn.«

Chris warf einen Blick hinüber zur Tür des Kinderzimmers, hinter der ihre Tochter tief und fest schlief. Sie konnte Regina verstehen. Der Spuk sollte so schnell wie möglich vorbei sein.

»Okay«, sagte sie und griff erneut zur Gabel. »Aber ihr beide verschwindet für ein paar Tage. Bis alles geklärt ist.«

Regina öffnete protestierend den Mund.

»Nur für ein paar Tage«, sagte Chris rasch, ehe sie etwas erwidern konnte. »Ihr fahrt am besten in die Pfalz, zu Tante Tekla. In ihrem Schrebergarten steht ein gut ausgebautes Gartenhäuschen. Ich will sicher sein, dass ihr aus der Schusslinie seid. Sonst ist mir das zu heiß.«

Regina fing ihren Blick auf und ihr Gesichtsausdruck veränderte sich. Sie lächelte verschmitzt. »Okay«, sagte sie und zwinkerte Chris zu. »Wenn es dir damit besser geht, fahren wir eben ein paar Tage in die Pfalz.«

17

In den Quadraten musste Chris eine Weile herumkurven, bis sie schließlich vor E5 einen Parkplatz fand. Der Weg zu ihrer Wohnung führte sie an Nermins Boxstudio vorbei. Entschlossen steuerte sie auf die ehemalige Schulturnhalle zu. Zum ersten Mal betrat sie das alte Gebäude am Abend, und der Geräuschpegel überraschte sie. Mehrere Jugendliche umlagerten den großen Ring, in dem eine etwa Fünfzehnjährige und ein gleichaltriger Jugendlicher mit ernsten Gesichtern Tritte und Boxkombinationen übten. Der Jugendliche in engem Muskelshirt trug an beiden Armen riesige Schutzpolster. Das Mädchen, mit straff geflochtenen Zöpfen links und rechts von ihrem hoch konzentrierten Gesicht, trat immer wieder auf Bauchhöhe gegen die Polster und legte mit einer Links-Rechts-Kombination ihrer Fäuste nach.

Nermin beobachtete die beiden und kommentierte die Bewegungen der Jugendlichen mit knappen Worten. Chris trat neben sie. Überrascht wandte Nermin den Kopf.

»Hallo«, ein Lächeln glitt über das Gesicht der Trainerin. Sie blickte wieder zum Ring und ließ die beiden Jugendlichen nicht aus den Augen.

»Ich kann in den nächsten Tagen nicht trainieren«, sagte Chris laut, um die Geräuschkulisse zu übertönen. »Muss mich mehr hinter meine Ermittlungen klemmen und hab deshalb keine Zeit.«

»Hast du eine heiße Spur?«, fragte Nermin und rief im selben Atemzug: »Deine rechte Ferse ist zu tief. Versuch's gleich noch mal, aber ziele auf sein Brustbein, nicht auf seinen Bauchnabel.«

Nur ein Zucken ihres Mundes ließ vermuten, dass die Jugendliche Nermins Worte verstanden hatte. Mit entschlossener Miene trat sie ein zweites Mal zu. Ihr Fuß traf dumpf klatschend auf das Kissen und ihr Trainingspartner machte einen Ausfallschritt nach hinten, um die Wucht des Schlags aufzufangen.

»Noch nicht«, erklärte Chris. »Aber es kam wieder eine SMS mit einer Drohung. Ich will es jetzt so schnell wie möglich zu Ende bringen, damit das aufhört.«

Nermin warf ihr einen besorgten Blick zu. »Deine Deckung ist unten!«, rief sie in den Ring. »Nimm die Fäuste hoch.« Das Mädchen riss beide Fäuste nach oben und schob das Gesicht dahinter. Unvermittelt begann sie zu tänzeln, setzte beide Fäuste ein und trieb den Jungen vor sich her auf die andere Seite des Rings.

»Gut gemacht!«, rief Nermin. Sie blickte Chris mit besorgter Miene an. »Wenn du Hilfe brauchst, melde dich«, sagte sie leise und legte ihr eine Hand auf die Schulter.

Chris lächelte und murmelte einen Dank. Sie fühlte sich mies. Rasch verabschiedete sie sich und trat aus der feuchtwarmen Luft der Sporthalle ins Freie. Jede Wette, dass Julia noch immer nichts gesagt hatte. Seufzend ging sie zurück zur Straße.

Zu Hause angekommen, setzte sie sich an den Küchentisch und sah ihre Aufzeichnungen durch. Sie griff nach einem Glas mit Cola und betrachtete gedankenverloren ihre Notizen zum Exmann der Täterin. Was hatte er noch gesagt? Sie glaubte, wieder seine Stimme zu hören. »Das muss ein Laborfehler sein. Ich kann mir nicht vorstellen, dass Wagner und meine Tochter Halbgeschwister waren.«

Die Worte hallten in ihrem Kopf nach. Ein Laborfehler. Wie elektrisiert starrte sie auf ihre Aufzeichnungen. Wolfgang Schürer musste eigentlich wissen, dass seine Tochter einen Halbbruder hatte.

»Er hat mich angelogen«, flüsterte sie verblüfft, und ihre Stimme klang in ihrem stillen Wohnzimmer merkwürdig laut. »Aber warum denn, es gibt doch überhaupt keinen Grund zu lügen. Es ist doch alles klar.«

Sie suchte in ihren Unterlagen, bis die Adresse vor ihr lag, Hechtstraße in Neckarau. Zerstreut zog sie einen Notizzettel zu sich herüber und notierte sich Straße und Telefonnummer. Sie warf einen Blick auf die Uhr. Schon nach einundzwanzig Uhr, eindeutig zu spät für einen Anruf bei einer Geschäftsadresse.

***

Die Luft war frisch und flirrte im Sonnenlicht. Der Frühling hatte sich endlich durchgesetzt und die Sonne wärmte die Luft. Regina machte es sich auf der hölzernen Veranda bequem. Chris' Tante pflegte ihren Garten bei Landau schon viele Jahre und hatte aus dem kleinen Gartenhäuschen im Laufe der Zeit ein komfortables Wochenendhaus gemacht.

»Darf ich auf den Spielplatz?« Maike tauchte neben ihr auf. Mit dem Unterarm rieb sie sich den Schlaf aus den Augen und ihr Kuscheltiger hing schlaftrunken über ihrer Schulter.

»Erst anziehen und waschen, dann Frühstück. Danach kannst du auf den Spielplatz«, erwiderte Regina und strich zärtlich über ihr zerzaustes Haar. Maike kletterte auf ihren Schoss und kuschelte sich an sie. Regina duldete es, dass sie den Daumen in den Mund schob und selig nuckelte. Einträchtig saßen die beiden ein paar Minuten in der Sonne und genossen die Wärme.

»Okay, mein Schatz, jetzt anziehen und dann gibt es was zu essen«, erklärte Regina und gab Maike einen Kuss auf die Nasenspitze. Gemeinsam trotteten sie hinein. Regina schob Maike in das Badezimmer, machte den Waschlappen nass und drückte ihn ihr in die Hand.

Lächelnd ging sie hinüber ins Schlafzimmer und suchte die robuste Spielhose heraus, bunte Socken und ein strapazierfähiges T-Shirt. Als sie ins Bad zurückkehrte, hatte sich Maike hinter der Tür verkrochen, nur der linke Fuß ihres Kuscheltiers verriet sie.

Regina lächelte. »Maike?«, rief sie fragend und blieb in der Tür des Badezimmers stehen. »Maike?«

»BUH!«, rief die Kleine lachend und streckte den Kopf heraus.

»Da bist du ja, ich hab dich schon vermisst!«, rief Regina und schwenkte ihre Tochter im Kreis, bis sie jauchzte.

***

Die Ampel vor der Friedrich-Ebert-Straße sprang auf Rot. Chris bremste und brachte den Wagen zum Stehen. Sie fixierte das Licht und dachte darüber nach, dass dieses Attentat so klar gewirkt hatte: Eine Frau erschießt einen Mann. Jetzt sitzt sie in U-Haft und wird in Kürze vor Gericht gestellt. Was lief hier eigentlich wirklich?

Gleich nach dem Aufstehen hatte sie es noch mal bei Wolfgang Schürer versucht und endlich seine Sekretärin erreicht. Besonders freundlich hatte diese nicht reagiert und sich erst nach längerer Diskussion damit einverstanden erklärt, dass Chris noch am selben Morgen vorbeikam.

Als die Ampel auf Grün sprang, beschleunigte sie. Chris bog in die Röntgenstraße ein und schwamm im Verkehrsstrom mit. Die ruhige Stimme des Navigationssystems dirigierte sie durch Mannheim bis Neckarau. Chris fragte sich, wie Wolfgang Schürer es angestellt haben könnte, ihr die SMS zu schicken. Schließlich hatte er keine Handynummer von ihr.

Die sanfte Frauenstimme unterbrach ihre Gedanken: »Sie haben ihr Ziel erreicht. Neckarau, Hechtstraße 17.«

Eine Straßenecke weiter fand Chris einen Parkplatz. Unmittelbar vor ihr schickten riesige Schornsteine des Großkraftwerks weißen Dampf in den Himmel.

»Und warum?«, murmelte sie halblaut und drehte den Schlüssel, sodass der Motor erstarb. »Warum sollte er so etwas tun?«

***

Unter ihrer Nase zeichnete sich ein dunkler Kaba-Schatten ab, als Maike vom Tisch aufsprang und rief: »Jetzt geh ich auf den Spielplatz!«

Regina lachte. »Einen kleinen Moment noch«, sagte sie und griff nach dem Waschlappen. Maike protestiere lautstark, als sie ihr über das Gesicht rieb.

»Okay«, sagte Regina und legte den Lappen zur Seite, »jetzt kann's losgehen.«

Maike hüpfte die Stufen der Veranda herunter und rannte zum Spielplatz, der nur wenige Meter von der Veranda entfernt lag. Sie genoss es sichtlich, dass sie in der geschützten Anlage allein herumlaufen konnte.

Regina ließ den gedeckten Tisch zurück und setzte sich mit ihrer Tasse auf die Veranda. Gedankenverloren beobachtete sie Maike, die auf eine Schaukel kletterte und sich abmühte, allein in Schwung zu kommen.

»Soll ich dich anschubsen?«, rief Regina.

»Neihein, ich schaff es schon alleihein!«, rief Maike atemlos und rutschte mit der Hüfte zur Seite, um mit einem Fuß den Boden berühren zu können.

Regina schmunzelte. Maike kam sehr nach ihrer leiblichen Mutter, schon jetzt war ihr die Selbstständigkeit so wichtig wie Chris. Sie leerte ihre Tasse und kehrte zurück in die winzige Küche des Wochenendhäuschens, um sich Kaffee nachzuschenken. Den kleinen Milchtopf schob sie auf die noch warme Platte und drehte das Gas hoch. Rasch trat sie wieder einen Schritt hinaus auf die Veranda, um nach Maike zu sehen. Ihre Tochter hatte es endlich geschafft und schaukelte laut lachend hoch in die Luft hinauf.

Hinter Regina zischte es. »Verdammt«, entfuhr es ihr und sie eilte zurück in die Küche. Die Milch war über den Rand gekocht und verteilte sich zwischen den Flammen. Regina griff nach einem Lappen und wischte eilig die Flüssigkeit auf. Sie drehte das Gas ab, stellte den Milchtopf in die Spüle und reinigte den Herd, bis die schlimmste Schweinerei beseitigt war. Dann schob sie den Topf unter den Wasserhahn.

Lauschend hob sie den Kopf, draußen war es verdächtig ruhig geworden. Hastig drehte sie das Wasser ab und trat wieder hinaus auf die Veranda. Ihr Herz macht einen Sprung, als sie die Schaukel verlassen in der Frühlingssonne vor- und zurückschwingen sah. Von Maike keine Spur.

Mit zwei Sätzen sprang sie von der Veranda herunter und rannte zum Spielplatz. Schon nach wenigen Metern brannte die Luft in ihren Lungen. Regina beschleunigte ihren Schritt.

»BUH!« Maike sprang hinter einem Busch am Rande des Spielplatzes hervor und stürzte sich in ihre Arme. Regina fiel auf die Knie und ächzte atemlos. Maike blieb das Lachen im Hals stecken. Sie blickte ihrer Mutter ängstlich ins Gesicht.

»Jetzt hast du mir wirklich Angst gemacht«, sagte Regina leise und drückte ihre Tochter an sich. Sie spürte die Anspannung der Kleinen und zwang sich zu einem Lächeln. »Draußen spielen wir das Spiel lieber nicht mehr. Nur noch im Haus, okay? Sonst habe ich Sorge, dass du wirklich nicht mehr da bist.«

»Aber Mama, ich hab mich doch nur versteckt«, erklärte Maike ernst und rieb ihren Kopf an Reginas Wangen.

»Ich weiß«, nickte Regina. »Aber so sind Mamas nun mal, die machen sich manchmal Sorgen um ihre Kinder.«

»Okay«, erklärte Maike fröhlich und schob ihre Hand in die von Regina. »Schubst du mich jetzt an?«

18

Chris ging auf das dunkelrot gestrichene Haus zu, das mit Pultdach und raumhohen Fenstern einen Kontrast zur Umgebung bildete. An der Fassade wies ein auffälliges Metallschild darauf hin, dass hier der Architekt Wolfgang Schürer sein Büro hatte. Sie überlegte, welche Fragen sie ihm bei dieser Gelegenheit stellen könnte. Auf die anonymen SMS konnte sie ihn nicht ansprechen, sonst würde er sie vermutlich sofort auf die Straße setzen. Und dass Thomas Wagner und seine Tochter Adoptivkinder waren und dieselbe Mutter hatten, durfte sie offiziell gar nicht wissen. Wer weiß, woher Nermin diese Info hatte.

Nachdem sie geklingelt hatte, hörte sie hinter der Tür Schritte, die sich rasch näherten. Die Tür wurde geöffnet und vor Chris stand ein Mann, der Mitte fünfzig sein musste. Er war klein und untersetzt, ein lockiger Haarkranz umrahmte eine sommersprossige Halbglatze, seine bequeme Hose aus sandfarbenem Cord und das hellblaue Poloshirt sahen nach Freizeit aus.

»Sie sind die Frau vom Security-Service«, sagte Wolfgang Schürer und betrachtete sie neugierig. Er begrüßte sie mit einem Handschlag.

Chris murmelte eine Antwort und musterte sein Gesicht ganz unverhohlen. Der Architekt ließ sich nichts anmerken, drehte sich um und ging voraus in einen hohen, nach oben offenen Raum. Als Chris ihm folgte, fiel ihr auf, dass Wolfgang Schürer noch kleiner war, als sie im ersten Augenblick dachte. Sie konnte locker über seinen Kopf hinwegsehen, also war er höchstens einen Meter dreiundsechzig groß oder sogar noch kleiner.

In der Mitte seines Büros stand auf zwei Metallböcken eine riesige Holzplatte, die Schürer offensichtlich als Schreibtisch nutzte. An den Wänden zogen sich weiße Schränke entlang. Darauf standen Häusermodelle aus Styropor. An der Stirnseite des Raums hing ein Plan, auf dem Chris ausgedehnte Grünflächen erkannte, vermutlich der Luisenpark.

Der Architekt führte sie zu seinem Schreibtisch, auf dem Computer und Telefon standen, außerdem lagen Papiere herum, Computerausdrucke und mehrere Stifte. Er setzte sich auf den Schreibtischstuhl und deutete auf den Stuhl vor sich. Chris nahm Platz und betrachtete die Papiere auf der Schreibtischplatte. Schürer folgte ihrem Blick. Dann verschränkte er seine Arme vor dem Körper, schlug ein Bein über und lehnte sich zurück.

»Sie wollen herausfinden, was meine Frau zur Tat getrieben hat«, sagte er und fixierte sie. Seine Stimme klang dunkel und gelassen.

»Mein Chef möchte sicher sein, dass so etwas nie wieder passieren kann«, sagte Chris und hielt seinem Blick stand, »deshalb will er alles lückenlos klären.«

Der Ausdruck in Schürers Gesicht veränderte sich. Das unsichtbare Lächeln verschwand und machte einem ernsten und interessierten Gesichtsausdruck Platz. Es schien, als habe er nun sein professionelles Gesicht aufgesetzt – wie eine Maske.

»Deshalb habe ich ein paar Menschen befragt«, fügte Chris hinzu.

»Mit wem haben Sie gesprochen?«, fragte er ruhig.

»Natürlich mit Ihnen, wie Sie wissen«, antwortete Chris und lächelte flüchtig. Da huschte auch über Schürers Gesicht ein Lächeln wie ein Echo.

»Außerdem mit dem Spielerberater des toten Eishockeyspielers, mit einem Nachbarn und einer alten Bekannten Ihrer Exfrau.«

»Was haben Sie herausgefunden?« Sein Blick glitt zu seinem Smartphone, das regungslos vor ihm auf dem Schreibtisch lag. Chris beobachtete, wie seine Aufmerksamkeit nur zögernd zu ihr zurückkehrte.

»Nicht viel«, erwiderte Chris achselzuckend, »nichts, was mich weitergebracht hätte. Ich weiß nur, dass Ihre Frau nach ihrem Studium Karriere an der Uni machen wollte und wegen einer unheilvollen Affäre mit dem Schwager ihres Doktorvaters aufgeben musste.«

Schürer richtete sich unmerklich auf. »Und was wollen Sie jetzt von mir?« Er wirkte immer noch ruhig. Doch sein Ton hatte sich verändert und klang nun aggressiv und ungeduldig. Schürer erhob sich und kam um seinen Schreibtisch herum. Abwartend blieb er neben Chris stehen. »Ich fürchte, da kann ich nichts für Sie tun. Ich weiß nicht, warum meine Frau auf diesen bedauernswerten Menschen geschossen hat. Entschuldigen Sie mich bitte, mich erwartet heute noch eine Menge Arbeit.«

Chris hob den Blick und sah ihn von unten an. »Es scheint, als hätte der Mord etwas mit Ihrer verstorbenen Tochter zu tun.«

Schürers Blick wurde wachsam. Er verschränkte beide Arme vor der Brust und kehrte auf die andere Seite des Schreibtisches zurück.

»Ich war in dem Verein für Organspende, in dem sich Ihre Frau in den vergangenen Jahren engagiert hat. Sie hat sehr darunter gelitten, dass für Ihre Tochter kein geeignetes Spenderorgan gefunden werden konnte.«

Über Schürers Augen legte sich ein dunkler Schatten. Doch noch immer schwieg er.

»Sie war Ihre Adoptivtochter«, fuhr Chris fort und ließ ihn nicht mehr aus den Augen.

Seine Stimmung schlug erneut um, sein Gesicht wurde weich.

»Meine Frau hatte als Teenager Eierstockkrebs«, erwiderte er schließlich.

Chris hob fragend die Augenbrauen.

»Glauben Sie mir«, sagte er und setzte sich hinter seinen Schreibtisch, »das erklärt eine Menge, vielleicht sogar diesen Mord. Diese verdammte Krankheit hat vieles im Leben meiner Frau beeinflusst, sicher mehr, als ihr selbst lieb ist oder als sie zugeben würde.« Schürer wirkte müde, der Glanz war aus seinen Augen gewichen. »Ich habe natürlich auch der Polizei davon erzählt«, sprach er weiter, seine Stimme wurde dunkler, »aber die fanden es ähnlich merkwürdig wie Sie, dass ich da einen Zusammenhang sehe.« Unruhig erhob er sich und wanderte im Raum umher, seine Bewegungen wirkten schwerfällig. »Sie stammt aus einer kinderreichen Familie, hat sechs Geschwister. Schon von klein auf wollte sie Mutter werden und mindestens so viele Kinder haben wie ihre eigene Mutter. Als sie mit sechzehn an Eierstockkrebs erkrankte, schien ihr Traum geplatzt zu sein. Als junge Frau hat sie sich darauf konzentriert, Medizin zu studieren, wollte Kinderärztin werden. Doch während ihres Studiums ist ihr klar geworden, dass sie der Belastung nicht standhält. Bei einem Einsatz in einem Notarztwagen musste sie am Ende selbst verarztet werden, ihre Nerven waren dieser Anspannung nicht gewachsen.«

Schürer kehrte zum Schreibtisch zurück. Sein Gesicht wirkte müde und seine Schultern fielen nach vorn.

»Damit war ihr zweiter Traum geplatzt. Danach hat sie sich auf Labormedizin konzentriert und wollte Karriere an der Uni machen. Wollte weg von den Kindern und vergessen, dass eine eigene Familie unerreichbar für sie sein würde. Sie hatte viele Liebhaber, immer wieder andere. Sie genoss scheinbar die Affären und hat ihren Freundinnen erzählt, dass sie eine bessere Liebhaberin sei als andere, da sie keine Schwangerschaft zu fürchten habe. Aber die Wahrheit ist, dass ihre Freunde bald das Interesse an ihr verloren, wenn sie begriffen, dass sie mit ihr keine Kinder haben konnten.« Er atmete schwer und rieb sich die Stirn.

»Das tut mir leid«, sagte Chris leise.

Skeptisch sah Schürer sie an, sprach dann mit ruhiger Stimme weiter. »Sie hatte im Laufe der Zeit viele Liebhaber. Ich kannte sie damals nicht sehr gut, hatte aber das Gefühl, dass sie vor irgendetwas davonlief. Ich wusste nicht, was es war. Sie hat nur ihren engsten Vertrauten von dem Krebs erzählt.«

»Sie haben sie schon während des Studiums gekannt?«, fragte Chris vorsichtig.

Schürer betrachtete sie versonnen, schließlich nickte er. »Aber damals hat sie sich nicht für mich interessiert. Bin nicht gerade der Frauentyp«, er grinste jungenhaft. »Aber mit mir sind die Frauen gern befreundet, weil ich keine Gefahr für sie darstelle.« Er hob den Kopf, als wolle er größer wirken. »Schließlich hat sie aus Übermut auf einer Party mit dem Schwager ihres Doktorvaters angebändelt. Dessen Ehe hat die Affäre zwar überstanden, aber ihr Doktorvater hat Anita das nie verziehen, er hing sehr an seiner Schwester. Er hat dafür gesorgt, dass Anita ihre Doktorarbeit abbrechen musste.«

»Danach ging sie zu BASF ins Labor«, ergänzte Chris.

»Ja, das war das Einzige, was ihr noch geblieben war. Aber sie ist eine gute Theoretikerin, die praktische Arbeit liegt ihr weniger. Bei BASF kam sie über eine untergeordnete Position nie hinaus.«

»Irgendwann waren Sie mehr als Freunde«, sagte Chris leise.

»Nachdem sie bei BASF angefangen hatte, wurde mehr daraus.«

»Es war Ihnen egal, dass sie keine Kinder bekommen konnte?«, fragte Chris vorsichtig.

»Ich habe Anita wirklich geliebt«, antwortete er bedächtig. Er wischte sich über die Stirn, seine Hand verharrte wie zufällig über seinen Augen. »Und sie hat im Laufe der Jahre gelernt, mich zu lieben. Da von Anfang an klar war, dass wir auf natürlichem Wege keinen Nachwuchs bekommen würden, haben wir uns entschieden, ein Kind zu adoptieren.«

»Ihre Tochter.«

»Unsere Hanna war ein Adoptivkind«, bestätigte Schürer, und ein Lichtstrahl huschte über sein Gesicht. »Wir haben sie sehr geliebt, Anita und ich. Aber für Anita war sie noch mehr. Eigentlich kann kein Kind und auch sonst kein Mensch das leisten, für einen anderen das alleinige Lebensglück zu sein. Doch Anita brauchte etwas, das ihrem Leben einen Sinn gab, nachdem sie den Krebs überlebt hatte und beruflich gescheitert war, so sah sie es zumindest.«

»Mit dem Kind hat sie allen bewiesen, dass sie eine gute Mutter ist«, erwiderte Chris zögernd. »Obwohl sie keine eigenen Kinder bekommen konnte und obwohl sie beruflich keinen Erfolg hatte.«

Schürer nickte bestätigend. »Hanna ist krank geworden«, fuhr er fort, und ein Zug erschien um seinen Mund, der ihn unsympathisch machte. »Sie war erst acht Jahre alt, als die Glomerulonephritis diagnostiziert wurde. Ihre Nieren haben sie bald im Stich gelassen. Kurz nach ihrem zwölften Geburtstag fing das mit der Dialyse an. Wir haben fast zwei Jahre auf ein passendes Spenderorgan gewartet. Ihren vierzehnten Geburtstag haben wir im Krankenhaus gefeiert, nur wenige Tage nach der Transplantation.«

Schürer schwieg, sein Blick blieb an einem Foto auf seinem Schreibtisch hängen. Plötzlich lächelte er und richtete sich auf. »Danach war sie einfach nur glücklich«, fuhr er fort und seine Augen glänzten feucht. »Zum ersten Mal konnte sie ein ganz normaler Teeanger sein ...«

Wieder erhob er sich und wandert unruhig umher. Schließlich blieb er vor dem Plan am Kopfende des Raums stehen und sprach weiter, mit dem Rücken zu Chris. »Ein Jahr später bekam sie Grippe. Die Ärzte haben das nicht unter Kontrolle gekriegt und ihr Körper hat die fremde Niere abgestoßen. Hanna hat einfach aufgegeben. Sie konnte nicht mehr. Kurze Zeit darauf ist sie an einer Infektion gestorben.«

Schürer stand mit hängenden Schultern da und die Zeit schien stillzustehen. »Anita wollte nicht begreifen, dass Hanna nicht mehr genug Kraft hatte, um weiterzukämpfen«, unterbrach er nach einer gefühlten Ewigkeit das Schweigen. Er reckte sich, als wäre er aus einem langen Traum erewacht, und kehrte zum Schreibtisch zurück. »Je mehr Hanna sich zurückzog, je schlechter es ihr ging, desto stärker hat sich Anita bei dem Verein ›Länger leben‹ für Organspenden engagiert. Sie hat bis zum Schluss gehofft, dass sie ein zweites Mal ein geeignetes Spenderorgan für Hanna finden würden.«

»Das muss für Sie beide sehr schwer gewesen sein«, erwiderte Chris leise.

»Hanna starb drei Tage vor ihrem sechzehnten Geburtstag«, sprach Schürer weiter, ohne auf sie zu achten. »Danach hatten Anita und ich uns nicht mehr viel zu sagen. Ich konnte es Anita

186

nicht verzeihen, dass sie bis zum Schluss mehr Zeit bei der Stiftung zugebracht hat als am Bett unserer Tochter. Und Anita konnte nicht verstehen, dass ich nicht genauso wie sie darum gekämpft habe, dass wir ein passendes Spenderorgan für Hanna finden.«

»Viele Ehen überstehen den Tod eines gemeinsamen Kindes nicht«, murmelte Chris.

Schürer warf ihr einen genervten Blick zu.

»Gab es denn keine Familienangehörigen Ihrer Adoptivtochter, die eine Niere hätten spenden können? Die Mutter oder einen Bruder?«, fragte Chris leichthin.

Schürer schwieg lange, bevor er antwortete. »Damals, als wir wegen der Adoption von Hanna mehrfach bei den Behörden waren, hat uns die zuständige Mitarbeiterin vom Jugendamt erzählt, dass Hanna einen älteren Bruder hat. Nachdem der Körper unserer Tochter die transplantierte Niere abgestoßen hatte, nahm meine Frau Kontakt zur zentralen Adoptionsstelle beim Jugendamt auf.«

»Und?«, fragte Chris.

»Sie haben uns mitgeteilt, dass Hanna einen Halbbruder hat und dass sie die Bitte meiner Frau an ihn weitergeleitet haben. Zwei Wochen danach kam ein Anruf von der zuständigen Mitarbeiterin. Hannas Bruder hatte ihnen geschrieben, dass er von seiner Halbschwester und ihren Problemen nichts wissen wollte.« Er starrte gedankenverloren auf seinen Schreibtisch. Ein surrender Ton war zu hören und sein Smartphone erwachte zum Leben. Schürer hob die Hand und presste einen Finger auf das Display. Dann kehrte wieder Ruhe ein.

»Wussten Sie, wer der Halbbruder Ihrer Tochter ist?«

Schürer erhob sich. Seine Augen wirkten hart. »Nein«, sagte er bedächtig und näherte sich Chris, ohne den Blick von ihr abzuwenden. »Das wusste ich nicht. Die Adoptionsstelle darf solche Daten nicht herausgeben.« Er blieb unmittelbar vor ihr stehen und sah zu ihr hinunter. Aus der Nähe wirkte er älter.

»Die Adoptionsstelle hat die Anfrage Ihrer Frau an den Halbbruder weitergeleitet, ohne dass er erfuhr, wer seine Schwester ist. Stimmt das?«

Unverwandt sah er sie an und ließ sich Zeit mit der Antwort.

»Ja«, sagte er schließlich, »ich denke, so war es. Sie haben uns gesagt, dass sie die Anonymität aller Beteiligten wahren, es sei denn, alle sind damit einverstanden, dass sie aufgehoben wird.«

»Vielleicht war Thomas Wagner tatsächlich dieser Halbbruder«, sagte Chris vorsichtig, »wie die Polizei gesagt hat.«

»Blödsinn«, sagte Schürer mit erhobener Stimme, »woher hätte meine Exfrau wissen sollen, wer der Halbbruder unserer Tochter ist. Es gibt keine Möglichkeit, das herauszufinden.«

»Aber es wäre ein Motiv«, sagte Chris.

Schürer zuckte mit den Achseln.

Chris erhob sich.

»Sie glauben, dass meine Frau Thomas Wagner gezielt als Opfer ausgesucht hat?«, fragte Schürer und folgte ihr.

Chris vernahm Klappern aus der Küche. Sie kehrte zur Eingangstür zurück und trat aufatmend ins Freie. Tief sog sie die frische Frühlingsluft ein. Es hatte angefangen zu nieseln, ein böiger Wind trieb die Regenschwaden vor sich her.

»Das würde einiges erklären«, sagte Chris, zog den Kopf zwischen die Schultern und drehte sich erneut zu Schürer um.

»Ja, das würde es«, erwiderte er. »Aber mehr werden wir wohl nicht erfahren.«

»Es sei denn, Ihre Frau kann sich doch noch zu einer Aussage durchringen«, sagte Chris.

Schürer sah sie mit einem Blick an, den Chris nicht deuten konnte. Der Wind fuhr ihr in den Nacken und ließ sie schaudern. »Ich habe Ihnen alles erzählt, was ich weiß«, sagte er abschließend. »Das wird Ihnen nicht weiterhelfen, aber ich habe das Meine dazugetan.«

***

Regina beobachtete ihre Tochter, die vor der Veranda im Gras spielte. Heute gab ihr Kuscheltiger den besorgten Clownfisch Marlin, und gemeinsam mit seinen Kameraden, einer einarmigen Barbie alias Dorie, und einem Spielzeugauto ohne Steuer in der Rolle einer Schildkröte, überlegten sie, wie sie Nemo finden könnten.

»Du kannst doch nicht über die Planken bis zum Wasserturm«, erklärte Barbie alias Dorie besorgt ihrem Freund Marlin. »Da ist doch kein Wasser, da kannst du doch gar nicht schwimmen!«

»Ich glaube, Nemo und seine Freunde können eine kleine Pause gebrauchen«, sagte Regina augenzwinkernd. »Es gibt Essen.«

Maike erklärte den dreien ernst, dass es Zeit war zu schlafen. Sie legte ihren Kuscheltiger, die Barbie und das Spielzeugauto gemeinsam unter eine Decke, damit sie dort die Nacht verbringen konnten. Singend hüpfte sie die Verandastufen hinauf und kletterte auf ihren Platz an der Stirnseite des Tisches.

Es gab Lachs mit Spinat, was Maike gern aß. Sie erzählte fröhlich von Nemo und der weiten Reise, die sein Vater Marlin noch vor sich hatte, und kehrte nach dem Essen vor die Veranda zurück, um weiterzuspielen.

Regina warf ab und zu einen Blick nach draußen und lauschte der Stimme ihrer Tochter, die unaufhörlich dem kleinen Fisch Mut zusprach, dass er bald wieder zu Hause sein würde. Sie spülte Maikes Teller, stellte ihn zum Abtropfen zur Seite und schob das Besteck ins Spülwasser. Erstaunt hob sie den Kopf, als sie ein weit entferntes Klingeln hörte. Erst jetzt bemerkte sie, dass ihr Handy noch im Rucksack verstaut war.

Sie ging nach nebenan und suchte zwischen den Kleidern nach ihrem Mobiltelefon. Als sie es endlich in den Händen hielt, brach das Klingeln ab. Regina klickte sich durch das Menü und stellte fest, dass ihre Mutter angerufen hatte. Sie drückte den Wahlwiederholknopf, doch auf der anderen Seite war belegt. Wahrscheinlich sprach ihre Mutter gerade auf die Mailbox.

Ihr fiel auf, dass es still geworden war. Sie hörte Maikes Stimme nicht mehr. Erschreckt riss sie den Kopf hoch und rannte hinaus.

19

Auf dem Weg nach Hause blieben ihre Gedanken immer wieder an einem Punkt hängen: Wer könnte noch ihre Handynummer haben? Als ihr Mobiltelefon sich meldete, stand Chris vor einer roten Ampel auf Höhe des Nationaltheaters. Die sechzig Euro für Telefonieren am Steuer waren ihr noch gut in Erinnerung und sie beschloss, dass der Anruf warten musste. Doch als das Klingeln abbrach, verging kaum eine Minute, bis ihr Handy erneut läutete.

Chris suchte in ihrer Tasche und förderte das Handy schließlich zutage. Auf dem Display tanzte der Name ihrer ehemaligen Lebensgefährtin. Rasch drückte sie auf den Knopf.

»Sie ist weg, sie ist wirklich weg«, hörte sie sie rufen.

Chris erstarrte. Noch nie hatte sie Regina so verstört erlebt.

»Wer?«, flüsterte sie. Die Frage hatte sie reflexartig gestellt, als gäbe es noch Hoffnung, dass Regina nicht ihre Tochter meinte.

Hinter ihr hupte es. Chris riss den Kopf nach oben. Die Ampel vor ihr zeigte grün. Erneut hupte es und in dem Moment sprang die Ampel zurück auf gelb. Das Hupen ging über in einen wütenden Dauerton.

»Ich bin in einer halben Stunde bei dir.« Chris bemühte sich, das Zittern ihrer Stimme zu unterdrücken. »Hast du die Polizei gerufen?«

»Ja.« Regina kämpfte mit den Tränen und brachte nur mühsam die Worte heraus. »Sie kommen gerade. Bitte beeil dich.« Abrupt beendete sie das Gespräch.

Chris verankerte ihren Fuß auf dem Gaspedal, und als die Ampel auf Grün sprang, lösten sich ihre Reifen mit einem lauten Quietschen vom Asphalt.

***

Die Schrebergartenanlage befand sich am Ortsrand von Landau. Die spärliche Sonne tauchte die noch kahlen Gärten in ein freundliches Licht. Chris ließ die Tennisplätze hinter sich und bog auf den Parkplatz ab. Sie holperte über die Grasnarbe in das hintere Drittel, wo bereits ein Polizeiwagen stand. Fast fiel sie aus dem Wagen. Sie rannte über die schmalen Wege nach hinten zum Gartenhäuschen ihrer Tante Tekla. Schon von Weitem sah sie die beiden Beamten neben Regina stehen. Diese blickte Chris dankbar entgegen. Als sie neben sie trat, griff Regina nach ihrer Hand. Chris spürte den Angstschweiß, der die Hand ihrer früheren Lebensgefährtin wie ein Film überzog. Einer der Beamten zog eine Augenbraue hoch und musterte spöttisch die beiden Frauen.

»Wer ist jetzt noch mal die Mutter der Kleinen?«, fragte er grinsend und sah von einer zur anderen. Seine Uniformjacke spannte über einem Kugelbauch.

»Sie ist unsere Tochter und wir ziehen sie gemeinsam groß«, erwiderte Chris kalt. »Wir sind verpartnert.« Sie warf einen Blick zur Seite. Auch Regina machte keine Anstalten, dem Beamten weitere Einzelheiten zu erklären.

Der Kerl mit dem Bauch gab sich keine Mühe, sein Grinsen zu verbergen. Er warf seinem Kollegen einen amüsierten Blick zu. Der zweite Beamte trug seine Uniformmütze weit nach unten gezogen, sodass seine Augen im Schatten lagen. Ein blutiger Streifen an seinem eckigen Kinn verriet, dass er sich heute Morgen beim Rasieren geschnitten hatte.

»Ihre Kleine hat sich wahrscheinlich verlaufen«, erklärte er düster. »Sie haben doch erzählt, Sie wohnen eigentlich in Käfertal und sind nur selten hier draußen. Vermutlich findet sie nicht mehr zurück und sitzt irgendwo in einem der Gartenhäuschen und lässt sich mit Kakao und Kuchen verwöhnen. Wir müssen nur warten, bis jemand herausgefunden hat, wo das Kind hingehört, dann ist Ihre Tochter schneller wieder hier, als Sie glauben.«

Chris spürte Reginas Zittern. Sie warf ihr einen fragenden Blick zu. »Hast du ihnen erzählt ...?«, begann sie.

»Natürlich«, erwiderte Regina.

»Das ist doch eine Räuberpistole«, erklärte der Beamte mit der knapp sitzenden Uniformjacke. Sein Grinsen hatte sich zu einem unverhohlen neugierigen Gesichtsausdruck gewandelt. Er sah von Regina zu Chris, sein Blick glitt an ihrem Körper entlang nach unten und von ihren Händen hinüber zwischen ihre Beine. Chris bohrte ihre Linke in die Hosentasche. Ihre Finger krümmten sich zur Faust. »Sie müssen mit Kriminalhauptkommissar Gärtner sprechen«, presste sie hervor und wusste schon im selben Moment, dass sie es falsch angefangen hatte.

»Wir müssen gar nichts«, erklärte der Beamte mit dem Bierbauch zufrieden, und sein Blick glitt über ihre Brüste zurück in ihr Gesicht.

Chris biss die Zähne zusammen.

»Wir warten jetzt erst mal ab, ob Ihre ...« Sein Blick wanderte hinüber zu Regina und ein Mundwinkel hob sich. »... Tochter nicht in einer halben Stunde von der Nachbarin gebracht wird.«

»Das heißt, Sie unternehmen nichts?« Das Entsetzen ließ Chris' Stimme schrill klingen.

»Selbstverständlich unternehmen wir was«, protestierte der Beamte mit dem blutigen Kratzer am Kinn. »Wir führen Befragungen durch. Vielleicht hat ja einer der Nachbarn etwas gesehen.«

Chris hob den Kopf und sah sich um. Es war Mittwoch und die Gartenhäuschen im Umkreis lagen verlassen in der fahlen Nachmittagssonne.

»Vielleicht ist ja doch jemand da«, erklärte der Beamte mit der zu klein geratenen Uniform gelassen. Mit einem letzten Grinsen wandte er sich ab und gab seinem Kollegen mit einer Kopfbewegung zu verstehen, dass er ihm folgen sollte. Gemächlich schritten die beiden durch den Vorgarten und steuerten auf das gegenüberliegende Gartenhäuschen zu, das mit geschlossenen Fensterläden auf einem verwilderten Grundstück stand.

»Arschlöcher«, zischte Regina mit zusammengebissenen Zähnen.
»Komm«, erwiderte Chris ernüchtert. »Lass uns reingehen.«
Im Haus angekommen, nahmen sie sich stumm in die Arme.
Jede spürte die Angst der anderen.

»Was jetzt?«, fragte Regina dann, und Chris bemerkte, dass sich
das Zittern ihrer Hände verstärkte.

»Ich weiß es nicht«, flüsterte sie und fragte sich stumm, ob ihr
Besuch bei Schürer heute Morgen diese Katastrophe ausgelöst hatte.
Regina schien ihre Gedanken zu ahnen. Sie nahm Chris in den
Arm und drückte sie erneut. »Es wird ihr nichts passieren«, er-
klärte sie fest und ihre Hände hörten auf zu zittern, als würde sie
sich selbst glauben. »Sie wird bald wieder bei uns sein.«

»Vielleicht haben die Polizisten ja recht und Maike sitzt zwei
Gärten weiter vor einer Tasse Kaba«, sagte Chris leise.

Sie sahen sich nicht in die Augen und jede hoffte für sich, dass
die andere wenigstens ein klein wenig an diese Lüge glauben
konnte. Regina löste sich aus der Umarmung und strich Chris
tröstend über die Wange.

»Kannst du Sabine anrufen?«, fragte Chris. »Ich möchte nicht,
dass du jetzt allein bist.«

Erstaunt hob Regina den Kopf und runzelte fragend die Stirn.

»Ich will zu Gärtner. Er muss diese Vollidioten dazu bringen,
etwas zu unternehmen.« Verzweifelt blickte Chris hinüber zu dem
schmalen Trampelpfad zwischen den Gärten, wo die beiden uniformierten Beamten zum nächsten verlassen daliegenden Gartenhaus stolperten.

***

Die fast fünfzig Kilometer bis zum Polizeipräsidium in den L-
Quadraten brachte sie in weniger als dreißig Minuten hinter sich.
Einsamer Rekord. Vor dem Präsidium war kein Parkplatz in Sicht.
Chris stellte den Corsa auf den Gehsteig gegenüber und hastete in
das alte Gebäude. Als sie Gärtners Büro im dritten Stock erreichte,

lag sein Schreibtisch verlassen da. Ratlos blickte sie umher. In einem Büro auf der anderen Seite des Flurs bearbeitete ein Beamter verbittert die Tastatur seines Rechners. Durch seine kurz geschorenen dunklen Haare blitzte rosafarbene Kopfhaut.

»Ich suche Gärtner!«, rief Chris. Sie überquerte den Gang und blieb im Türrahmen stehen.

Der Beamte hob mürrisch den Kopf.

»Hinten im Konferenzraum«, erklärte er und fuhr sich über die Stoppeln auf seinem Kopf.

Chris wandte sich um.

»Hey«, rief er, und Chris hörte, wie sein Stuhl über den Boden schrammte. »Da können Sie nicht rein, das ist eine wichtige Besprechung!«

Er stürzte ihr nach, doch bevor er sie erreichte, riss Chris bereits die Tür zum Besprechungszimmer auf.

»Kriminalhauptkommissar Gärtner?«

Zahlreiche verblüffte Gesichter wandten sich ihr zu. Der wütende Polizeibeamte erreichte sie und blieb keuchend hinter ihr stehen. »Lassen Sie das gefälligst«, fauchte er böse und drängte sich an ihr vorbei, um die Tür wieder zu schließen.

Gärtner erhob sich und kam mit finsterer Miene auf sie zu. »Ich hoffe, Sie haben einen guten Grund, hier so hereinzuplatzen.« Er wirkte müde und seine Stirn war in tiefe Querfalten gelegt.

»Meine Tochter ist verschwunden.« Chris hörte die Verzweiflung in ihrer eigenen Stimme.

Gärtner blieb wie angewurzelt stehen und zerrte an seinem übergroßen Pullover. »Bin so schnell wie möglich zurück«, knurrte er mit Blick in die Runde und verließ gemeinsam mit Chris den Besprechungsraum. Er rannte fast zu seinem Büro. Chris musste sich beeilen, um an seinen Fersen zu bleiben. Der Beamte mit den geschorenen Haaren blieb mit verdutztem Gesichtsausdruck zurück.

Gärtner setzte sich wortlos auf seinen Schreibtischstuhl und blickte seine Besucherin fragend an. Rasch erzählte Chris, was sich heute Morgen ereignet hatte. Die Falten auf seiner Stirn vertieften sich. »Irgendein Hinweis auf eine Entführung?«, fragte er.

Chris schüttelte den Kopf.

»Wie heißen die Kollegen?«

Sie zog die Achseln hoch. Als sie hinzugekommen war, hatten sich die beiden Beamten längst vorgestellt gehabt.

Gärtner griff nach seinem Telefon. »Wo ist das passiert?« »Schrebergartengemeinschaft am Lohgraben in Landau«, erklärte Chris hastig. »Spatzenweg 7.«

Gärtner tippte eine Kurzwahlnummer ein und fragte nach dem zuständigen Beamten. Dann schwieg er einen Moment, bis er den Richtigen am Apparat zu haben schien.

»Gärtner hier. Sie bearbeiten die Sache Maike Peters?«, fragte er grimmig. Er lauschte kurz und versuchte mehrfach, die Antwort zu unterbrechen. Schließlich ließ er es zu, dass der andere zu Ende redete. Dann beugte er sich vor und sprach eindringlich in den Hörer. Er schilderte den Mord in der Arena und fügte kurz angebunden hinzu, dass es vielleicht in diesem Zusammenhang zu einer Kindesentführung gekommen war.

Er lauschte wieder, legte schließlich mit einem gemurmelten Gruß auf. »Sie haben sich bei den Kollegen nicht gerade beliebt gemacht«, bemerkte er.

»Vorurteile«, erklärte Chris aufgebracht. »Das hat nichts mit meiner Tochter zu tun.«

»Es tut mir leid«, erwiderte Gärtner und erhob sich stöhnend. »Die Entscheidung liegt bei den Kollegen. Da kann ich im Moment leider nichts machen.«

»Was ist mit meiner Tochter?«, rief Chris verzweifelt und wühlte in ihrer Jackentasche nach dem Handy, das sie Gärtner unter die Nase hielt.

»Ich kann Sie ja verstehen«, erklärte er dumpf. »Aber ich habe hier einen Mord zu klären. Im Moment kann ich nichts mehr für Sie tun.« Er warf ihr einen bedauernden Blick zu und ließ sie stehen.

20

Wütend stürmte Chris die Treppen nach unten und trat in die Sonne. Sie suchte ihr Handy und rief bei Regina an. Doch in der Schrebergartenanlage gab es nichts Neues. Ihre beste Freundin Sabine war inzwischen eingetroffen und hatte sich gemeinsam mit Regina aufgemacht, um die Umgebung auf der Suche nach Maike zu durchstreifen.

Mit einem verzweifelten Stöhnen beendete Chris das Gespräch. Grübelnd sah sie sich um. Ihr Corsa stand unbeachtet gegenüber dem Präsidium auf dem Gehsteig.

Das Frettchen. Irgendwie hatte er ängstlich gewirkt, als hätte er noch mehr zu verbergen. Chris rannte hinüber zu ihrem Wagen und wühlte im Handschuhfach. Schließlich fand sie seine Visitenkarte. Entschlossen warf sie sich auf den Fahrersitz, startete den Motor und spürte, wie die Schwerkraft sie in den Sitz drückte. Von den L-Quadraten bis zum Jungbusch waren es nur wenige Minuten. Chris schlängelte sich durch den träge dahinfließenden Stadtverkehr.

Kreinberg war laut seiner Visitenkarte Anwalt, doch er hatte wie ein Kleinkrimineller auf Chris gewirkt. Die Täterin und er kannten sich aus dem Schützenverein. Anita Schürer hatte ihn mit zwielichtigen Dingen beauftragt, die sie nicht selbst erledigen wollte. Ihre Waffe hatte er vermutlich auf osteuropäischen Flohmärkten eingekauft. Dort boten fliegende Händler ganz legal einzelne Waffenteile an. Wenn man die richtigen erwischte, war am Ende irgendwann das Puzzle vollständig und man konnte mit dem Ding tatsächlich schießen.

Chris bog hinter der runden Außenmauer der Moschee in den Jungbusch ab und folgte der schmalen Straße zwischen den Häuserblocks. Viele Fassaden waren dunkel, fast schwarz, unterbrochen von Schaufenstern, Kneipentüren oder Einfahrten. Links und rechts zog sich eine endlose Reihe parkender Autos hin, wie

Perlen auf einer Schnur, zwischen ihnen blieb nur eine schmale Fahrbahn. Chris steuerte den Corsa an glänzenden Limousinen vorbei und hielt nach einem Parkplatz Ausschau.

Die auf Kreinbergs Visitenkarte angegebene Adresse war ein heruntergekommenes Mehrfamilienhaus mit einem Computer-Notdienst im Erdgeschoss. Durch die kahlen Fenster auf Straßenhöhe erkannte Chris Regalwände voller Ersatzteile, Kabel und Bildschirme. Die Haustür schwang verblüffend leicht auf und Chris machte sich auf den Weg nach oben. Im ersten Stock befand sich eine Schneiderei, aus der zerkratzten Wohnungstür zwängte sich gerade eine schmale Frau mit modischer Kleidung und Kopftuch heraus.

Chris kletterte die abgetretenen Holzstufen immer weiter hinauf, bis zum vierten Stock, wo die Gerüche diffuser und die Luft dumpfer wurden. Neben dem schmuddeligen Klingelknopf verriet ein Metallschild, dass hinter der verzogenen Eingangstür Peter Kreinberg arbeitete und vielleicht auch wohnte, Anwalt für Zivil- und Strafrecht. Auf Knopfdruck ertönte ein unangenehm hoher Klingelton hinter der Tür und brach jäh ab, als Chris ihren Finger zurückzog.

Die Tür öffnete sich nur einen Spalt, Kreinberg schien keine Kundschaft zu erwarten. Er spähte schweigend in den Hausgang und machte Anstalten, die Tür sofort wieder zu schließen.

»Machen Sie auf, Herr Kreinberg«, sagte Chris streng. »Wir kennen uns vom Rheinufer, Sie erinnern sich bestimmt an mich. Ich habe etwas Wichtiges mit Ihnen zu besprechen. Entweder freiwillig oder mit Unterstützung der Polizei, wenn es sein muss.«

Alles blieb ruhig, Kreinberg wagte nicht, die Tür vollständig zu schließen. Chris legte ihre Handfläche auf das dunkle Holz und drückte sie nach innen.

»Was wollen Sie«, keifte Kreinberg atemlos, gab schließlich nach und trat einen Schritt zurück. Er trug eine ausgebeulte Jeans und ein ungebügeltes Hemd, war offensichtlich nicht auf Besuch eingerichtet.

»Ich habe ein paar Fragen an Sie«, sagte Chris und drängte sich an ihm vorbei in die Wohnung. Es roch ungelüftet, wirkte aber erstaunlich sauber. Knurrend folgte Kreinberg ihr und führte sie in eine Art Wohnzimmer, dort hatte er sich mit einem Esstisch und zwei Stühlen eine Arbeitsecke eingerichtet. Die Wände ringsum waren kahl, auf dem Zweiersofa in braunem Cord lag eine grau getigerte Katze, die bei ihrem Eintreten unwillig den Kopf hob. Sie musterte den unbekannten Besuch mit kritischem Blick, rollte sich dann zusammen und legte die Schnauze auf ihre Vorderpfoten.

»Was wollen Sie?« Kreinberg blieb inmitten des spärlich eingerichteten Zimmers stehen. Er wirkte aggressiv und roch aus jeder Pore nach Angst.

»Ich komme wegen Anita Schürer«, erklärte Chris.

»Und?«, blaffte Kreinberg und rieb sich nervös die Hände. »Ich habe Ihnen doch schon gesagt, dass ich für sie die Einzelteile einer Kalaschnikow gekauft habe, den Rest hat sie allein erledigt.«

»Ich weiß«, erwiderte Chris bestimmt. Sie legte den Kopf zur Seite und musterte den Anwalt eindringlich. »Aber das war noch nicht alles.«

Kreinberg begann, nervös von einem Bein auf das andere zu steigen. »Was meinen Sie?« Er knetete seine Hände. Als er ihren Blick bemerkte, schob er sie rasch in die Taschen seiner Jeans.

»Sie haben ihr noch mehr Informationen beschafft«, sagte Chris, und noch bevor sie den Satz zu Ende gesprochen hatte, wusste sie, dass ihr Schuss ins Blaue ein Treffer war.

Kreinberg drehte sich im Kreis wie ein gequälter Hund. »Was für ein Blödsinn«, blaffte er. »Ich bin Anwalt und darf keine Straftaten begehen, sonst bin ich meine Zulassung los.«

»Das mit der Straftat haben Sie gesagt«, erwiderte Chris bedächtig.

»Sie kommen hier herein und wollen mir weismachen, dass ich irgendetwas verbrochen habe«, presste er zwischen den Zähnen hervor. »Dabei haben Sie nichts in der Hand gegen mich, Sie wollen mir nur was anhängen.«

»Sie haben also Frau Schürer weitere Informationen besorgt«, sagte Chris, ihre Stimme klang ruhig und sicher.

»Das stimmt nicht«, jammerte Kreinberg, »das stimmt einfach nicht, Sie wollen mir was anhängen.«

»Nein«, sagte Chris, machte einen Schritt in seine Richtung und reckte den Kopf, sodass sie größer wirkte. »Aber das ist keine schlechte Idee. Wenn Sie mit der Wahrheit nicht rausrücken wollen, könnte ich Ihnen tatsächlich was anhängen. Dann sind Sie Ihre Zulassung als Anwalt los.«

Kreinberg starrte sie mit glänzenden Augen an, seine Brust schien sich unter den hastigen Atemzügen kaum zu bewegen. Für einen Moment fürchtete Chris, dass sie zu weit gegangen war. Kreinberg rührte sich nicht, starrte sie nur an, ohne zu blinzeln. Die Katze hob den Kopf und blickte nun ebenfalls Chris an, ihre glänzenden Augäpfel ruhten bewegungslos in tief liegenden Augenhöhlen.

Blitzartig wandte sich Kreinberg um und machte ein paar schnelle Schritte zur Seite. Mit einem Ruck riss er eine Schublade seines Schreibtischs auf und hielt eine Waffe in der Hand. Über sein schmales Gesicht glitt ein höhnisches Grinsen.

»Damit hast du nicht gerechnet, du Privatbulle, jetzt habe ich dich in der Hand«, keuchte er und wedelte mit dem Lauf seiner Pistole. »Verschwinde aus meiner Wohnung!«, brüllte er. Sein Gesicht färbte sich rot.

»Wenn Sie hier einen Schuss abfeuern, haben wir in zwei Minuten die Polizei auf dem Hals«, erwiderte Chris ruhig. »Dann landen Sie für eine lange Zeit im Knast und können Ihre Zulassung für den Rest Ihres Lebens vergessen.«

»Hier im Haus kümmert sich keiner um den anderen«, erwiderte der Anwalt höhnisch. »Außerdem ist es hier im Viertel so laut, da wundert sich niemand über einen Knall. Die Polizei können Sie vergessen, die wird Ihnen nicht helfen.«

»Sie glauben doch nicht im Ernst, dass ich mich nicht abgesichert habe, bevor ich in Ihre Wohnung kam. Mein Handy ist mit meinem Kompagnon verbunden und der hängt wahrscheinlich schon jetzt am Telefon, um die Polizei zu alarmieren.« Chris tippte mit dem Zeigefinger auf die Brusttasche ihrer Manchesterjacke, wo ihr Handy eine kleine Ausbuchtung hinterließ.

Kreinberg starrte wie hypnotisiert auf die Stelle, auf die Chris gezeigt hatte. Die Spitze seiner Kleinkaliberwaffe begann zu zittern. Weit entfernt erklang die Sirene eines Polizeiwagens. Der Anwalt fiel in sich zusammen. Mit hängenden Schultern schlurfte er zum Sofa, wo er die Waffe vor sich auf den niedrigen Couchtisch warf. Schwer ließ er sich in die Polster fallen. Seine Katze rettete sich mit einem eiligen Sprung unter den Tisch und kauerte sich lauernd zusammen. Kreinberg holte vernehmlich Luft und rieb sich mit beiden Händen das Gesicht. Er warf den Kopf nach hinten und sah Chris von unten herauf an.

»Ja«, gab er mürrisch zu, »ich bin für Anita Schürer ins Jugendamt eingebrochen. War übrigens keine große Sache«, sagte er grinsend. »Ich hab im Klo gewartet, bis das Gebäude abends leer war. Mit meinem Spezialwerkzeug war es kein Problem, in das Dienstzimmer zu kommen und anschließend wieder abzuschließen. Die Nacht habe ich in der Toilette abgewartet und bin morgens einfach wieder aus dem Gebäude rausspaziert.«

»Woher wussten Sie, in welchem Zimmer Sie suchen mussten?«

Chris kam näher und griff nach der Waffe, die vor Kreinberg auf dem Couchtisch lag.

»Hey«, protestierte er und richtete sich halb auf.

»Will nur sichergehen, dass Ihnen und mir nichts passiert«, erwiderte Chris ruhig und legte die Pistole hinüber auf den Schreibtisch.

Kreinberg musterte sie mürrisch. »Frau Schürer wusste genau, in welchem Zimmer und in welchem Schrank die Akten ihrer Tochter aufbewahrt wurden«, erzählte er widerwillig. »Sie hat am Tag zuvor der zuständigen Mitarbeiterin einen überraschenden Besuch abgestattet und ihr ein paar unangenehme Fragen gestellt.«

»Was haben Sie in der Akte gesucht?«

»Die Schürer wollte wissen, wer der Halbbruder ihrer Adoptivtochter ist und warum er eine Blutuntersuchung abgelehnt hat. Die war echt sauer.« Er grinste höhnisch. »Der feine Herr hat ja noch nicht einmal versucht herauszufinden, ob er als Organspender überhaupt infrage kommt.«

»Wann war das, wann hat Frau Schürer Sie angesprochen?«, fragte Chris.

»Vor ziemlich genau zwei Jahren«, erwiderte Kreinberg und stand mit einem Ruck auf. »Muss kurz nach dem Tod ihrer Tochter gewesen sein. Sie wollte wissen, wem sie es zu verdanken hatte, dass ihre Tochter sterben musste.«

»Was haben Sie Frau Schürer nach Ihrem Einbruch erzählt?«

Kreinberg schob sich zwischen Couch und Tisch hindurch und ging hinüber zu seinem Schreibtisch. Rasch griff Chris nach der Waffe und hielt sie locker zwischen Daumen und Zeigefinger.

Unwillig winkte Kreinberg ab. »Will nur was zeigen«, knurrte er und zog eine große Schublade auf, in der mehrere sorgfältig beschriftete Ordner hingen. Er griff nach einem der Papphefter und zog ein Blatt Papier heraus. »In dem Büro stand sogar ein Kopierer«, sagte er grinsend, »war kein Problem, eine Kopie zu ziehen.«

Chris griff nach dem handgeschriebenen Brief und begann zu lesen. Ab und zu warf sie Kreinberg einen vorsichtigen Blick zu. Der kehrte zum Sofa zurück und ließ sich neben seiner Katze nieder. Mit hängenden Lidern beobachtete er sie.

Sehr geehrte Frau Dinkelmann,

ich antworte hiermit auf Ihr Schreiben vom 12. Dezember. Darin teilten Sie mir mit, dass ich eine Halbschwester habe, die an einer Nierenerkrankung leidet und auf ein Spenderorgan wartet. Sie haben mich gefragt, ob ich mir eine Lebendspende zugunsten meiner Halbschwester vorstellen könnte.

Ich muss Ihre Frage abschlägig beantworten. Ich bin Sportler und kann es mir nicht leisten, mich einem solchen Eingriff zu unterziehen. Ich stehe kurz vor dem Höhepunkt meiner Karriere. Massive Trainingsverluste, wie sie eine Operation mit sich bringen würden, kann ich mir zu diesem Zeitpunkt nicht erlauben. Deshalb stimme ich einer Blutuntersuchung nicht zu. Denn selbst wenn ich als Spender infrage käme, würde ich mich einer solchen Operation nicht unterziehen.

Mit freundlichen Grüßen
Thomas Wagner

»Eiskalt wie Hundeschnauze«, murmelte Kreinberg. »Kümmert sich nicht darum, dass er das Todesurteil für seine Halbschwester fällt.«

»Niemand kann gezwungen werden, ein Organ zu spenden«, erwiderte Chris. »Das muss jeder selbst entscheiden dürfen.«

»Die Schürer hat sich geärgert, dass er es nur wegen seiner Karriere nicht wollte«, erwiderte Kreinberg mürrisch. »Der hat nicht mal einen Bluttest machen lassen.«

Chris faltete das Blatt Papier zusammen und steckte es kommentarlos in ihre Jackentasche.

»Hey«, protestierte Kreinberg und richtete sich halb auf, »das gehört mir.«

»Das brauchen Sie ja wohl nicht mehr«, erwiderte Chris. Sie steckte die Waffe hinter ihrem Rücken in den Bund ihrer Jeans und trat in die Mitte des Zimmers. Von oben herab beobachtete sie den Mann, der unter ihrem strengen Blick wieder zurück auf die Couch sank.

»Ich frage Sie jetzt nur einmal, und ich möchte eine ehrliche Antwort« sagte sie leise und ließ ihn nicht aus den Augen.

Lauernd sah der Anwalt zu ihr hoch. Die Katze hob den Kopf und sah interessiert von Kreinberg zu Chris.

»Haben Sie mir mehrere SMS geschickt und mich bedroht? Haben Sie meiner Tochter etwas getan?«

Kreinberg wischte sich erleichtert die Stirn. »Quatsch«, erwiderte er verächtlich.

Chris ließ ihn nicht aus den Augen. Als er ihren Blick bemerkte, schüttelte er schweigend den Kopf.

»Ich komme wieder, wenn Sie mich angelogen haben«, mahnte Chris und tippte zur Erinnerung auf die kleine Ausbuchtung in ihrer Jacke.

Kreinberg hob die Hand und begann mechanisch, seine Katze zu streicheln. Chris wandte sich ab und ging durch den dunklen Wohnungsflur zur Eingangstür. Bevor sie in den Hausgang trat, holte sie die Waffe aus ihrem Hosenbund und ließ sie hinter der Wohnungstür auf den Boden gleiten. Sie zog die Tür zu und lief bedrückt die Treppe hinunter.

21

Als Chris auf die Straße trat, blickte sie nur flüchtig zum Himmel, wo die Sonne inzwischen von einem Wolkenband verdeckt wurde. Sie eilte zum Wagen und kramte in ihrer Jackentasche, bis sie ihr Handy zu fassen bekam. Verzweifelte Hoffnung erfüllte sie, als sie das Telefon einschaltete und die Nummer ihrer Expartnerin wählte.

»Wir sind noch keinen Schritt weiter.« Reginas Stimme klang angestrengt, im Hintergrund hörte Chris Stimmengemurmel. »Der Anwalt hat mit der Sache nichts zu tun«, erwiderte sie und berichtete von ihrem Besuch, ohne die Waffe zu erwähnen.

»Wer bleibt noch?«

Chris hörte die Verzweiflung in Reginas Stimme. Die Stimmen im Hintergrund verstummten. »Ich weiß es nicht«, erwiderte sie unglücklich. »Ich hab keine Ahnung.«

Auf der anderen Seite blieb es ruhig.

»Ich komme zu euch und helf euch suchen«, sagte Chris. »Dann kann ich wenigstens etwas tun.«

»Wir sind schon zu zehnt«, erwiderte Regina. »Die ganze Clique ist gekommen.«

Chris spürte, wie sich in ihrer Brust ein warmes Gefühl ausbreitete.

»Sabine hat sie angerufen und jede, die nur irgendwie von der Arbeit weg konnte, hat sich freigenommen.«

»Das ist schön«, murmelte Chris. »Was macht die Polizei?«

»Die amüsieren sich«, erwiderte Regina düster. »Machen sich über uns lustig. Haben wohl noch nie Lesben gesehen. Und jetzt gleich zehn auf einem Haufen. Die Polizisten kannst du vergessen.«

»Drecksäcke«, murmelte Chris.

»Wer könnte das gewesen sein?«, fragte Regina leise, »Vielleicht fällt dir ja doch noch jemand ein. Was hast du bisher herausgefunden?«

»Die Schürer konnte sich einfach nicht damit abfinden, dass ihre Tochter an Nierenversagen gestorben ist. Nach ihrem Tod wollte sie herausfinden, wer ihr Halbbruder ist. Sie hat ihm die Schuld am Tod des Mädchens gegeben. Thomas Wagner hat erst durch den Brief von der Existenz seiner Halbschwester erfahren. Die Schürers haben über das Jugendamt bei ihm angefragt, ob er sich eine Lebendspende für seine Schwester vorstellen könne. Wagner hat abgelehnt und wollte nicht, dass die Schürers erfahren, wer er ist.«

»Was heißt das?«, fragte Regina verwirrt.

»Nach dem Tod ihrer Tochter hat Anita Schürer Kreinberg darauf angesetzt. Er hat herausgefunden, dass es Thomas Wagner war, der eine Lebendspende für seine Halbschwester abgelehnt hat. Sie hat ihren ganzen Hass und ihre Wut über den Tod ihrer Tochter auf ihn projiziert. Vermutlich hat sie ihm am Ende die Schuld für alles gegeben, was in ihrem Leben schiefgelaufen ist: für den Eierstockkrebs, die Niederlage an der Uni, den Misserfolg im Beruf und den Tod ihrer Tochter.«

Im Hintergrund vernahm Chris Rufe.

»Und deshalb hat sie ihn erschossen«, murmelte Regina abgelenkt.

»Habt ihr was gefunden?«, fragte Chris. In der Leitung blieb es stumm und sie konnte hören, wie Regina ein paar Schritte ging und leise ein paar Worte wechselte.

»Nichts Wichtiges«, erklang wieder Reginas bedrückte Stimme.

»Überleg doch noch mal, ob dir jemand anderes einfällt.«

»Ich denk noch mal drüber nach, okay?«, sagte Chris.

»Ja bitte.« Die Hoffnung verlieh Reginas Stimme neue Kraft. »Hier sind wir schon so viele.«

Als Chris das Gespräch beendet hatte, war ihr Kopf vollkommen leer. Ihr gelang kein vernünftiger Gedanke mehr. Wer von den Menschen, die sie in den vergangenen Tagen gesprochen hatte, könnte etwas mit diesen Drohungen und der Entführung von Maike zu tun haben? In ihrem Magen brannte der Schmerz, dass ihrer Tochter gerade in diesem Moment etwas Furchtbares passieren könnte. Geistesabwesend starrte sie auf das Display ihres Handys, das sie immer noch in der erhobenen Hand hielt.

Erst jetzt bemerkte sie, dass während ihres Telefonats mit Regina mehrere Anrufe eingegangen waren. Hastig rief sie das Menü auf. Ihre Schwester Melli. In diesem Moment klingelte ihr Handy erneut.

»Du, es tut mir leid«, erklärte Chris. »Ist gerade ganz schlecht.«

»Mama ist weg«, sagte Melli statt einer Antwort.

»Was?«, rief Chris entsetzt.

»Hab heute Morgen eine SMS von ihr bekommen. Sitzt auf Malle und hält die Füße ins Wasser. Hat sich wohl schon vor zwei Tagen aus dem Staub gemacht.« Melli sprach hastig und Chris hörte, dass ihr Jüngster lauthals schrie.

»Wann kommt sie zurück?«

Im Hintergrund erklang nun auch Geschrei von den beiden Älteren.

»Woher soll ich das wissen?« Unvermittelt brüllte ihre Schwester die Kinder an, ohne das Handy wegzunehmen. Chris riss den Lautsprecher vom Ohr, bis die Stimme am anderen Ende wieder leiser wurde.

»Du, ich muss los«, erklärte sie und wollte auflegen.

»He, warte doch!«, rief Melli.

»Was denn noch?« Chris runzelte die Stirn.

»Papa.«

»Was ist mit ihm?«, fragte Chris und schloss müde die Augen.

»Sie hat ihn eingesperrt«, erwiderte Melli ohne jegliches Bedauern in ihrer Stimme.

»Was?«, fragte Chris verblüfft.

»Vor zwei Tagen schon. Wollte nicht, dass er draußen rumrennt und nicht wieder nach Hause findet.«

»Das hat der Alte nicht anders verdient«, erwiderte Chris und grinste flüchtig. »Der hat sich doch auch nie um uns gekümmert.«

»Und jetzt?«, fragte Melli vorwurfsvoll. »Jonas hat Fieber. Ich muss mich um meine Kinder kümmern. Du bist dran.«

»Hey, das geht bei mir gerade überhaupt nicht«, protestierte Chris.

»Du hast ja kein Kind, du weißt nicht, wie das ist«, fuhr Melli unbeirrt fort.

»Ich habe auch ein Kind«, protestierte Chris wütend.

»Das du dieser Frau überlassen hast, was für eine Mutter bist du denn.«

»Regina ist …«, fuhr Chris auf, doch dann verstummte sie. Es war nicht der Moment, um ihrer Schwester zu erklären, was eine Co-Mutter ist.

»Jedenfalls musst du dich jetzt mal um den Alten kümmern. Ich hab keine Zeit«, erwiderte Melli ungerührt.

»Der wird mich rausschmeißen, wie immer«, knurrte Chris. Doch ihre Schwester hatte bereits aufgelegt.

Chris rieb sich die Stirn. Sie wollte jetzt gern bei Regina sein und gemeinsam mit ihr nach Maike suchen. Die Untätigkeit nahm ihr die Luft zum Atmen. Dass ihr auch niemand einfallen wollte, der etwas mit Maikes Verschwinden zu tun haben könnte!

Ihr Hirn war wie leer gefegt. Vielleicht sollte sie doch zur Wohnung ihrer Eltern fahren. Manchmal war es besser, ganz etwas anderes zu machen, damit die Gedanken wieder andere Wege gehen konnten. Den Alten musste sie so schnell wie möglich wieder loswerden. Noch hatte sie keine Idee wie, aber die würde ihr schon noch kommen.

Chris schwang sich in ihren Wagen, verließ die Innenstadt-Quadrate und durchquerte den Jungbusch. Die B 44 führte sie auf die Brücke über den Hafen, wo der riesige Kran einen Container in verblichenem Grün am Haken hatte. Die Schienen des Mannheimer Güterbahnhofs begleiteten sie das letzte Stück der Strecke, dann erreichte sie die Schönau. Weniger als zehn Minuten waren vergangen, bis sie vor dem Sozialbau aus den vierziger Jahren stand, in dem ihre Eltern seit mehr als dreißig Jahren lebten.

Hinter den Fenstern im Erdgeschoss rührte sich nichts. Chris ging hinüber und sah sich verstohlen um, bevor sie den Ersatzschlüssel ihrer Eltern aus dem Blumengesteck neben der Eingangstür fischte.

Sie steckte den Schlüssel ins Schloss und drehte ihn behutsam um. Der Hausflur lag verlassen da und niemand beobachtete sie, als sie die Wohnung öffnete. Die Tür schwang nach innen auf. Nichts rührte sich.

»Papa?«, rief Chris versuchsweise. Alles blieb ruhig. Sie zögerte. Diese Wohnung zu betreten, fiel ihr schwerer, als in das Wohnzimmer des Frettchens einzudringen, der sie mit einer Waffe bedroht hatte.

Chris gab sich einen Ruck und trat zögernd über die Schwelle. Im verlassen daliegenden Flur blieb sie stehen. »Papa?«, rief sie erneut. Nichts rührte sich. Sie versuchte es mit seinem Vornamen. »Ernst?« Es fühlte sich falsch an.

Vorsichtig ging sie durch Küche und Wohnzimmer. Im Schlafzimmer lag vor dem abgenutzten Ehebett noch das Nachthemd ihrer Mutter. Vermutlich hatte sie es zur Seite geworfen, um in einen ihrer unvermeidlichen bonbonfarbenen Jogginganzüge zu schlüpfen. Ein strenger Geruch hing in der Luft, der Chris vage bekannt vorkam. Sie machte weiter ihre Runde.

Die winzige Wohnung war schnell durchsucht. Als sie zum zweiten Mal in der verlassenen Küche landete, kehrte sie zurück ins Schlafzimmer. An der offenen Tür blieb sie stehen und ließ ihren Blick schweifen. Die Betten waren ungemacht und das Fenster schien fest verschlossen. Es roch ungelüftet und wie eine Kopfnote lag über allem ein durchdringender Geruch.

Auf einmal wusste sie, woran sie das erinnerte. Nach der Schule hatte sie ein Praktikum in einem Altenheim gemacht. Die Windeln erwachsener Menschen rochen ähnlich. Sie trat in die Mitte des Zimmers und blickte hinter die Tür. Sie traute es ihrem Vater zu, dass er irgendwo lauerte, um sie aus dem Hinterhalt anzuspringen und an den Haaren aus der Wohnung zu zerren, so wie er es damals getan hatte, als sie ihren Eltern von ihrer Homosexualität erzählt hatte.

Doch alles blieb ruhig, niemand war zu sehen. Chris suchte unter dem Bett und hinter dem bodenlangen Vorhang. Nichts. Sie wandte sich ab und wollte gerade gehen, als sie ein winziges Geräusch vernahm, das aus dem Schrank zu kommen schien. Zögernd wandte sie sich um und ging zu dem raumhohen Kleiderschrank. Den hatte ihr Vater vor Jahren selbst gebaut. Sie öffnete eine Tür nach der anderen, bis sich der ganze intime Inhalt offen vor ihren Augen präsentierte. Nichts. Sie trat näher und hob vorsichtig die Röcke ihrer Mutter. Nichts.

Gerade als sie sich abwenden wollte, sah sie aus den Augenwinkeln etwas Weißes aufblitzen, ganz hinten in den Tiefen des Schranks. Bedächtig sammelte Chris einen Meter Kleidung zwischen beiden Händen und hob sie an. Vor ihr kauerte ihr Vater wie ein ängstliches Kind hinter dem mit Bügelwäsche vollgestopften Wäschekorb und starrte sie aus weit aufgerissenen Augen an. Sie hatte seine Augäpfel im spärlichen Licht glänzen sehen. Der durchdringende Geruch ging von ihm aus.

Chris hob die Hand, um die Kleiderbügel wegzuschieben. Reflexartig hob ihr Vater seinen Arm, als wolle er sich vor einem Schlag schützen. Rasch drückte Chris die Kleidung zur Seite.

»Komm da raus«, sagte sie. Als ihr Vater sich nicht rührte, blieb ihr nichts anderes übrig, als ihm zu versichern: »Ich tu dir nichts.«

Regungslos starrte er sie an.

»Ich tu dir nichts«, wiederholte Chris.

Erst jetzt erhob er sich umständlich und kletterte um den Wäschekorb herum. Chris machte ihm Platz. Vor ihr erhob er sich und starrte ihr unverwandt ins Gesicht. Die Angst aus seinen Augen war verschwunden.

»Wer sind Sie?«, fragte er grob.

»Christina«, erwiderte Chris hart.

Er zögerte und musterte ihr Gesicht, als suche er nach etwas, das ihm vertraut war. »Meine Tochter heißt Christina«, erwiderte er missmutig. »Die gottverdammte Lesbe. Die hab ich einfach rausgeschmissen. So ein Pack will ich nicht in meiner Wohnung haben.« Er kniff die Augen zusammen. »Bist du meine Tochter?«, fragte er, und ein lauernder Ausdruck trat in seine Augen.

Chris schluckte.

»Gottverdammte Lesbe«, sagte er und verzog angewidert den Mund, als wolle er ihr vor die Füße spucken.

Sie ballte die Fäuste und ihr Atem ging schneller. Der Alte zögerte und leckte sich die aufgesprungenen Lippen. Chris betrachtete ihn ernüchtert.

»Komm mit«, sagte sie widerwillig und dirigierte ihn hinter sich her in die Küche. Sie nahm ein Glas aus dem Schrank und hielt es unter den Wasserhahn.

»Bist du meine Tochter?« Er trat hinter ihr in die Küche und blieb mit zusammengekniffenen Augen in der Mitte des Raums stehen.

Chris drehte das Wasser auf. Der Ausdruck auf seinem Gesicht veränderte sich. Sehnsüchtig blickte er auf den glänzenden Wasserstrahl. Wortlos hielt ihm Chris das gefüllte Glas hin. Hastig griff er danach und trank in gierigen Schlucken. Aufatmend setzte er das Glas ab und wischte sich den Mund.

»Nein«, erwiderte Chris widerstrebend. Sie musste sich zwingen weiterzusprechen. »Ich bin nicht deine Tochter. Ich bin deine Schwester. Nach mir habt ihr doch eure Tochter genannt.«

Überrascht hob er den Kopf. »Wirklich?«, fragte er und musterte sie misstrauisch.

»Wirklich«, bestätigte Chris und griff nach dem Glas, um es noch einmal zu füllen. Als er es erneut ansetzte, beobachtete sie ihn widerwillig. In manchen Nächten suchten sie die Erinnerungen aus ihrer Kindheit noch immer heim. Eigentlich hatte es der Kotzbrocken nicht verdient, dass sie sich um ihn kümmerte. Doch wider Willen rührte sie sein jämmerlicher Anblick.

Nachdem er das zweite Glas geleert hatte, verfrachtete sie ihren Vater ins Bad. Es kostete sie viel Überwindung, den alten Mann in die Badewanne zu stellen, zu entkleiden und abzuduschen. In der Kommode im Schlafzimmer ihrer Eltern fand sie seine Windeln. Bisher hatte sie nichts davon gewusst.

Als sie wenig später in die Küche zurückkehrten, hing der strenge Geruch noch immer in der Luft. Chris öffnete ein Fenster und schmierte ihrem Vater zwei Brote, die sie wie für Maike in kleine Vierecke schnitt. Der Gedanke an ihre Tochter trieb ihr die Tränen in die Augen. Mit dem Unterarm wischte sie sich über das Gesicht und stellte den Teller auf den Tisch. Abschätzend betrachtete sie ihren Vater, der gierig den Teller zu sich herzog und ein Stück Brot nach dem anderen in den Mund stopfte. Chris ließ ihn nicht aus den Augen, als sie nach ihrem Handy griff und die Nummer von Sabine wählte.

»Nichts Neues, tut mir leid«, sagte Sabine statt einer Begrüßung. Sie musste irgendwo im Freien unterwegs sein, Chris hörte Motorengeräusche und Vogelzwitschern. »Wir sind schon alle Gärten abgelaufen.«

Chris schluckte. Hastig erzählte sie, dass sie noch heute Abend ihren dementen Vater irgendwo unterbringen musste.

»Pflegeheim Otto Bauder Haus auf der Schönau«, erklärte Sabine. »Die nehmen auch kurzfristig pflegebedürftige Menschen auf.«

»Kann ich ihn jetzt gleich dorthin bringen?«

»Muss ich klären«, erwiderte Sabine. »Ich ruf dich in ein paar Minuten zurück.«

»Du hast ja meine Nummer«, wagte Chris einen lahmen Scherz.

Sabine legte auf.

Chris starrte auf das Display. Eine vage Ahnung regte sich. Das Gespräch hatte sie an irgendetwas erinnert. Es fühlte sich wichtig an.

»War das schon alles?«, murrte ihr Vater und schnappte nach dem letzten Stück Brot auf seinem Teller.

»Moment«, sagte Chris geistesabwesend und versuchte den Gedanken festzuhalten, der sich in ihrem Bewusstsein verflüchtigte wie ein Tropfen schwarzer Tinte im Ozean.

»Noch eins«, protestierte ihr Vater und hielt ihr den leeren Teller entgegen.

Wütend starrte sie ihn an – und schlagartig war die Erinnerung wieder da. Wolfgang Schürer war bei ihrem ersten Anruf nicht gleich zu sprechen gewesen. Seine Sekretärin hatte nach ihrer Handynummer gefragt, damit ihr Chef zurückrufen konnte. Und dann hatte er doch einen Moment Zeit gehabt, um direkt ans Telefon zu kommen. Schürer. Er hatte also doch ihre Handynummer gehabt, die ganze Zeit.

Eilig schmierte Chris dem alten Mann zwei weitere Brote und legte einige Flaschen Bier in den Einkaufskorb, den sie hinter der Tür fand. »Kommt mit!« Chris trat in die Küchentür.

Unwillig musterte der Alte sie.

»Gibt gleich ein Bier«, lockte sie ihn und hob eine der braunen Flaschen ins Licht. »Draußen im Auto.«

Interessiert hob er den Kopf und folgte ihr wie ein Hund, der Witterung aufgenommen hat. Zu zweit gingen sie nach draußen und ihr Vater setzte sich wie selbstverständlich auf den Beifahrersitz. Chris schob den Korb nach hinten auf die Rückbank und setzte sich hinter das Steuer. Dann startete sie den Motor und trat das Gaspedal durch. Als sie die Kattowitzer Zeile erreichte und nach rechts abbiegen wollte, griff ihr Vater ins Lenkrad und zerrte daran.

»Du musst links«, rief er verärgert und ruderte mit dem freien Arm, »links, verdammt noch mal!«

»Halt die Klappe«, herrschte sie ihn an und drückte seine Hand zur Seite. Gerade noch rechtzeitig konnte sie verhindern, dass sie mit einem entgegenkommenden Fahrzeug zusammenstießen, dessen Fahrer wild gestikulierte und mehrmals hupte.

Schlagartig waren die Erinnerungen da, überfluteten ihr Gehirn und weckten alte Gefühle. Wie oft hatte er sie früher angefahren, sie solle die Klappe halten. Immer wenn er wütend auf sie gewesen war, hatte er sie in den Keller gesperrt, wo sie vor Kälte zitternd viele Stunden zubrachte. Und er war oft wütend auf sie gewesen. Weil sie ihr Zimmer nicht aufgeräumt hatte, weil sie eine halbe

Stunde zu spät von der Schule gekommen war, weil sie beim Essen ein Glas umgestoßen hatte. Dann hatte er sie am Arm gepackt, hinter sich die Treppe hinuntergezerrt und sie wortlos in den kahlen Kellerraum gestoßen.

»Halt die Klappe«, waren die einzigen Worten gewesen, die sie zu hören bekam. Nur beim ersten Mal hatte er sie weinen sehen, als sie vier Jahre alt war, danach nie wieder. Diesen Triumph gönnte sie ihm nicht. Nie gab sie einen Laut von sich, ließ ihren Gefühlen erst freien Lauf, wenn er nach oben zurückkehrte.

Chris atmete tief durch und versuchte, sich auf die Straße zu konzentrieren. Sobald sie das Lenkrad wieder fest im Griff hatte, fuhr sie rechts ran. Hupend drängten sich nachfolgende Wagen an ihr vorbei. Wortlos verfrachtete Chris ihren Vater auf die Rückbank. Trotz lautem Protest ließ er sich nach hinten dirigieren. Sie legte ihm den Sicherheitsgurt um, öffnete ein Bier und drückte es ihm in die Hand. Zufrieden lehnte er sich zurück und nuckelte an seiner Flasche.

Chris setzte sich wieder nach vorn und gab Gas. Als sie die B 44 erreichte, trat sie das Gaspedal noch weiter durch. Auf Höhe der Seppl-Herberger-Sportanlage klingelte ihr Handy.

»Tut mir leid«, hörte sie Sabines Stimme, »du kannst deinen Vater erst morgen früh bringen.«

»Scheiße«, murmelte Chris und warf einen Blick in den Rückspiegel. Dort begegnete sie dem misstrauischen Blick ihres Vaters. Rasch sah sie wieder nach vorn.

»Blöd, ich weiß. Aber mehr war echt nicht drin.«

Im Hintergrund hörte Chris die Stimmen der anderen. »Danke dir«, erwiderte sie und unterdrückte ein Stöhnen. »Ist Regina bei dir?«

Statt einer Antwort hörte sie, wie Sabine ein paar Worte mit Regina wechselte.

»Hi Chris.«

Sie spürte, wie viel Kraft Regina der muntere Ton kostete.

»Was Neues?«

»Die beiden blöden Bullen haben immer noch nicht kapiert, was hier los ist.« Sie unterdrückte ein Schluchzen und Chris hörte sie schniefen.

»Ich versuche gerade rauszufinden, ob der Architekt was damit zu tun hat«, sagte sie.

»Pass auf dich auf«, erklang Reginas Stimme, dann war die Leitung stumm.

Chris biss die Zähne zusammen und warf das Handy zur Seite. Inzwischen hatten sie den Innenstadtring erreicht und das Mannheimer Schloss glitt an ihnen vorbei. Chris steuerte ihren Wagen am Hauptbahnhof vorbei und erreichte die Neckarauer Straße. Zwischen überdimensionalen Brückengittern querte sie die Bahnschienen und bog kurz darauf in die Hechtstraße in Neckarau ein. Vor dem dunkler werdenden Himmel zeichneten sich die mächtigen Umrisse des Groß-Kraftwerks ab. Das Gebäude von Schürers Architekturbüro lag verlassen in der Abendsonne und auch auf ihr Klingeln hin rührte sich nichts. Chris ging von Fenster zu Fenster. Drinnen konnte sie niemanden entdecken.

Mit Bedauern wandte sie sich ab und musterte die Umgebung. Ihr Blick fiel auf eine gegenüberliegende Wohnung im Erdgeschoss. Knapp oberhalb des Fensterbretts entdeckte sie ein Augenpaar, das ihr folgte. Entschlossen überquerte Chris die Straße und klingelte. Doch hinter der Tür rührte sich nichts. Sie machte einige Schritte zur Seite und stand nun vor dem Fenster, aus dem sie das Augenpaar noch immer beobachtete. Chris klopfte an das Fenster und machte Zeichen, das Fenster zu öffnen. Allmählich erkannte sie im diffusen Halbdunkel ein Kindergesicht, vermutlich ein Junge, vielleicht zehn oder elf Jahre alt. Er schüttelte den Kopf.

Sie klopfte erneut an die Scheibe und zeigte ihm, dass er das Fenster kippen könnte. Der Junge betrachtete die Fensterflügel. Dann verschwand er im Inneren des Zimmers und kehrte kurze Zeit darauf mit einem abgewetzten Stuhl zurück, den er umständlich direkt vor dem Fenster platzierte. Geschickt kletterte er auf den Sitz und fasste nach dem Fenstergriff. Er brauchte eine Weile, doch schließlich schaffte er es, einen der Flügel zu kippen. Das Augenpaar blickte sie nun interessiert auf gleicher Höhe an.

»Hallo«, erklärte Chris und lächelte. »Das ist nett, dass du das Fenster aufmachst.«

Schweigend sah er von ihr zur Straße.

Chris warf einen Blick über die Schulter zu ihrem Wagen. Ihr Vater angelte sich gerade eine zweite Flasche Bier aus dem Korb, der neben ihm stand. Sie wandte sich wieder dem Jungen zu. »Bist du allein?«

Ein misstrauischer Ausdruck schlich sich in sein Gesicht.

»Ist auch nicht so wichtig«, fuhr Chris rasch fort. »Ich suche Herrn Schürer, den Architekten von gegenüber. Hast du eine Ahnung, wo der ist?«

»Weiß nicht«, erwiderte der Junge. Seine Stimme klang leicht schrill.

»Wann ist er denn gegangen?«

»Weiß nicht«, wiederholte der Junge.

Sie warf erneut einen Blick über die Schulter. Ihr Vater fummelte inzwischen am Kronkorken der Bierflasche herum. Chris griff in ihre Hosentasche und förderte einen zerknitterten Fünf-Euro-Schein zutage. Bedächtig strich sie ihn glatt und hielt ihn in die Höhe.

»Der gehört dir, wenn du mir sagst, wann er gegangen ist.«

In die Augen des Jungen trat ein Glitzern. Chris hielt ein Ende des Scheins in den offenen Fensterspalt. Er griff danach, doch Chris ließ nicht los. Sehnsüchtig blickte er auf den Geldschein.

»Er ist um sechzehn Uhr sieben gegangen. Hatte einen Korb mit Spielzeug bei sich und eine Picknickdecke.« Seine Stimme hatte sich in der Tonlage geändert und klang nun wesentlich tiefer, fast wie bei einem Erwachsenen.

Kritisch musterte Chris sein Gesicht. »Wirklich?«, fragte sie skeptisch.

Sein Blick löste sich von dem Schein und entrüstet hob er die Finger der anderen Hand zum Schwur.

»Danke«, sagte Chris schmunzelnd und ließ den Schein los.

»Weißt du, wo er hingegangen sein könnte?«

Schweigend hielt er ihr die Handfläche entgegen.

Chris seufzte, griff in ihre Tasche und hielt ein Zwei-Euro-Stück in die Höhe.

»Ist wahrscheinlich in den Luisenpark«, erklärte er lässig und legte den Handteller gegen den Fensterspalt. »Da fährt er oft hin. Zum Teehaus.«

»Danke dir«, sagte Chris und warf das Zwei-Euro-Stück durch den offenen Spalt. Sie kehrte zu ihrem Vater zurück, der inzwischen mit einem Schraubenzieher versuchte, den Kronkorken von der Flasche zu stoßen.

»Nicht so schnell«, sagte Chris und griff nach der Flasche.

»Die gehört mir«, fauchte ihr Vater und zog sie zu sich her. Der zerbeulte Kronkorken ratschte über Chris' Handrücken. Sie sog die Luft zwischen den Zähnen ein.

»Fuck«, zischte sie und leckte sich das Blut von der Hand. Missmutig betrachtete sie ihren Vater, der einen zweiten Versuch unternahm, mit dem Schraubenzieher den Kronkorken zu öffnen.

»Was soll's«, murmelte Chris. »Früher hast du auch ohne Probleme zehn Flaschen am Tag getrunken. Warum sollte das heute anders sein.« Sie setzte sich hinter das Steuer, holte aus dem Handschuhfach den Flaschenöffner und hielt ihn ihrem Vater wortlos hin. Er griff danach und setzte ihn einige Male an, doch der Öffner glitt immer wieder am Flaschenhals ab.

»Ich mach sie dir auf.«

»Ich kann das selbst«, brauste der Alte auf und versuchte es ein weiteres Mal.

»Ich weiß«, erwiderte Chris und streckte ihm die Hand entgegen, die er finster musterte. Mit einem sehnsüchtigen Blick auf das Bier reichte er ihr schließlich die Flasche nach vorn.

***

»Werden ja hier immer mehr Mütter«, witzelte der Beamte. Um seinen Mund legte sich ein verächtlicher Zug, als sein Blick über die Gruppe von Frauen glitt. Regina lag eine scharfe Antwort auf der Zunge, doch Sabine drückte ihre Hand und trat vor.

»Wann schalten Sie endlich Ihre Kollegen ein?«, fragte sie die beiden Polizisten.

Bedächtig hob der Beamte mit dem prallen Bauch den Arm und warf einen Blick auf seine Armbanduhr. »Ihre Tochter ist erst seit drei Stunden weg, sie könnte noch jederzeit wieder auftauchen«, erklärte er.

»Wenn das hier vorbei ist, haben Sie ein Disziplinarverfahren am Hals«, zischte Regina wütend.

Ein lauernder Ausdruck vertrieb die überhebliche Arroganz auf dem Gesicht des Beamten.

»Was wollen Sie damit andeuten?«, fragte er gedehnt.

»Wir wollen nichts andeuten, wir sagen Ihnen direkt auf den Kopf zu, dass Sie das Leben unseres Kindes aufs Spiel setzen, nur weil es Ihnen nicht in den Kopf geht, dass lesbische Frauen auch Kinder haben!«, rief Regina wütend.

Ein breites Grinsen legte sich über das Gesicht des Beamten. »Lesbische Frauen«, wiederholte er und ließ sich die Worte genüsslich auf der Zunge zergehen. Erneut sah er sich um und musterte die Frauen von oben bis unten.

Bevor Regina etwas erwidern konnte, mischte sich der Kollege mit dem blutigen Kratzer ein. »Wir werden unsere Dienststelle informieren«, sagte er beschwichtigend und schob seine Mütze nach oben, sodass erstmals seine Augen zu sehen waren. Er legte seine Hand auf die Schulter des anderen, die dieser mit einer entrüsteten Bewegung abschüttelte. »Wenn unser Dienststellenleiter einverstanden ist, werden weitere Beamte und die Hundestaffel zur Suche abgestellt.«

Regina atmete erleichtert auf. »Wie lange wird das ungefähr dauern?«

Sabine musterte die beiden mit unverhohlener Abneigung.

»Weiß nicht«, erwiderte der Beamte mit dem Bierbauch. »Je nachdem, wie mein Chef das sieht. Wird schon etwas dauern.«

22

Chris kehrte zurück auf die Friedrichstraße und fuhr weiter zur B 36. Die Straßen zum Luisenpark waren leer. Sie beschleunigte und ignorierte alle Schilder mit Geschwindigkeitsbeschränkungen. Es wurde allmählich dunkel. Chris fragte sich, ob der Junge oft allein gelassen wurde und womöglich Prügel bezog. Sie warf einen Blick in den Rückspiegel. Ihr Vater hatte die zweite Flasche Bier fast geleert und dämmerte vor sich hin. Chris griff nach ihrem Handy und drückte den Wahlwiederholungsknopf.

»Hallo Chris. Es gibt noch nichts Neues«, meldete sich Regina, und Chris spürte ihre Verzweiflung. »Diese blöden Bullen wollen immer noch nichts unternehmen. Die machen sich über uns lustig und das war's.«

Chris presste die Lippen zusammen.

»Wir sind inzwischen fünfzehn Frauen. Wir haben die gesamte Schrebergartenanlage durchkämmt. Aber dort ist Maike nirgends zu finden. Fünf sind jetzt in Landau unterwegs und gehen von Haus zu Haus. Die anderen suchen drüben in dem kleinen Wäldchen und auf den Feldern.«

»Ich rufe Gärtner noch mal an«, stieß Chris hervor. »Ich kann mir nicht vorstellen, dass das rechtens ist.«

»Ich hab den beiden schon damit gedroht, dass ich ihnen die Vorgesetzten auf den Hals hetze.« Regina rieb sich müde die Stirn. »Doch das hat sie wenig beeindruckt. Aber wenigstens wollen sie jetzt Meldung machen und angeblich fangen sie bald mit der Suche an.«

»Ich versuch mein Glück bei Gärtner«, erklärte Chris. »Melde mich gleich noch mal.« Sie hatte inzwischen die Bahngleise hinter sich gelassen und bog auf die Möhlstraße. Mit einem Auge auf der Straße klickte sich Chris durch ihre Kontakte, bis sie die Nummer des Polizeipräsidiums fand. Das Freizeichen ertönte nur zweimal, dann meldete sich eine Frauenstimme.

Chris ließ sich zu Gärtner durchstellen und lauschte erneut dem Freizeichen. Links von ihr lag die Schwetzinger Vorstadt, rechts huschte die Leuchtwerbung einer überdimensionierten Autowaschanlage vorbei. Dann fraßen sich die Scheinwerfer ihres Opels durch das Halbdämmer der Seckenheimer Straße.

»Hier Christina Peters«, sagte sie rasch, als Gärtner seinen Namen nannte.

»Was ist?«, fragte er mürrisch. Seine Stimme klang müde.

»Meine Tochter ist noch immer verschwunden. Jetzt sind es drei Stunden, dass sie weg ist. Und Ihre Kollegen in Landau wollen immer noch nichts unternehmen!«

»Der Suchtrupp müsste doch schon längst draußen sein!« Seine Stimme erwachte zu neuem Leben.

»Ich dachte immer, bei verschwundenen Kindern wird sofort gesucht.« Chris schluckte und bemühte sich um eine feste Stimme, obwohl Tränen über ihre Wangen liefen. Rechts von ihr schimmerte die Kuppel des Planetariums in der Dämmerung.

»Ist auch so üblich«, erwiderte Gärtner grimmig.

»Erklären Sie das mal Ihren Kollegen. Die amüsieren sich darüber, dass meine Tochter lesbische Eltern hat, ansonsten sind sie nicht weiter an diesem Fall interessiert.«

»Ich kümmere mich darum«, antwortete Gärtner, und ein dumpfes Tuten verriet, dass er bereits aufgelegt hatte.

Mit der Rechten fuhr sich Chris übers Gesicht und wischte sich die Tränen von den Wangen. Erneut drückte sie die Wahlwiederholungstaste und hatte wenige Sekunden später Regina am Apparat. Sie berichtete von ihrem Telefonat mit Gärtner. Regina seufzte erleichtert. Dann machte sich zwischen ihnen eine Stille breit, die ihren Ängsten mehr Raum gab, als sie aushalten konnten. Wortkarg verabschiedeten sie sich. Chris umklammerte das Lenkrad und richtete sich auf. In ihrem Magen rührte sich eine Angst, die größer war als alles, was sie bisher empfunden hatte.

Das »Park Inn« rechts von ihr stach dunkel in den Nachthimmel, nur in wenigen Fenstern brannte Licht. Sie erreichte die

Theodor-Heuss-Anlage und lenkte den Wagen auf den verlassen daliegenden Parkplatz am Friedensplatz. Die Scheinwerfer schälten die Fassaden mehrerer Bürogebäuden aus dem Halbdunkel und entließen sie wieder in die Dämmerung. Chris steuerte den Wagen in die erste Parkbucht, drehte den Zündschlüssel und löschte das Licht. Ihr Vater schreckte hoch. Chris öffnete die Fahrertür und das Innenlicht ging an.

»Was?«, rief er.

»Schschschsch«, machte Chris leise. »Schschsch. Alles gut. Schlaf weiter.«

Ihr Vater sah sich um. Hinter den Scheiben des Wagens lauerte die Dunkelheit, nur ein ernster alter Mann blickte ihn an. »Wer ist das?«, fragte er erbost und wies auf die Scheibe. Überrascht wandte sich Chris um. Bedächtig zog sie die Tür wieder zu und die Innenbeleuchtung erlosch. Beruhigt musterte ihr Vater die verschmierte Glasfläche vor sich. Sein Spiegelbild war verschwunden.

»Schlaf weiter«, wiederholte Chris.

Er tastete mit der Linken nach dem Korb, Bierflaschen klirrten.

»Ich denke, du hast genug«, erklärte Chris.

»Das entscheide immer noch ich, wann ich genug habe«, murrte der alte Mann.

Chris seufzte. Sie griff nach einer der Flaschen, öffnete sie und drückte sie ihrem Vater in die Hand. Zufrieden sank er nach hinten und setzte das Bier an.

Behutsam stieg sie aus, verfrachtete den Korb mitsamt Flaschen in den Kofferraum und legte eine Decke darüber. Leise drückte sie den Kofferraumdeckel zu und schob den Schlüssel ins Schloss. Mit einem leisen Surren verschlossen sich alle Türen. Ihr Vater schien es nicht zu bemerken. Er drückte die volle Flasche an seine Brust und machte es sich bequem. Seine Augenlider senkten sich allmählich.

Nach links und rechts blickend, überquerte Chris die Theodor-Heuss-Anlage und steuerte auf den Haupteingang des Luisenparks zu. Sie tastete nach der Taschenlampe in ihrer Jacke und lauschte angestrengt in die Nacht. Schwarz erhoben sich vor ihr die jahrhundertealten Eichen der größten Parkanlage Mannheims. Hinter ihr fuhr rasselnd ein altes Moped vorbei und die Lichter nachfolgender Wagen streiften sie. Es roch nach feuchter Erde.

Chris trat näher und starrte angestrengt durch den engmaschigen Metallzaun, der den Luisenpark umgab. Nichts. Sie konnte keinen Menschen sehen. Enttäuscht wandte sie sich ab und musterte die Fensterfront des Verwaltungsgebäudes. Auch hier war kein Lichtschimmer zu erkennen. Sie überquerte die Straße und kehrte zu ihrem Wagen zurück.

Inzwischen war ihr Vater eingeschlafen, sein rasselnder Atem drang bis zu ihr nach draußen. Skeptisch warf sie einen Blick auf sein friedlich wirkendes Gesicht, dann stieg sie ein und startete den Motor. Sie steuerte den Wagen zurück auf die Theodor-Heuss-Anlage und nutzte die nächste Gelegenheit, zu wenden und in die Gegenrichtung zu fahren. Sie bog in die Oststadt und erreichte die Ludwig-Ratzel-Straße. Am Ende der Allee bog sie nach rechts in das Hans-Reschke-Ufer ab. Neben ihr erhob sich der schwach beleuchtete Fuß des Mannheimer Fernsehturms. Das Restaurant »Bootshaus« daneben lag im Dunkeln.

Die kleine Straße mündete in einen Parkplatz, der wenige Meter später vor einer rot-weißen Pfostenreihe endete. Für einen Moment überlegte Chris, ob sie den Corsa nach links in die Wiese steuern sollte. Dann könnte sie an den Pfosten vorbei und der dahinterliegende Fahrradweg war breit genug für ein Auto. Doch das würde nicht unbemerkt bleiben. Sie beschloss, den Corsa lieber an das Ende des Parkplatzes zu stellen.

Sie war jetzt etwa dreihundert Meter von der Stelle entfernt, an der das Teehaus an den Außenzaun des Luisenparks grenzte. Flüchtig warf sie einen Blick nach hinten, doch die Geräusche verrieten ihr bereits, dass ihr Vater noch immer fest schlief. Rasch stieg sie aus, drückte die Tür lautlos hinter sich zu und verschloss den Wagen.

Ihr gegenüber stand ein schwarzer Mercedeskombi dicht an den Rand geparkt. Als Chris ihn erreichte, blieb sie stehen. Auf dem Heckfenster prangte ein Schriftzug. Mit der Taschenlampe in der Hand trat sie näher. Nur eine Internetadresse stand dort: *www. architekt-schürer.de.* Sie leuchtete in das Innere des Wagens. Auf der Rückbank lag eine zerknautschte Decke, sonst war alles leer. Ihr Atem beschleunigte sich. Sie folgte eilig dem schmalen Weg am Ende des Parkplatzes. Links glänzten Straßenbahnschienen. Rechts erklangen laute Stimmen, im grellen Lichtkegel einer Flutlichtanlage spielten Jugendliche Feldhockey. Chris ließ die lauten Rufe hinter sich.

Rechts von ihr begann das Gelände des Luisenparks. Dunkle Baumstämme säumten den Pfad. Der Metallzaun des Parks schob sich immer näher an den Weg heran und aus der Schwärze des Frühlingsabends tauchte eine weiß leuchtende Mauer auf. Das musste die Rückwand des überdachten Gangs hinter dem exotisch wirkenden Gebäude sein, das größte chinesische Teehaus Europas. Dahinter waren gegen den dunklen Nachthimmel mehrere geschwungene Dächer zu erkennen.

Chris warf einen letzten Blick in die Runde. In ihrer Nähe rührte sich nichts. Sie verließ den asphaltierten Weg und huschte in einen schmalen Seitengang. Der führte sie vor eine Gittertür, vom übrigen Zaun kaum zu unterscheiden und mit Strohmatten blickdicht verkleidet. Unmittelbar dahinter lag der chinesische Garten. Chris trat vor die Tür, blieb stehen und lauschte in die Nacht. Kaum etwas drang an ihr Ohr, nur das Rascheln von Bambusstengeln und das Zwitschern eines verspäteten Vogels. Chris bemerkte, dass sie den Wagenschlüssel noch immer in der Rechten hielt. Sie steckte ihn ein, schloss ihre Jacke und fasste die Taschenlampe fester.

Vorsichtig trat sie näher und musterte kritisch die zwei Meter hohe Tür mit Metallspitzen. Ein letztes Mal sah sie sich um. Dann setzte sie ihren Fuß auf die Türklinke und zog sich hoch. Der Pfosten war stabil und bot Halt. Chris ließ sich auf der anderen

Seite fallen und verharrte einen Moment in der Hocke, um zu lauschen. Alles blieb ruhig.

Sie war auf einem schmalen Gartenpfad aus bunten Kieseln gelandet. Rechts und links lagen überdachte Übergänge. Sie wandte sich nach rechts und ging ein paar Schritte in den hölzernen Durchgang. Vor ihr zeichneten sich die Umrisse das Teehauses gegen den dunklen Nachthimmel ab. Kritisch warf sie einen Blick nach oben. Vom Mond keine Spur. Immer wenn man ihn brauchte. Behutsam setzte sie ihre Füße voreinander, um kein Geräusch zu verursachen und nicht ins Straucheln zu geraten. Die Taschenlampe ließ sie vorsichtshalber aus. Ihre Augen gewöhnten sich allmählich an das Dunkel. Die Fassade des Teehauses zeichnete sich gegen den Nachthimmel ab, geschwungene Dächer, Tische und Stühle auf der Sonnenterrasse. Die mit Holzgittern versehenen Fensterhöhlen schimmerten schwarz in der Dunkelheit. Chris trat näher und spähte an mehreren Stellen ins Innere. Nichts.

Zögernd drehte sie sich um und ließ ihren Blick über das Gelände streifen. Nichts. Grübelnd kehrte sie zurück auf den kleinen Pfad durch den chinesischen Garten. Er führte sie bis zu einer haushohen Steinformation, aus der unaufhörlich Wasser in den künstlich angelegten See plätscherte. Chris spähte in den nachtschwarzen Gang, der durch die Steinformation in die andere Gartenhälfte führte. Sie suchte mit der Fußspitze in der Dunkelheit nach festem Boden und spürte vereinzelte Platten, die im flachen Wasser lagen. Schritt für Schritt tastete sie sich vor, hielt sich mit beiden Händen an den Steinen links und rechts fest, bis sie mit dem Fuß den nächsten Trittstein ertastete. Aufatmend erreichte sie die andere Seite der Steinformation.

Wieder blickte sie sich um. Dann betrat sie die Holzbrücke, die vor dem Teehaus bis zur Eingangstür führte. Hier blieb sie stehen und sah sich erneut um. Nichts. Sie umrundete das Teehaus, bis sie auf der anderen Seite wieder vor dem Zaun stand.

Enttäuscht sah sie sich ein letztes Mal um. Da streifte etwas Feuchtes ihr Gesicht. Verblüfft wandte sie den Kopf. Schillernde

Seifenblasen erhoben sich im diffusen Licht des nächtlichen Luisenparks über das geschwungene Dach des hinteren Durchgangs und drifteten Richtung Zaun. Einige streiften auf dem Weg in den Nachthimmel die Dachkante und zerplatzten in einem feinen Nebel glitzernder Tropfen.

23

Zwei Mannschaftswagen der Polizei fuhren auf den Parkplatz der Schrebergartenanlage. Regina traten Tränen der Erleichterung in die Augen. Endlich.

Eine Frau in Polizeiuniform steuerte das Heck eines VW-Busses an, öffnete die Klappe und holte einen Schäferhund aus dem Wagen. Mehrere Beamte kamen über den holprigen Weg des Schrebergartens zu ihrer Hütte. Ein Polizist mit kunstvoll gezwirbeltem Schnurrbart steuerte auf Regina zu.

»Hauptkommissar Friedrich«, stellte er sich knapp vor. »Ich leite die Suchaktion. Wo haben Sie Ihr Kind das letzte Mal gesehen?«

Rasch schilderte Regina die letzten Minuten vor Maikes Verschwinden.

»Haben Sie ein Kleidungsstück von ihr? Geeignet wäre zum Beispiel ein Schlafanzug, den sie schon einige Tage getragen hat.«

Regina hastete in das Gartenhaus und zerrte aus Maikes Bett ihren Lieblingsschlafanzug. Die Brust zierte ein Porsche und bunte VW Käfer kreuzten Arme und Beine. An mehreren Stellen war der Stoff schon zerschlissen und eigentlich passte er Maike nicht mehr richtig, doch sie mochte sich nicht von ihm trennen.

Friedrich nahm das Stoffknäuel kommentarlos entgegen und trug es zur Hundeführerin. Die beiden wechselten leise ein paar Worte, dann kehrte er zu Regina zurück.

»Polizeiobermeisterin Hildebrandt muss mit ihrem Hund hier auf die Veranda, damit er die Spur aufnehmen kann. Wir werden ihm erst folgen, wenn er eine Spur hat.« Suchend blickte er sich um. »Wo haben Sie bereits gesucht?«

Regina erzählte, wo sie schon gewesen waren.

Friedrichs Gesicht verfinsterte sich. »Womöglich haben Sie wertvolle Spuren zerstört«, sagte er grimmig.

»Die Tochter meiner Freundin ist vor vier Stunden verschwunden!«, rief Sabine, die inzwischen herangekommen war.»Ihre Kollegen waren ja überzeugt davon, dass sie nicht entführt wurde.«

»Bitte sehen Sie es Kriminalhauptkommissar Friedrich nach«, ertönte eine feste Stimme aus dem Hintergrund.»Er sieht das Ganze natürlich rein aus Sicht des Ermittlers. Aber Sie haben vollkommen recht, dass Sie nicht einfach mehrere Stunden untätig warten konnten.«

Eine grauhaarige Frau in Jeans und modischen Ballerinas trat auf die hölzerne Veranda und zückte eine Visitenkarte.

»Henrike Metzler«, stellte sie sich vor.»Polizeipsychologin.« Sie nickte Friedrich zu, der sich mit einer gemurmelten Entschuldigung zurückzog.

»Ich bin für die Betreuung der Angehörigen zuständig«, erklärte Metzler.»Es tut mir leid, dass es diese Verzögerung gegeben hat. Die Kollegen werden dafür zur Rechenschaft gezogen, da können Sie sicher sein.« Sie nickte in Richtung der beiden uniformierten Beamten, die missmutig auf dem Parkplatz zwischen den Mannschaftswagen standen und ihre Kollegen beobachteten, die sich für die Suche zurechtmachten und allmählich ins Gelände ausrückten.

***

Vorsichtig setzte Chris einen Fuß vor den anderen, um kein Geräusch zu verursachen. Ein zarter Nachtwind wehte die Seifenblasen von der Terrasse des Teehauses bis zum überdachten Gang am Ende des Gartens. Einen weiteren Schwall Seifenblasen trieb der Wind im diffusen Licht der mondlosen Nacht durch den chinesischen Garten. Chris verharrte und versuchte herauszufinden, woher die Seifenblasen kamen. Sie spürte ihren Herzschlag bis unter die Schädeldecke.

Eine Gruppe Jugendlicher kam lärmend am Zaun vorbei. Chris ging zwei Schritte zur Seite und verschmolz mit dem Schatten des Nebengebäudes. Eine dunkle Gestalt löste sich aus der Gruppe und näherte sich dem Zaun. Er summte »Easy« von Cro und trat breitbeinig an den Zaun heran. Chris hörte eine Gürtelschnalle klirren, dann leises Plätschern.

»Hey, was ist das denn Abgefahrenes?« Seine Stimme klang amüsiert. Das Plätschern endete und wieder erklang das Klirren eines Gürtels. »Hey Jungs, habt ihr so was schon mal gesehen?«, rief er lachend und stolperte zurück zur Gruppe.

Chris wagte es nicht, sich zu rühren. Sie hörte die angetrunkene Stimme des Jungen, anschließend Gelächter und das Scheppern von Bierflaschen, dann zog die Gruppe weiter. Der Luisenpark versank wieder in der Stille. Mehrere Minuten lang lauschte Chris in die Nacht und betrachtete angestrengt den Schattenriss des Teehauses gegen den Nachthimmel. Da stieg unvermittelt ein weiterer Schwall Seifenblasen über die Dachkante und wurde von einem Luftzug weit nach oben getragen. Vereinzelt sanken die glitzernden Bälle wieder nach unten, und als sie die Dachziegel berührten, stieben sie in einem glänzenden Tropfenschauer auseinander.

***

Henrike Metzler bewegte sich im Gartenhaus, als sei sie hier zu Hause. Sie räumte auf, kochte Tee und setzte sich zusammen mit Regina und Sabine in die schmale Sitzecke.

»Zucker beruhigt«, erklärte sie und schaufelte zwei Löffel in Reginas Tasse. »Die Beamten haben erzählt, Ihre Partnerin ist in Mannheim unterwegs«, sagte sie in freundlichem Plauderton und sah zu Regina hinüber.

»Expartnerin«, murmelte Regina. Sie griff nach der Tasse mit dem heißen Tee. Eigentlich mochte sie keinen Zucker. Doch die gesüßte heiße Flüssigkeit rann ihre Kehle hinunter wie Balsam. Regina atmete tief durch.

Metzler nickte ihr freundlich zu.

»Wir sind seit etwa einem Jahr getrennt«, erzählte Regina. »Aber wir sind nach wie vor verpartnert. Wer weiß, vielleicht wagen wir noch mal einen Versuch.« Sie versuchte ein Lächeln.

»Wir sind ja nicht die Steuerbehörde«, erklärte Metzler augenzwinkernd. »Und was macht Ihre Expartnerin in Mannheim? Sollte sie nicht hier bei Ihnen sein? Wie ist denn ihr Verhältnis?« Ihr Blick glitt hinüber zu Sabine, die ebenfalls nach einer Tasse gegriffen hatte und nun schweigend kleine Schlucke gesüßten Tee zu sich nahm.

»Wir verstehen uns gut«, sagte Regina leise und hob ihren Blick nicht aus der Tasse. »Ich hatte sie gebeten, in Mannheim nach Maike zu suchen. Wir sind ja hier schon so viele.«

Am liebsten hätte sie ihr alles erzählt. Von dem Auftrag, den Chris von ihrem Chef bekommen hatte, den SMS, dem Mann auf dem Spielplatz. Doch sie fühlte sich auf einmal unendlich müde.

»Erzählst du?«, fragte sie Sabine und kämpfte gegen die Tränen.

Sabine nickte und machte nicht viele Worte.

Die Polizeipsychologin trank ihren Tee in kleinen Schlucken und hörte aufmerksam zu. »Ihre Partnerin hat sich also entschieden, allein nach dem Entführer zu suchen«, erklärte sie und fixierte Regina streng.

Diese wich ihrem Blick aus. »Nicht freiwillig«, nahm sie Chris in Schutz. »Die beiden Beamten haben bisher behauptet, da könnten sie nichts machen. Sie haben sich wenig für das interessiert, was Chris herausgefunden hat. Sie sehen ja selbst, Maike ist jetzt seit mehr als vier Stunden vermisst.« Tränen stiegen in ihre Augen. So lange schon. Sie schluckte und sprach rasch weiter. »Aber die Suchmannschaft hat gerade erst angefangen, nach ihr zu suchen. Bis vor Kurzem haben nur ich und meine Freundinnen gesucht.«

Metzler nickte. Ein Ausdruck war in ihr Gesicht getreten, den Regina nicht deuten konnte.

»Wo ist sie jetzt?«, fragte sie, und ihre Stimme hatte zum ersten Mal einen besorgten Klang.

»Ich weiß es nicht«, erwiderte Regina ehrlich. »Natürlich wollte sie hier bei mir sein, aber ich hatte sie gebeten, nicht aufzugeben.

Ich wollte, dass wir nichts unversucht lassen, um unsere Maike wiederzubekommen.« Sie konnte die Tränen nicht mehr zurückhalten. Sabine rutschte näher und nahm sie in den Arm.

»Es tut mir leid«, erklärte Metzler energisch. »Aber Sie sollten ihre Partnerin unbedingt anrufen. Sie soll sich hier bei den Kollegen melden und sofort ihre eigene Suche nach dem Entführer einstellen. Damit gefährdet sie nicht nur ihr eigenes Leben, sondern auch das ihres Kindes.«

Erschreckt hob Regina den Kopf. Die Tränen hinterließen ein kühles Gefühl auf ihrem Gesicht.

»Bitte rufen Sie sie an. Und geben Sie das Gespräch an mich weiter«, erklärte Metzler entschieden. »Ich verstehe schon, dass Sie bisher das Gefühl hatten, dass es das Einzige ist, das Sie für Ihre Tochter tun können. Doch nun sind die Kollegen dran, sehr erfahrene Leute. Ihre Partnerin sollte hierherkommen. Ihr Platz ist jetzt an Ihrer Seite.«

Regina machte sich nicht die Mühe, erneut darauf hinzuweisen, dass Chris nicht mehr ihre Partnerin war. Hektisch suchte sie nach ihrem Handy und drückte die Wahlwiederholungstaste. Stumm lauschten sie zu dritt den regelmäßigen Signaltönen, die von keinem anderen Geräusch unterbrochen wurden.

***

Das Handy vibrierte und erzeugte einen gleichmäßigen Klangteppich. Der alte Mann ließ die Bierflasche sinken und hob neugierig den Kopf. Die Quelle der Geräusche konnte er nicht ausmachen, sie schienen von vorn zu kommen. Er reckte den Hals und ließ die Bierflasche los, die zur Seite kippte und ihren Inhalt lautlos in den Rücksitz ergoss. Der alte Mann zwängte sich zwischen den Sitzen nach vorn und rutschte auf den Fahrersitz. Seine Hände legten sich um das Steuer. Erinnerungen wurden wach und legten ein gefälliges Grinsen zwischen seine Bartstoppeln.

Noch immer vibrierte es. Aufmerksam wanderte sein Blick über die Armatur. Direkt vor dem Sitz neben ihm schien eine Klappe zu sein. Er tastete mit der Rechten zur Seite. Auch diese Bewegung fühlte sich vertraut an. Sein Finger glitt über die Unebenheiten. Er drückte und zog erschreckt die Hand zurück, als eine schwarze Klappe nach unten fiel. Einige Gegenstände rutschten aus dem offenen Fach in den Fußraum. In dem Moment erstarb das Geräusch. Sein Blick ruhte interessiert auf dem Durcheinander neben ihm auf dem Boden. Ein Glitzern weckte seine Aufmerksamkeit. Er griff nach einem der Gegenstände und fuhr prüfend über den gezackten Metallstift und den schwarzen Griff.

Neugierig betrachtete er ihn von allen Seiten und überließ sich den bruchstückhaften Erinnerungen, die aus der Tiefe seines Gedächtnisses auftauchten und wieder in der Dunkelheit versanken. Er stocherte mit dem Ding im Loch neben dem Lenkrad und drehte es herum. Das satte Brummen direkt vor seiner Nase fühlte sich vertraut an und hinterließ ein merkwürdig freies Gefühl, das er schon lange nicht mehr erlebt hatte. Die Zuversicht, dass er selbst alles in die Hand nehmen konnte.

Seine Finger legten sich fester um das Steuerrad. Im Fußraum tastete er nach den Pedalen. Eines ließ sich durchtreten, doch nichts passierte. Sein Fuß glitt weiter nach rechts. Als er nun das Knie durchdrückte, wurde er mit einem satten Geräusch aus dem Motorraum belohnt. Ein triumphierendes Grinsen glitt über sein Gesicht.

24

Chris schlich sich bis dicht an die Hausecke heran. Hinter einer dunklen Wolke tasteten sich die ersten Mondstrahlen hervor. Sie griff nach dem Pfefferspray, das sie immer in der Jackentasche bei sich trug. Wie blöde, dass sie ihr Handy nicht dabei hatte. Das hier wäre eigentlich ein Fall für die Polizei. Die sich allerdings im Moment nicht für ihre entführte Tochter interessierte.

Im silbernen Mondlicht spiegelte sich der Umriss des Teehauses auf der Wasseroberfläche des kleinen Sees. Chris atmete tief durch und schob den Kopf um die Hausecke. Vor ihr lag die Terrasse des Teehauses. Gegen den Nachthimmel konnte sie am Rande auf einem der Tische eine menschliche Gestalt erkennen. Sie hantierte mit mehreren Gegenständen und legte den Kopf in den Nacken. Bunt schillernde Blasen drifteten lautlos in den Nachthimmel. Aus der Ferne hörte sie das gequälte Röhren eines Motors.

»Was tun Sie hier?«, erklang in diesem Moment ein dunkler Bass.

Chris erkannte die Stimme sofort. Wolfgang Schürer. »Das könnte ich *Sie* fragen«, erwiderte sie ruhig und beobachtete ihn von Weitem.

»Warum stehen Sie dahinten?«

»Weiß ich, was Sie vorhaben?«

Ächzend rutschte Schürer vom Tisch. »Ich habe nur dieses Ding mit«, erwiderte er und hob beide Hände, bis das Mondlicht darauf lag. »Sonst nichts.«

Chris glaubte, eine Seifenblasenflasche zu erkennen. Schürer rutschte wieder auf den Tisch, steckte das Plastikgitter in das Röhrchen, um erneut schillernde Blasen in den Nachthimmel zu schicken.

Das Pfefferspray fester in die Hand nehmend, trat Chris zögernd in das Mondlicht. Ein Wolkenfetzen schob sich über die Himmelsscheibe und legte einen Schatten über Schürers Gesicht.

Vorsichtig machte sie ein paar Schritte in seine Richtung und blieb in sicherer Entfernung stehen. »Warum sind Sie hier?«, fragte sie.

Er hob den Kopf wie ein witterndes Tier. »Warum wollen Sie das wissen?«, fragte er zurück.

»Meine Tochter Maike ist vor fünf Stunden entführt worden. Ich versuche herauszufinden, wo sie ist.«

»Und was machen Sie dann hier?« Die Überraschung klang echt.

»Vielleicht haben Sie ja etwas damit zu tun«, erwiderte Chris. Statt eine Antwort zu geben, rutschte er vom Tisch herunter und kam einige Schritte näher. Sein Gesicht wirkte offen und seine linke Hand mit dem Pustefix hing reglos nach unten.

»Hanna, meine Tochter, hat diesen Ort geliebt. Wir waren oft hier. Und die Seifenblasen mussten natürlich immer dabei sein.« Er hob die Hand mit dem Plastikröhrchen. »Es war wie ein Ritual. In den letzten Wochen vor ihrem Tod waren wir fast täglich hier.« Seine Hand fiel kraftlos nach unten. »Heute ist ihr Todestag. Zwei Jahre ist es her.« Seine Stimme klang belegt. »Es kommt mir vor, als wäre sie heute Morgen aus dem Haus gegangen und hätte vergessen zu sagen, wann sie wiederkommt.«

»Haben Sie mir in den vergangenen Tagen SMS geschrieben?«, fragte Chris.

»Warum sollte ich«, fragte er spöttisch.

Schweigend musterte Chris ihn. Der dunkle Schatten schob sich zur Seite und nun war sein Gesicht im Mondlicht gut zu erkennen. Sie seufzte. »Tut mir leid«, sagte sie. »Ich hatte gehofft ...«

»Wie kommen Sie auf mich?«

Müde rieb sie sich das Gesicht. »Eine SMS habe ich bekommen, unmittelbar nachdem ich bei Ihnen war. Niemand sonst konnte wissen, dass ich mit Ihnen gesprochen habe.«

»Mein Kompagnon kam, als Sie gingen«, sagte Schürer. »Meine Sekretärin war Milch holen gegangen und meine Freundin hat uns freundlicherweise für ein paar Minuten allein gelassen und war in der Küche spülen.«

»Wie heißt ihr Kompagnon?«, fragte sie.

»Stefan Behler.«

»Ihre Sekretärin?«

»Kerstin Hammbrück.«

»Ihre Freundin?«, fuhr Chris zweifelnd fort.

»Hedwig Vollmer.«

Überrascht hob sie den Kopf. »Die Exfreundin von Thomas Wagner?«, fragte sie.

Schürer hob die Schultern und ließ sie wieder fallen. »Sie war mit ihm zusammen«, erwiderte er harsch. »Und?«

Grübelnd betrachtete Chris sein Gesicht. »Sie hat meine Handynummer nicht«, murmelte sie.

Schürer tränkte das Plastiksieb mit Seifenwasser, sandte ein paar weitere Luftblasen in die feuchte Nachtluft und beobachtete, wie die schillernden Blasen zitternd über den Beeten schwebten.

»Woher kennen Sie Frau Vollmer?«, fragte Chris misstrauisch.

»Ich hab sie bei einem öffentlichen Training der Adler kennengelernt.«

»Was haben Sie dort gemacht?«

Schürer ließ das Pustefix sinken. »Ich wollte den Bruder meiner verstorbenen Tochter sehen.«

»Der die Nierenspende abgelehnt hat«, erwiderte Chris gedehnt. »Ich dachte, Sie wussten nicht, wer ihr Halbbruder war?«

Er hob beide Hände mit den Handflächen nach oben und ließ sie wieder sinken.

»Wussten Sie von den Plänen Ihrer Frau?«

Misstrauisch legte er den Kopf zur Seite. »Und wenn?«, erklärte er herausfordernd.

»Beihilfe zum Mord«, erklärte Chris. »Mindestens.«

»Ich wusste von nichts«, sagte er leichthin.

Chris wandte sich ab. »Ich muss los«, erklärte sie. »Meine Freundin wartet auf mich.« Sie ging ein paar Schritte, da erklang hinter ihrem Rücken erneut seine Stimme.

»Ich hab sie ihr gegeben«, sagte Schürer, und ein merkwürdiger Unterton hatte sich in seine Stimme geschlichen.

Chris hielt inne. »Wem haben Sie was gegeben?«, fragte sie verdutzt.

»Hedwig. Ich hab ihr Ihre Handynummer gegeben.«

»Warum?«

Schürer kratzte sich die Stirn und fuhr sich über den Kopf. »Sie hat mich danach gefragt«, erwiderte er ratlos.

»Wann?«, fragte Chris verblüfft.

»Nach Ihrem ersten Anruf bei mir.«

Stirnrunzelnd starrte Chris ihn an. Dann wandte sie sich ab und begann zu rennen.

***

Sie hörte Stimmen von draußen, dann Schritte auf der hölzernen Veranda. Es klopfte. Mit weit aufgerissenen Augen starrte Regina zur Tür.

»Ich seh mal nach«, erklärte Metzler und schwang sich aus der Sitzgruppe. Sie öffnete die Tür und trat hinaus auf die Veranda.

Regina warf einen Blick zu Sabine. Ihr Atem ging schneller. Urplötzlich hatte sie Filmszenen im Kopf. Der Moment, in dem die Eltern erfahren, dass eine Leiche gefunden wurde. Sie hatte es immer für unwahrscheinlich gehalten, dass die Eltern mit einer Schockstarre reagierten. Nichts sagten, nichts taten. Und nun spürte sie, wie sie am liebsten den Kopf nach unten gedrückt hätte, Kissen drauf. Nichts sehen, nichts hören. Alles war besser, als eine Nachricht zu erhalten, die vielleicht endgültig war.

Die Tür öffnete sich und Metzler kehrte zurück. Der betont zuversichtliche Gesichtsausdruck hatte einer ernsten Miene Platz gemacht. Sie schloss die Tür hinter sich und blieb mit dem Rücken davor stehen.

»Es gibt noch keine Ergebnisse«, sagte sie fest. »Wir wissen nichts. Gar nichts.«

Regina starrte sie an und wartete.

»Der Hund hat etwas gefunden«, fuhr Metzler fort.

Sabine schoss nach oben. Regina rang nach Luft.

»Ein Kleidungsstück«, sagte Metzler.

Erst jetzt bemerkte Regina, dass sie etwas in der Hand hielt. Metzler streckte ihre Rechte nach vorn, drehte die geschlossene Faust nach oben und öffnete sie. Auf ihrem Handteller lag eine Kindersocke, von der eine bunte Figur leuchtete. Der Clownfisch Nemo, seit Monaten Maikes Lieblingsgeschichte.

Regina hatte sie auf Anhieb erkannt. Maikes Socke. Sie schloss die Augen und wünschte sich, weit weg zu sein. Auf dem Mond vielleicht. Dort war es kalt genug, dass sie nichts mehr spüren würde. Nicht mehr diese wahnsinnige Angst. Nichts mehr.

25

Als sie von der Spitze des Zauns nach unten sprang, hörte Chris das Ratschen eines Stoffes. Fluchend kam sie aus der Hocke wieder hoch und fuhr sich reflexartig über Rücken und Beine. Sie registrierte, dass kein Loch zu spüren war. Sie setzte sich in Bewegung und kehrte auf den Radweg zurück. Vor ihr leuchtete der doppelte Kranz roter Lichter am Fernsehturm. Vom Parkplatz wehten die Geräusche eines Motors herüber. Die Schienen neben ihr begannen zu summen. Runde Kegel frästen einen Lichttunnel in die Nacht. Eine Straßenbahn huschte vorbei, dann versank das Neckarufer wieder in der Dunkelheit. Die Motorgeräusche auf dem Parkplatz wurden lauter. Chris beschleunigte ihren Schritt.

Auf dem Parkplatz bestätigte sich, was sie schon auf den letzten Metern geahnt hatte. Ihr Wagen torkelte auf dem schmalen Viereck des Parkplatzes von einer Ecke zur anderen, wie ein Billardball mit Eigenantrieb. Kein Licht brannte an ihrem Corsa, doch der Motor heulte immer wieder von Neuem auf.

Entsetzt starrte Chris auf die weit aufgerissenen Augen ihres Vaters, der sich an das Steuer klammerte. Der Corsa steuerte auf sie zu und Chris winkte hektisch, doch ihr Vater ignorierte sie. Mit einem raschen Sprung zur Seite rettete sie sich vor dem Zusammenstoß. Entsetzt beobachtete sie, wie der Corsa drehte, um wieder auf die gegenüberliegende Seite zuzusteuern.

Keuchend kauerte Chris am Rand des Parkplatzes und ließ ihren Wagen nicht aus den Augen. Mehrere Runden beobachtete sie, wie er einige Male gefährlich ins Trudeln geriet. Schließlich ahnte sie, wohin ihr Vater den Corsa steuern würde. Rasch trat sie in die Schneise, die vermutlich sein nächstes Ziel sein würde.

Er wendete bereits und lenkte den Wagen in ihre Richtung. Chris stopfte beide Fäuste in die Taschen ihrer Lederjacke und zog den Kopf ein. Der Corsa hatte genug Tempo drauf, um sie ernsthaft zu verletzen. Über dem Steuer sah sie das blasse Gesicht ihres Vaters mit dem dunklen Bartschatten. Als der Wagen sich in rasanter Fahrt näherte, wurden seine Augen immer größer, bis sie das Weiße darin erkennen konnte. Der Motor jaulte auf.

***

Wolfgang Schürer starrte der Security-Frau verblüfft nach. Gedankenverloren hob er das Pustefix und blies weitere Seifenblasen in die dunkle Nachtluft. Weit entfernt hörte er, wie der Motor eines Wagens aufheulte.

Hedwig hatte mit Sicherheit nichts mit dieser Kindesentführung zu tun. Konnte er sich nicht vorstellen. Seine Augen folgten den schillernden Blasen, die sich im Mondlicht über das Dach des Teehauses erhoben. Bilder von ihrer ersten Begegnung tauchten aus seiner Erinnerung auf. Damals musste er einfach zu diesem Training gehen, um Thomas Wagner wenigstens einmal zu sehen. Seine Frau hatte ihm den Namen des Mannes verraten, der eine Nierenspende abgelehnt hatte. War sein gutes Recht, fand er, niemand musste spenden. Doch dass der Mann sich nicht einmal die Mühe gemacht hatte, seine Schwester kennenzulernen und zu erfahren, was mit ihr war, das nahm er ihm wirklich übel.

Schürer tauchte das Pustefix in die Seifenbrühe und blies neue Blasen in die Nachtluft. Hanna hatte das so oft getan. Besonders in den letzten Wochen vor ihren Tod. Da wollte sie eigentlich nur noch im Luisenpark sein.

Als er damals in die Nebenhalle der Arena gekommen war, hatte Wagner gerade einen Spurt hingelegt. Eine Runde nach der anderen hatte der Stammspieler der Adler auf der Eisfläche gedreht. Gut sah er aus in den klobigen Eishockeyklamotten und dem Helm mit durchsichtigem Visier. Gesund. Schürer wusste, dass er dem Sportler keinen Vorwurf machen konnte. Und doch schmerzte es ihn, dass Hanna tot war und Wagner an seiner Karriere basteln konnte und sich keine Gedanken über seine Zukunft machen musste. Er hatte nicht einmal nach ihrem Namen gefragt.

Schürer blies eine weitere Wolke schillernder Blasen in die Luft. Entfernte Schreie durchbrachen die Stille und das Quietschen von Bremsen. Ein Motor erstarb.

Hedwig war er begegnet, als er die Trainingshalle verlassen wollte. Sie hatte am Rande der Eisfläche gestanden und Wagner beobachtet, der sie keines Blickes würdigte. Sie waren miteinander ins Gespräch gekommen und irgendwann hatte sie ihm erzählt, dass sie mal mit Wagner zusammengewesen war. Aber das hatte nicht lange gewährt, der Altersunterschied war einfach zu groß gewesen.

Wieso nur glaubte die Security-Frau, Hedwig könnte etwas mit der Entführung ihres Kindes zu tun haben? Schürers Blick blieb an einer Seifenblase hängen, die sich zum Boden senkte und für den Bruchteil einer Sekunde zitternd auf der Spitze eines Tuffsteins stehen blieb. Eine Seite dellte sich ein, dann zerstob die Kugel in tausend glitzernde Funken.

Ihm fiel ein, wie Hedwig mit Anita gesprochen hatte. Irgendwie hatte er damals den Eindruck gehabt, Hedwig würde seine Exfrau darin bestärken, sich an dem Adler-Spieler zu rächen. Schürer tastete nach seinem Handy. Vielleicht sollte er sie mal fragen.

Während er auf das lang gezogene Freizeichen lauschte, hörte er, wie ein Wagen gestartet wurde und mit heulenden Reifen anfuhr.

***

Wütend warf Chris einen Blick in den Rückspiegel. Mit finsterem Gesicht saß ihr Vater auf der Rückbank. Sie konnte es nicht fassen, dass er sie beinahe überfahren hätte. Erst unmittelbar vor ihren Knien war die Stoßstange zum Halten gekommen.

Sie raste über das Hans-Reschke-Ufer, erreichte das Collini-Center und schließlich den Friedrichsring. Der Corsa bog auf die Kurpfalzbrücke, querte den Neckar und umrundete den alten Messplatz, wo unter Platanen Jugendliche auf den wie eine

Wasserfläche glänzenden Granitplatten Skateboard fuhren. Am Neckarufer rangierte ein Lkw, der rückwärts auf einen der Parkplätze wollte.

»Mach schon«, stieß Chris zwischen den Zähnen hervor. Als der Lkw ein weiteres Mal auf die Straße zurücksetzte, trat sie das Gaspedal durch und fuhr auf dem Gehweg an den parkenden Autos und dem quer stehenden Lkw vorbei. Erschüttert blickte ihr eine alte Frau hinterher und hob die Faust erst, als der Corsa auf die Straße zurückkehrte.

Endlich hatte sie das Haus von Hedwig Vollmer in der Elfenstraße erreicht. Aufmerksam spähte Chris im Vorüberfahren durch das Seitenfenster. Im Atelier brannte Licht. Der Corsa erreichte die Gartenfeldstraße, wo sie vom Haus der Vollmer aus nicht mehr gesehen werden konnten. Chris fuhr rechts in eine der Parkbuchten und stoppte den Motor. Ihre Hände am Lenkrad zitterten. Ob Maike wirklich dort drüben war? Würde sie ihr Kind gefährden, wenn sie klingelte? Was, wenn die Frau total durchgeknallt war? Sie hatte nicht so gewirkt, als sie vor einigen Tagen mit ihr gesprochen hatte.

Ihr Blick fiel auf den Inhalt des Handschuhfachs. Papiere, Straßenkarten, allerlei Krimskrams und ihr Handy lagen achtlos im Fußraum. Sie hatte lange nichts mehr von Regina gehört. Chris beugte sich hinüber und suchte in den Papieren und dem Kleinkram, bis sie ihr Handy zu fassen bekam. Zögernd richtete sie sich wieder auf.

»Wo ist eigentlich das Bier geblieben?«, murrte ihr Vater.

Chris warf einen Blick über die Schulter. »Ist alle«, erwiderte sie und wies auf den leeren Sitz neben ihm.

»Scheiße«, murmelte er verärgert.

Sie entriegelte das Handy und betrachtete das Display. Sofort sah sie, dass Regina in der vergangenen Stunde mehrfach angerufen hatte. Ihr Magen zog sich zusammen.

***

Als Regina den Namen ihrer Expartnerin auf dem Display blinken sah, stieß sie einen Seufzer der Erleichterung aus.

»Endlich«, sagte sie, »ich dachte schon, dir ist was passiert.« Das nicht ausgesprochene »auch« hing für einen Moment beklemmend zwischen ihnen.

»Gibt's was Neues?«, würgte Chris hervor.

Reginas Erleichterung zerstob wie ein Regentropfen auf Asphalt.

»Nein«, erwiderte sie und schluckte die aufsteigenden Tränen herunter. Hastig berichtete sie vom Fund der Socke. Die musste Maike schon gestern auf dem Spielplatz verloren haben. Ein Tier hatte sie vermutlich weitergetragen und im Wald liegen gelassen.

»Und du?«, fragte Regina und lauschte ängstlich in die Stille.

»Ich habe einen Verdacht«, erwiderte Chris zögernd. »Hast du dem leitenden Beamten von der Geschichte mit der Arena und den SMS erzählt?«

»Friedrich glaubt auch nicht daran, dass das irgendwas mit Maikes Verschwinden zu tun hat.« Regina hob den Blick und bemerkte den zweifelnden Blick von Metzler. Rasch sah sie weg.

»Gib ihn mir mal.«

Regina erhob sich und spähte durch das Fenster hinaus in die Dunkelheit. Drüben auf dem Parkplatz der kleinen Schrebergartenanlage brannte Licht im Einsatzbus der Polizei. Der grauhaarige Kopf Friedrichs war tief über den Tisch gebeugt. Neben ihm starrte ein junger Kollege auf den Bildschirm eines Laptops.

»Moment«, sagte Regina und erhob sich. »Ich muss rüber zum Parkplatz.« Sie warf einen Blick zu Metzler, die sie schweigend beobachtete. Sabine stand in der Küche und bereitete Tee. Seit die Sache mit der Socke geklärt war, hatte sich Stille zwischen den drei Frauen breit gemacht. Stille, in der die Erleichterung ihren Platz gefunden hatte und in der sich erneut unaussprechliche Angst einnisten konnte.

Mit dem Handy in der erhobenen Hand stolperte Regina über den Pfad. Als sie den Bus erreicht hatte, blieb sie vor der offenen Seitentür stehen. Friedrich hob den Kopf. Für den Bruchteil einer

Sekunde konnte Regina seine Stimmung erahnen, bevor er wieder den professionellen Gesichtsausdruck eines zuversichtlichen Beamten aufsetzte. Regina wurde klar, dass der leitende Beamte nicht mehr daran glaubte, Maike noch lebend zu finden. Ein Schluchzen würgte in ihrer Kehle. Rasch hielt sie Friedrich das Handy entgegen. Mit gesenktem Kopf trat sie zur Seite und wischte sich die Tränen aus dem Gesicht. Es gab nichts zu Betrauern. Noch nicht. Und hoffentlich nie, solange sie lebte.

***

»Ja?« Der dunkle Bass des Beamten drang aus dem Lautsprecher ihres Handys. Im Rückspiegel sah Chris, wie ihr Vater lauernd den Kopf hob. Mit knappen Worten schilderte sie ihm die Situation. »Ich bin sicher, dass diese Frau Maike bei sich hat. Es ist Licht im Haus, sie könnte da drin sein. Mit unserem Kind.« Atemlos schwieg sie und lauschte sekundenlang in die Stille.

»Ihre Partnerin hat mir davon erzählt«, knurrte Friedrich schließlich.

Als die dunkle Stimme weitersprach, richtete sich ihr Vater auf. Reflexartig griff er nach vorn und schnappte sich das Smartphone. Triumphierend hielt er es in die Höhe. Chris warf sich über die Rückenlehne nach hinten und angelte nach dem Handy, aus dem die Stimme Friedrichs drang.

»... Einsatzkommando ... vielleicht ...« tönte es aus dem Lautsprecher.

»Bier«, forderte ihr Vater und reckte das Mobiltelefon so weit er konnte nach hinten gegen die Heckscheibe.

»Geht klar«, erwiderte Chris und streckte fordernd die Handfläche aus.

Triumphierend schüttelte ihr Vater den Kopf. Finster musterte Chris ihn. Ihr alter Herr konnte stur sein, wenn er was zu trinken wollte. Das war schon immer so gewesen.

»... Zeit geben ...«, erklang die Stimme Friedrichs entfernt.

Ihr Vater reckte das Handy noch immer nach hinten und grinste zufrieden. Chris stieß die Tür auf, stieg aus, umrundete den Wagen und zerrte zwei Flaschen Bier aus dem Korb. Schnellen Schrittes kehrte sie zurück nach vorn und warf sich hinter das Steuer. Mit der Linken hielt sie beide Flaschen nach oben und streckte wortlos die Rechte aus.

Gierig griff ihr Vater nach dem Bier und ließ achtlos das Handy fallen, das in den hinteren Fußraum polterte.

»Fuck«, zischte Chris. Sie überließ ihrem Vater die beiden Flaschen, schwang sich aus dem Wagen und riss die hintere Tür auf. Mit ausgestrecktem Arm angelte sie nach ihrem Smartphone. Gerade als sie es zu fassen kriegte, packte der alte Mann ihren Arm und hielt ihn mit schraubstockartigem Griff fest. Wütend riss Chris den Kopf hoch.

»... Frau Peters ...?«, rief es aus dem Lautsprecher. »... noch da ...?«

Fordernd hielt ihr Vater eine der Flaschen hin.

Chris wand sich aus seinem festen Griff. »Ist okay«, zischte sie. »Ich mach sie dir auf. Und jetzt lass mich verdammt noch mal endlich los!«

Ohne Vorwarnung öffnete er seine Hand. Mit dem Telefon in der Rechten taumelte Chris nach hinten und landete unsanft auf der Straße. Hastig riss sie das Handy ans Ohr.

»Entschuldigen Sie«, keuchte sie. »Die Verbindung war irgendwie unterbrochen. Könnten Sie das bitte noch mal wiederholen?« Angespannt lauschte sie in die Stille.

»Ist die Verbindung jetzt besser?«, hörte sie die dunkle Stimme, in der jetzt Misstrauen schwang.

»Ja«, erwiderte Chris und ließ ihren Vater nicht aus den Augen, der auf dem Rücksitz kauerte und ihr mit finsterem Gesicht eine Flasche Bier entgegenstreckte. Chris rappelte sich hoch. »Jetzt kann ich Sie wieder klar und deutlich verstehen.«

»Ich sagte, dass ich nicht glaube, dass die SMS oder der Mord in der Arena mit der Entführung Ihrer Tochter etwas zu tun haben. Aber ich kümmere mich darum. Morgen.«

»Das ist zu spät, verdammt noch mal!« Ihre entsetzten Worte hallten laut durch die Nacht. Hastig dämpfte sie ihre Stimme. »Sie müssen Ihre Leute schicken. Jetzt!«, zischte sie wütend. »Tut mir leid.« Er klang kalt. Ein Klicken ertönte, dann war die Leitung tot.

Verzweifelt stopfte Chris das Telefon in ihre Jacke. Ihre Hand zitterte. Eilig kroch sie zurück ins Auto. Mit der ausgestreckten Linken wühlte sie in dem Durcheinander vor dem Beifahrersitz. Sobald sie den Öffner zu fassen kriegte, schob sie sich rückwärts aus dem Auto. Sie ergriff die Flasche, die der alte Mann ihr entgegenreckte. Das leise Ploppen des Kronkorkens zauberte ein zufriedenes Grinsen in sein Gesicht. Gierig nahm er einen großen Schluck und ließ sich mit einem lauten Rülpsen nach hinten fallen. Ihren Blick erwiderte er mit einem triumphierenden Glitzern in den Augen.

26

Die Tränen verschleierten ihren Blick.

»Sie müssen meiner Partnerin glauben.« Regina unterdrückte ein Schluchzen und wischte sich hastig über das Gesicht. »Sie ist ziemlich gut darin. Sie weiß, wenn etwas stinkt.« Das Gesicht des Polizeibeamten wirkte müde. »Wir gehen jedem Hinweis nach«, erwiderte Friedrich mit schleppender Stimme. »Aber Sie müssen es schon mir überlassen, wie ich meinen Einsatz plane.«

»Unternehmen Sie endlich was, verdammt noch mal!« Regina wusste, dass sie sich beherrschen sollte. Niemand würde ihr glauben, wenn sie hysterisch herumschrie. Der Gesichtsausdruck Friedrichs bestätigte sie. Wortlos griff er nach seinem Handy, wechselte ein paar Worte. Über ihre Schulter hinweg sah er auf das kleine Gartenhäuschen.

Vor Tränen blind, stolperte Regina rückwärts, wollte nur noch weg von diesem Einsatzbus und den Polizisten, die ihr und Chris nicht glaubten. Nie geglaubt hatten. Da spürte sie zwei warme Hände an ihrer Schulter.

»Kommen Sie«, erklang die leise Stimme Metzlers. Regina widerstand dem Impuls, die Hände der Psychologin abzuschütteln. Instinktiv war ihr klar: Je weniger sie kooperierte, desto weniger würden die Beamten ihr glauben. Von der Polizeipsychologin begleitet, stolperte sie schluchzend zwischen den dunklen Hecken zurück in den Schrebergarten.

***

»Was machen Sie da eigentlich?«, erklang eine Stimme unmittelbar hinter ihr.

Entsetzt fuhr Chris herum. Im Licht der Straßenlampe stand Hedwig Vollmer. In der Rechten hielt sie ein Mobiltelefon.

»Mein Vater hatte Durst«, brachte sie schließlich mühsam hervor. Sie wies auf ihren Vater, der auf dem Rücksitz kauerte und die Flasche schon fast geleert hatte. Er furzte vernehmlich.

Chris warf ihm einen wütenden Blick zu und sah wieder zu Vollmer. Die Frau wirkte müde und auch diesmal klebten in ihren graubraunen Haaren bunte Farbreste.

Vollmer musterte den Alten verblüfft. Dann trat sie einen Schritt zurück. »Kommen Sie schon«, sagte sie zu Chris. Und mit Blick auf die Rückbank schob sie nach: »Und bringen Sie Ihren Vater mit.«

Sie ging einige Schritte die Straße entlang und blieb im Lichtkegel der nächsten Straßenlampe stehen, wartete geduldig auf die beiden.

Chris biss sich auf die Zunge. Ihre Gedanken wirbelten wild durcheinander. Langsam bugsierte sie den alten Mann aus dem Wagen. Der schien die Anspannung zu spüren und betrachtete neugierig Vollmer, die sie stumm beobachtete. Chris griff nach dem Handgelenk ihres Vaters und ging hinüber zu Vollmer, deren Gesicht im fahlen Licht der Straßenlampe bleich wirkte.

»Kommen Sie schon«, wiederholte sie und winkte ungeduldig. Dann setzte sie sich in Bewegung.

Chris ging ihr nach und überlegte hektisch, was sie jetzt tun sollte. Eigentlich wollte sie nichts lieber, als dieser Frau folgen. Vielleicht würde sie tatsächlich Maike finden. Doch wie kamen sie heil wieder da heraus?

»Was wollen Sie eigentlich?«, fragte ihr Vater unwirsch. Breitbeinig blieb er stehen, befreite mit einer ungeduldigen Bewegung seine Hand und verschränkte die Arme vor seiner Brust.

Irritiert blieb Vollmer stehen und musterte ihn.

»Was wollen Sie von mir?«, wiederholte Chris' Vater und fixierte den Blick der Fremden.

Dankbar für diesen Moment der Unaufmerksamkeit, schob Chris ihre Hand in die Jackentasche. Ein Klick genügte und die Wahlwiederholung lief. Als sie das leise Tuten gefolgt von Reginas

Stimme vernahm, trat sie hastig vor ihren Vater und sagte laut: »Komm Papa, lass uns mit Frau Vollmer mitgehen. Da gibt es eine Toilette. Und wer weiß, vielleicht hat Frau Vollmer ja noch eine Überraschung für uns.«

***

Es war ein Alptraum, der kein Ende nahm. Ein zweites Mal stolperte Regina mit dem Handy in der erhobenen Hand über den holprigen Pfad hinüber zu den Polizisten. Am liebsten hätte sie die Hände auf die Ohren gepresst, um ihren pfeifenden Atem nicht zu hören. Als sie den Bus des Einsatzleiters erreichte, blieb sie keuchend vor der offenen Seitentür stehen. Friedrich musterte sie finster. Regina riss die Hand hoch und drückte ihm das Handy ans Ohr. Verärgert drehte Friedrich den Kopf weg. Flehentlich riss Regina den Mund auf und formte ein lautloses: Bitte!

Tränen liefen ihr die Wangen hinab. Das Gesicht des Polizisten verzog sich. Sie konnte das Mitleid in seinen Augen sehen.

***

»Frau Vollmer hat in ihrer Wohnung bestimmt eine Toilette, da vorn, das grüne Haus ist es schon, Elfenstraße, das habe ich dir doch erzählt«, plapperte Chris verzweifelt.

Sie packte das Handgelenk ihres Vaters und zog ihn hinter sich her. Vollmer ging mit langen Schritten voraus, erreichte schließlich das Mietshaus, in dessen Erdgeschoss ihre Wohnung lag, und blieb in der offenen Haustür stehen.

Hastig sah Chris zur Straße, wo alles ruhig blieb. Misstrauisch folgten die Augen Vollmers ihrem Blick und kehrten zu ihr zurück. Sie drückte die Tür weit auf.

»Kommen Sie herein«, sagte sie, und Chris war sicher, dass sich ein anderer Ton in ihre Stimme geschlichen hatte. Eindringlich musterte sie das Gesicht der Frau.

Ihr Vater wand sich aus ihrem Griff und trat neben sie. Zögernd blieb Chris auf der Schwelle stehen.

»Kommen Sie schon«, sagte Vollmer ungeduldig.

Langsam ging Chris ein paar Schritte in den Hausflur, steuerte die Wohnungstür an, die sie vor ein paar Tagen das erste Mal gesehen hatte. Ob Maike vielleicht ...?

»Hier«, erklärte Vollmer. Ihre Stimme hatte einen harten Klang bekommen.

Verblüfft wandte Chris den Kopf. Vollmer stand auf der Treppe, die in den Keller führte. Chris' Pupillen weiteten sich. Nicht in den Keller, hämmerte es in ihrem Kopf, nicht in den Keller. Das Schrillen ihres inneren Alarmsystems hätte locker jede Lärmschutzwand durchdrungen.

»Was sollen wir da?«, fragte ihr Vater misstrauisch und sah die Treppe hinunter.

Vollmer hob die Hand und warmes Licht schwappte nach oben wie eine freundliche Meereswelle. Sie ging ein paar Stufen hinunter und blieb mit einem Blick über die Schulter abwartend stehen.

Die Stimme ihres Vaters hatte Erinnerungen ausgelöst, die Chris längst gut verstaut glaubte. Was neulich noch allmählich wie Gasblasen an die Oberfläche gedriftet war, erweiterte sich jetzt zu einer Dusche aus Methan-Blasen. Sie keuchte.

Ihr Vater wandte den Kopf und musterte sie interessiert. Er hob den Fuß, stieg eine Stufe nach unten, noch eine. Er drehte Chris das Gesicht zu und sah seine Tochter triumphierend an. »Wie in alten Zeiten«, sagte er.

Chris kämpfte gegen ein Würgen. Dass der alte Mann ausgerechnet jetzt einen klaren Kopf bekam, war unerträglich. Mühsam hob sie die Beine und stakste hinter ihm her. Da unten war vielleicht Maike. Sie musste da runter.

***

Mit Tränen in den Augen stolperte Regina zurück zum Gartenhäuschen und stieß die Tür auf. Vor ihr saß Metzler auf dem Sofa, daneben Sabine. Beide rührten in ihren Tassen und beobachteten Regina stumm.

»Er glaubt mir nicht«, brachte Regina mühsam hervor, warf ihr Handy auf den Tisch und brach in Tränen aus.

Rasch erhob sich Sabine und nahm ihre Freundin in den Arm.

»Kriminalhauptkommissar Friedrich ist ein erfahrener Beamter«, erklärte Metzler energisch und warf den Löffel klirrend auf die Untertasse. »Er weiß, worauf es ankommt.«

»Er glaubt mir nicht!«, rief Regina verzweifelt. »Verdammt noch mal, Chris ist irgendwo da draußen in Gefahr und dieser verdammte Bulle unternimmt einfach nichts!« Nach ihrem Ausbruch trat Stille ein.

Metzler hob den Löffel, zögerte und legte ihn zurück auf den Unterteller. Sie stand auf. »Es tut mir leid«, sagte sie leise und hob die Hand.

Es klopfte. Automatisch sahen die drei Frauen hinüber zum Parkplatz. Die Polizeiwagen waren hell erleuchtet. Inzwischen schien der ganze Suchtrupp eingetroffen zu sein. Regina schluckte.

Auf der hölzernen Veranda hallten Schritte. Metzler ließ ihre Hand sinken und machte sich auf den Weg zur Tür. Doch Regina wollte es diesmal nicht ihr überlassen. Hastig folgte sie der Psychologin und öffnete an ihr vorbei mit einem Ruck die Tür.

***

Sie konnten nur den dunklen Rücken Vollmers erkennen. Die Malerin ging vor ihnen her. Der Kellergang war wenig beleuchtet und hinter ihnen drückte eine starke Feder die Tür ins Schloss. Das leise Klicken dröhnte in ihren Ohren. Chris unterdrückte ein Keuchen. Die Angst verursachte einen fast körperlichen Schmerz, kroch in ihre Hände, ließ sie zittern, als hinge sie an einer Starkstromleitung.

Das Gesicht ihres Vaters lag im Dunkeln. Chris konnte sein vertrautes Hüsteln neben sich kaum ertragen. Sah sich als Sechsjährige hinter ihm herstolpern, als Siebenjährige, als Achtjährige. Vollmer blieb stehen. Chris kämpfte sich zurück in ihr Erwachsenenleben. Sie wurde jetzt gebraucht. Zitternd tastete sie nach dem Pfefferspray. Auf keinen Fall durfte sie zu früh sprühen, sonst würde sie nichts mehr von der Malerin erfahren. Vielleicht war Maike ganz in der Nähe und brauchte dringend ihre Hilfe. Die Frau vor ihnen griff in ihre Tasche, zog einen Schlüsselbund heraus. Das Klappern des Metalls im Schloss verursachte Chris Magenkrämpfe. Sie hörte ihren Vater schwer atmen. Die Tür eines der Kellerräume schwang auf.

»Kommen Sie.« Über Vollmers Gesicht legten sich Schatten. Die Lampe hinter ihr flackerte.

***

Auf der Veranda war Friedrich breitbeinig in Stellung gegangen. Sein Gesicht hatte er in bedauernde Falten gelegt, die an einen zerknirschten Hund denken ließen.

»Wir haben das komplette Waldgebiet durchkämmt. Auch die Schrebergartenanlage und den Ort. Hier ist ihre Tochter nicht. Vermutlich hat sie jemand in einem Wagen weggebracht. Sonst hätte unser Hundeführer ihre Spur aufgenommen.«

Entsetzt starrte Regina in sein Gesicht. »Was heißt das?«, fragte sie und kämpfte gegen das Gefühl an, keine Luft mehr zu bekommen.

»Wir sind am Ende mit unserer Suche«, erwiderte Friedrich und legte seine Stirn in noch breitere Kummerfalten. »Das heißt es.«

27

Jeder Schritt kostete sie schier unmenschliche Kraft. Wie in Zeitlupe näherte sich Chris der offenen Tür, konnte endlich an Vollmer vorbei in den Raum sehen. Leer. Der ganze Keller war wie leer gefegt, als hätten die Besitzer ihn schon vor Urzeiten geräumt. Chris schluckte.

»Jetzt gehen Sie schon!« Vollmer versetzte ihr einen Stoß in den Rücken. Chris stolperte nach vorn, konnte gerade noch verhindern, dass sie auf den Knien landete, und stieß mit den Schultern unsanft an die gegenüberliegende Wand. Laut klappernd rollte das Pfefferspray über den Boden. Vollmer trat gegen das Metallgehäuse und beförderte es aus ihrer Reichweite. Gebückt tastete Chris nach der Kapsel und erwartete jeden Moment Vollmers Eingreifen.

»Hey«, erklang es da hinter ihr. »Lassen Sie gefälligst meine Tochter in Ruhe!«

Sie riss überrascht den Kopf hoch. Ihr Vater hatte Vollmer in den Schwitzkasten genommen und sein Gesicht verfärbte sich rot. Vollmers Kopf hing neben seiner Hüfte, ihr Rückgrat wirkte merkwürdig verkrümmt.

»Lassen Sie mich!«, kreischte sie. Ein kurzer Ruck ging durch die Schultern ihres Vaters, Vollmers Kopf sank einige Zentimeter tiefer, schließlich hielt sie den Mund.

»Halt sie fest!« Chris richtete sich auf und tastete in den Außentaschen ihrer Cargohose nach einer Schnur. Es dauerte kaum eine Minute, dann lag Hedwig Vollmer vor ihnen auf dem Kellerboden, Hände und Arme verschnürt. Vater und Tochter hatten kein Wort gewechselt, arbeiteten Hand in Hand.

»Wo ist Maike?« Chris ging in die Hocke und studierte jede Regung im Gesicht der Frau, die sie stumm anstarrte.

»Wo ist Maike?«, wiederholte Chris eindringlich.

Vollmer grinste.

Chris atmete gegen die Wut, die ihr Denken trübte wie Blut das Wasser einer Badewanne. Sie spürte eine Bewegung neben sich. Mit einem vernehmlichen Knacken seiner Gelenke ging ihr Vater neben Vollmer in die Knie. Er hob die Hand und legte sie fast zärtlich um ihren Hals.

»Meine Tochter hat dich was gefragt«, sagte er sanft.

Chris beobachtete, wie sich die Haut Vollmers unter seiner Hand allmählich in Falten legte. Ihr Grinsen verwandelte sich in Entsetzen. Chris konnte an ihren Augen ablesen, dass sie in diesem Moment das Gleiche dachten. Der alte Mann war unberechenbar. Chris öffnete den Mund, um ihn zu stoppen, doch dann schloss sie die Lippen wieder.

Die Haut unter der Hand ihres Vaters wurde fahl. Vollmers Stimme war kaum noch zu erkennen, als sie endlich hervorstieß: »Oben. Wohnung.«

»Na also«, knurrt der Alte, »geht doch.« Er lockerte den Griff und strahlte Chris an wie ein kleines Kind. Sie zerrte den Schlüsselbund aus der Kellertür und stolperte die Stufen hinauf. Hinter sich hörte sie die langsameren Schritte ihres Vaters.

Schon der zweite Schlüssel passte und die Wohnungstür gab nach. Im Gang war es dunkel. Hinten aus dem Atelier strömte leise Musik, gefolgt von einem intensiven Geruch nach Farben und Terpentin. Die Angst ließ ihr Herz schneller schlagen. Zögernd betrat Chris den einladend wirkenden Raum.

»Chrissy, Chrissy, Chrissy!!«

Chris konnte ihrer Tochter kaum mit den Augen folgen, so schnell kam sie hinter der Staffelei hervorgeschossen und warf sich ihrer Mutter in die Arme. Als sie das warme Bündel an ihrer Brust und die heißen Wangen ihrer Tochter auf ihrem Mund spürte, schossen Tränen in ihre Augen. Um Maike nicht zu verunsichern, schluckte Chris schwer und drängte die Tränen nach unten. Nicht jetzt.

»Maike, mein Schatz, es ist so schön, dich zu sehen«, flüsterte sie und wiegte ihre Kleine minutenlang im Arm.

Von der Straße drangen Polizeisirenen herein. Chris spürte, wie ihr Vater hinter sie trat. Rasch hob sie den Kopf und warf einen Blick in sein Gesicht. Verblüfft musterte er sie und ihr Kind. Blaulicht streifte die Wände und verschwand wieder. Chris versenkte ihren Kopf in Maikes Haaren, die wie bei einem Igel in alle Richtungen standen und nach Farbe rochen.

»Sieh mal, Mami«, erklärte Maike und wand sich aus ihren Armen. Ihre Wangen waren hochrot und gezeichnet von Tränen. Doch nun lief sie freudestrahlend zur Staffelei und zeigte auf das Bild vor ihr. Chris kam näher und betrachtete den Männerkopf, der mit verschiedensten Farben und Techniken entfremdet worden war. Es war das gleiche Bild, das sie vor einigen Tagen hier im Raum gesehen hatte. Damals war ihr nicht aufgefallen, dass sie dieses Gesicht schon einmal gesehen hatte. Das Bild zeigte Thomas Wagner.

Maike fuchtelte mit einem Pinsel vor ihrer Nase herum und erklärte Chris, dass sie mit diesem schicken Rot dem Mann einen Schmollmund geschminkt hatte.

Von der Tür kamen Geräusche. Zwei uniformierte Beamte traten in den Raum, die Hände griffbereit über den Holstern, ihre Blicke hoch konzentriert. Hinter ihnen folgte Gärtner.

»Hedwig Vollmer liegt im Keller«, erklärte Chris und bückte sich. Maike schmiegte sich in ihre Arme. Chris nahm sie hoch und ihre Tochter musterte interessiert die Männer, während sie ihre Wange in die Haare ihrer Mutter drückte. Chris griff nach dem Arm ihres Vaters und schleppte ihn hinter sich her. Gärtner ging voraus und steuerte die Kellertreppe an.

Beim Gehen fiel Chris' Blick auf die Pinnwand, vor der sie neulich schon gestanden hatte. Ihr Schritt stockte und sie starrte wieder auf die beiden Buchstaben H und M. Sie kniff die Augen zusammen. Ihr Vater versuchte, sich aus ihrem Griff zu winden. Chris ließ ihn los und schob den bunt bedruckten Flyer eines Pizza-Lieferanten zur Seite. Unter den Buchstaben tauchte eine Adresse auf: Mutterstadter Straße, Rheinau.

Chris schluckte. Das war die Adresse ihrer Kollegin Heike Mehlert.

»Was jetzt?«, murrte ihr Vater. Maike hob interessiert den Kopf und starrte den alten Mann an.

»Schon gut«, murmelte Chris geistesabwesend und blickte sich rasch um. Die Polizisten waren längst in den Keller verschwunden. Chris löste ein Foto von der Pinnwand, das Vollmer zeigte, und schob es in ihre Hosentasche. Draußen auf der Straße hob sie den Kopf und sog die Nachtluft ein. Passanten blieben stehen und musterten erst sie, dann den Polizeiwagen.

Gärtner erschien in der Haustür und schob Hedwig Vollmer vor sich her. Die Schnüre waren verschwunden und hatten Stahlfesseln Platz gemacht. Als Gärtner an Chris vorbeiging, hob Vollmer den Kopf.

»Woher wussten Sie von Maike?«, fragte Chris und drückte ihre Tochter fest an sich. Maike presste das Gesicht an die Brust ihrer Mutter.

Vollmer starrte sie an. Gärtner blieb stehen.

»Bin Ihnen gefolgt, nachdem Sie das erste Mal bei Schürer angerufen haben. Dachte mir gleich, dass Sie Ärger machen.« Sie warf den Kopf in den Nacken.

»Was haben Sie mit Wagners Tod zu tun?«, fragte Chris.

»Tom hat es nicht anders verdient«, erwiderte sie, und ihre Stimme klang schleppend. »Da kam mir Anita Schürer gerade recht.« Sie lächelte schief. »Ich musste sie nur in ihren Racheplänen bestärken. Den Rest hat sie ganz allein besorgt.«

Chris betrachtet ihr Gesicht, ohne zu erkennen, mit welchen Gefühlen Vollmer kämpfte. Angst? Trauer? »Das stimmt nicht«, erwiderte sie ruhig, einer Eingebung folgend.

Der Gesichtsausdruck der Malerin veränderte sich.

»Das Ganze war überhaupt Ihre Idee«, fuhr Chris fort. »Anstiftung zum Mord. In unserem Rechtssystem wird die Anstifterin genauso hart bestraft wie die Mörderin.«

Gärtner hob interessiert den Kopf. Vollmers Blick verdunkelte sich. »Das können Sie nicht beweisen«, zischte sie.

»Ich glaube schon«, erwiderte Chris bedächtig.

Vollmer presste erneut die Lippen zusammen, dann schob Gärtner sie weiter zum Auto. Als sie im Polizeiwagen verschwunden war, stellte Chris ihre Tochter auf beide Beine. Maike umrundete ihre Mutter und betrachtete ihren Großvater. »Wer bist du?«, fragte sie den alten Mann. Sie sah ihre Mutter fragend an. Und auch ihr Vater hob den Blick und starrte sie an, als wiederhole er stumm diese Frage: Wer bin ich?

Chris nahm ihr Handy und musterte die beiden ratlos. Ein Knopfdruck genügte, und schon erklang Reginas Stimme. »Ja?« Rau und mit einem neuen Unterton.

Chris schluckte den Kloß herunter, der sich bei der Frage ihrer Tochter in ihrem Hals gebildet hatte. »Ich hab sie«, sagte sie schlicht. »Es geht ihr gut, alles in Ordnung.«

Aus dem Lautsprecher drang leises Schluchzen.

»Ich geb sie dir«, fuhr Chris besorgt fort. »Okay?«

»Moment«, hörte sie ein verwaschenes Nuscheln, dann ein Schnäuzen. »Okay.« Reginas Stimme hatte sich wieder gefestigt.

»Mama ist dran«, sagte Chris und hielt ihrer Tochter das Handy entgegen.

Maike strahlte, als sie Reginas Stimme hörte, und erzählte aufgeregt von dem Bild und der Malerin. Vollmer musste Maike immer wieder damit hingehalten haben, dass Chris gleich kommen würde, um sie abzuholen.

Chris spürte, wie die Erleichterung ihr mehr Luft zum Atmen ließ. Maike schmatzte ein paar Küsse ins Mikro und gab ihrer Mutter das Handy zurück. Chris nahm sie in den Arm. Das Telefonat hatte ihr Zeit zum Nachdenken gegeben. Es war ein harter Tag gewesen für Maike. Trotzdem mochte sie ihre Tochter jetzt nicht anlügen. Sie nahm sie hoch und ging hinüber zu ihrem Vater, der gegen eine Hauswand gelehnt dastand und sie misstrauisch beobachtete. Chris blieb vor ihm stehen und legte schützend den Arm um Maike.

»Wer ist das, Coco?«, fragt er streng.

Chris schluckte. Den Kosenamen ihrer Kindheit hatte sie seit Jahren nicht mehr gehört. Sie richtete sich auf und wandte sich an Maike.

»Das ist dein Großvater«, sagte sie zu ihrer Tochter. Und zu ihrem Vater: »Papa, das ist deine Enkeltochter Maike.«

Chris spürte das Zittern ihrer Hände. Ihr Vater richtete sich ruckartig auf, seine Stirn legte sich in Falten. Er wirkte überrascht und starrte Maike unverwandt an. Dann hob er die Hand. Chris widerstand dem Impuls zurückzuweichen.

»Guten Tag, Enkeltochter«, sagte der alte Mann und lächelte freundlich.

Maike ergriff seine Hand und schüttelte sie begeistert. Gärtner trat neben sie.

»Woher wussten Sie?«, fragte ihn Chris.

»Ihre Freundin hat mich angerufen«, erklärte Gärtner und lächelte Maike an. »Schön, dass es dir gut geht«, sagte er.

»Meine Enkeltochter«, erklärte der alte Mann stolz. Gärtner nickte ihm lächelnd zu.

Ihr Vater wandte den Blick und sah Chris an. »Meine Tochter«, sagte er schlicht.

»Auf die können Sie stolz sein«, erklärte Gärtner.

Chris verkniff sich ein Grinsen.

»Das bin ich«, erwiderte ihr Vater erfreut.

Chris musterte ihn verblüfft. Er strahlte sie und Maike an, als hätte er nie etwas anderes getan.

28

Auf dem Weg zur Schrebergartenanlage in Landau erzählte Maike ihrem Großvater begeistert von Nemo und seinem Vater Marlin, der den verlorenen Sohn quer durch den Ozean suchte. Der alte Mann hörte ihr geduldig zu und antwortete gelegentlich zustimmend. Die Fahrt durch die nachtdunkle Pfalz zog sich. Allmählich wurde Maike ruhiger. Als ihr Kopf auf die Schulter ihres Großvaters sank, hob er die Flasche Bier, die er immer noch fest umklammert hielt, und setzte sie an ihre Lippen.

»Papa, bitte nicht«, sagte Chris. »Das ist nicht das Richtige für sie.«

Fragend erwiderte er ihren Blick im Rückspiegel und ließ seine Hand sinken.

»Sie bekommt später was. Trink du doch das Bier, das ist deins«, fuhr Chris leise fort.

Er nickte. Chris spürte unverhofft eine gewisse Rührung und sogar ein Zugehörigkeitsgefühl zu diesem alten Mann. Verärgert räusperte sie sich.

Maike schlief schon fast, als Chris die holprige Grasnarbe der Anlage erreichte und auf den Parkplatz fuhr. Regina und Sabine standen bereits dort, neben einer grauhaarigen Frau mit zufriedenem Gesichtsausdruck.

Nach einer stürmischen Begrüßung verabschiedete sich die Grauhaarige, von der Chris nun wusste, dass sie eine Polizeipsychologin war. Sabine hatte sich ihren Vater geschnappt und führte ihn hinüber zu Tante Teklas Gartenhaus.

Als der Bus der Einsatzleitung vom Parkplatz rollte, kehrte hinter den Scheinwerfern endlich Nachtruhe ein. Chris stand immer noch bei ihrem Corsa, hatte sich in den vergangenen Minuten kaum vom Platz bewegt. Neben ihr wiegte Regina die übermüdete Maike auf dem Arm. Sie hob den Kopf und strahlte Chris an, dann trat sie näher und schmiegte sich in ihre Arme. »Wir sind immer noch ein gutes Team«, flüsterte sie leise. »Vielleicht können wir das ja künftig wieder öfter haben.«

Überrascht hob Chris den Kopf. Regina blickte sie mit einem Strahlen an, das sie lange nicht mehr bei ihr gesehen hatte. Nicht mehr seit damals, als Chris ihr von der Schwangerschaft erzählt hatte. Unvermittelt sah Chris Nermins Gesicht vor sich, ihre dunklen Augen, das Lächeln. Ebenso plötzlich, wie das Bild auftauchte, verschwand es wieder. Sie begegnete Maikes Blick. Schlaftrunken hatte sie den Kopf gehoben und beobachtete nun ihre Mütter aus rot geäderten Augen. Sie strahlte glücklich.

»Komm«, sagte Chris mit rauer Stimme und löste sich von Regina. »Lass uns hinübergehen. Maike schläft schon fast.«

Sie strich über die weichen Haare ihrer Tochter und ging voran. Nur wenige Minuten danach lag Maike in ihrem Bett. Regina hielt sie lange im Arm und summte das Schlaflied, das sie seit ihrer Geburt jeden Abend an ihrem Bett sang.

In dieser Nacht saßen die Frauen noch lange am Küchentisch, während Maike und ihr Großvater friedlich nebenan im großen Doppelbett schliefen. Als es draußen dämmerte, machte Regina Kaffee und legte ein paar Brötchen auf den Toaster. Chris weckte ihren Vater und führte ihn ins Bad. Er fand sich in der fremden Umgebung nicht zurecht. Misstrauisch streifte sein Blick gelegentlich ihr Gesicht, das heute keine Erinnerung in ihm wachrief. Schweigend half Chris ihm bei den nötigsten Handgriffen. Erst als er am Frühstückstisch in Maikes lachendes Gesicht blickte, hellten sich seine Gesichtszüge auf.

»So, dein Opa muss jetzt wieder los«, erklärte Chris nach dem Frühstück.

Die beiden blickten sie an. Maike führte ihrem Großvater gerade mit ihrem Plastikfrosch vor, wie Nemo durchs Aquarium schwimmt.

»Aber wir können ihn am nächsten Wochenende besuchen«, sagte Chris.

Verblüfft sah Regina sie an.

»Au ja«, sagte Maike und lachte. »Wir besuchen den Opa.«
Chris schnappte sich ihren Vater und brachte ihn nach einer
kurzen Verabschiedung zu ihrem Wagen.

Auf der Fahrt zurück nach Mannheim saß er reglos auf dem
Rücksitz und starrte aus dem Fenster. Als der Wagen in der Heils-
berger Straße ausrollte, ließ Chris die Hände sinken und sah in
den Rückspiegel. Für einen Moment trafen sich ihre Blicke. Rasch
stieg Chris aus und öffnete ihm die Wagentür. An der Pforte wartete bereits der Laufzettel und eine freundliche Pflegekraft nahm
ihren Vater in Empfang.

Chris verspürte Erleichterung. »Tschüss Papa«, sagte sie entschieden. Als sie sich abwenden wollte, griff er nach ihrer Hand.
Überrascht bemerkte sie Trauer in seinem Blick. Aus den Untiefen
ihrer Erinnerung tauchte ein Gefühl auf, das sie dort niemals gesucht und auch niemals erwartet hätte: Zuneigung. Erschrocken
schüttelte sie seine Hand ab wie ein gefährliches Insekt.

Der Weg zurück in die G-Quadrate kam ihr endlos vor. Die
Ruhe im Auto fühlte sich vertraut an und zugleich beängstigend.
Sie kurvte durch mehrere Straßen, bis sie schließlich vor G4 einen
Parkplatz fand. In ihrer Wohnung angekommen, ging sie direkt
ins Schlafzimmer, streifte die Kleidung ab und warf sich aufs Bett.
Sie zog die Decke über sich und war im nächsten Moment ein-
geschlafen.

Als sie Stunden später erwachte, war es bereits später Nachmittag. Sie duschte und machte sich ein paar Brote. Die Ereignisse der
vergangenen Tage gingen ihr wieder und wieder durch den Kopf.
Alles hatte sich geklärt, nur eine Sache war immer noch offen. Sie
leerte die zweite Tasse Kaffee und stand entschlossen auf, zog ihre
Schuhe an und warf sich eine Jacke über.

Heike wohnte schon lange in Rheinau, einem Stadtteil Mannheims. Chris war einmal dort gewesen, als sie die halbe Kollegen-
schaft zu ihrem Geburtstag eingeladen hatte.

Die Innenstadt war erstaunlich leer. Chris fuhr am Hauptbahnhof vorbei und erreichte kurze Zeit später die B 36, die sie an Almenhof und Neckarau vorbei bis Rheinau brachte.

Wenig später stand sie vor einem Mehrfamilienhaus in der Mutterstadter Straße und klingelte. Der Türöffner wurde betätigt. Chris kletterte zwei Stockwerke nach oben und blieb vor einer modern wirkenden, weiß gestrichenen Wohnungstür stehen. Daneben verkündete ein einfaches Holzschild, dass hier die Familie Mehlert wohnte.

Schritte näherten sich, dann stand Heike in der Tür und hielt in der erhobenen Rechten eine Zigarette. Sie wirkte im ersten Moment überrascht, doch dann schlich sich Misstrauen in ihren Blick.

»Was hast du gemacht?«, fragte Chris statt einer Begrüßung.

Trotzig zog Heike an ihrer Zigarette, hob den Kopf und blies den Rauch nach oben. Hinter ihr ertönte lautes Kindergeschrei. »Was willst du«, fragte sie und schüttelte unwillig den Kopf.

»Mach mir nichts vor«, erwiderte Chris und trat einen Schritt vor, sodass sie nun unmittelbar vor Heike stand. Ein säuerlicher Geruch stieg in ihre Nase, vermischt mit dem Geruch eines aufdringlichen Deos und altem Zigarettenrauch. Ein Kind tauchte aus dem Dunkel der Wohnung auf, musterte die beiden Frauen mit großen Augen und rannte wieder nach hinten.

»Woher kanntest du Anita Schürer?«, fragte Chris.

Heike zog den Kopf zwischen die Schultern. Spätestens jetzt war Chris sicher, dass sie richtig geraten hatte. Heike war also die Frau bei der Security, die der Täterin geholfen hatte, die Waffe in die Arena zu schmuggeln.

Als Heike immer noch nicht antwortete, trat Chris noch einen Schritt näher. Nun konnte sie die blonden Haare auf ihrer Oberlippe zittern sehen. »Woher kanntest du sie?«, fragte sie drohend.

Aus kürzeste Entfernung starrte sie in die Augen ihrer Kollegin. Nackte Angst war darin zu sehen.

Tränen traten in Heikes Augen, die sie mit einer fahrigen Bewegung des Unterarms zur Seite wischte. »Ich wusste doch nicht, warum sie immer mit wollte in die Arena«, sagte sie trotzig. »Ich wusste nichts von ihr, gar nichts.«

»Warum hast du sie dann mitgenommen?«, fragte Chris verächtlich und trat einen Schritt zurück.

»Du verrätst mich doch nicht, oder?«, fragte Heike ängstlich.

Chris schwieg.

»Ich brauche den Job«, flehte sie. »Mit Arbeitslosengeld komme ich nicht hin, ich brauche einfach mehr für die Kinder. Bitte!«

»Warum hast du sie mit in die Arena genommen?«, wiederholte Chris.

»Sie hat mir Geld gegeben«, erwiderte Heike und sah betreten zu Boden. »Hundert Euro für jeden Besuch. Sie sei verrückt nach solchen Hallen, hat sie mir erzählt.«

Chris betrachtete sie zweifelnd.

»Ich hab ihr das geglaubt!«

»Woher kanntest du sie?«, fragte Chris.

»Eine Frau hat mich angesprochen«, murmelte Heike.

Chris tastete nach hinten und zog Vollmers Foto aus der Tasche.

»War *sie* das?«, fragte Chris und hielt Heike das zerknitterte Papier unter die Nase.

Heike nickte.

»Wann?«, fragte Chris.

»Vor einem halben Jahr. Nach der Oper, du weißt schon, als der Chor aus Prag hier gesungen hat. Sie stand drüben auf dem Parkplatz und hat mich gefragt, ob ich in der Arena arbeite.«

Chris schüttelte den Kopf. Es war kaum zu glauben. »Sie hat die Schürer zu dir geschickt«, fuhr sie fort.

»Woher weißt du ...?«, misstrauisch beobachtete Heike sie.

»*Sie* steckt eigentlich dahinter«, murmelte Chris und schob das Foto zurück in ihre Hosentasche.

»Ich weiß«, erwiderte Heike.

»Woher?« Angespannt musterte Chris ihr Gesicht.

»Hat die Schürer mal angedeutet«, erwiderte Heike und knetete den Filter ihrer Zigarette. »Als ich sie das letzte Mal mitgenommen habe. Ich hatte keine Ahnung, was sie damit meinte. Konnte doch nicht ahnen, was sie vorhat!«

Chris grinste. Also gab es doch einen Beweis. Vollmer hatte einen niederträchtigen Weg gefunden, sich an ihrem ehemaligen Liebhaber zu rächen. Sie musste nur die Exfrau ihres neuen Freundes einspannen.

»Das musst du vor Gericht aussagen«, erklärte Chris.

Heike zuckte mit den Achseln und ließ Chris nicht aus den Augen. Nervös zog sie an ihrer Zigarette, die inzwischen bis auf den Filter runtergebrannt war. Hinter ihr klappten Türen, dann erklang lautes Kindergeschrei, das allmählich in wütendes Weinen überging.

»Ich werde mit Bauer sprechen«, erklärte Chris.

»Der schmeißt mich doch eh raus«, jammerte Heike.

»Ich rede mit ihm«, sagte Chris. »Mehr kann ich nicht versprechen.«

Von Heike aus fuhr sie direkt weiter in die Mallaustraße. Norma Krüger begrüßte sie strahlend. Ihre Haare saßen perfekt und unter ihrem Make-up wirkten ihre Wangen wieder makellos hell. Es war ihr sichtlich eine Freude, dass sie Chris nach nebenan führen konnte, wo Bauer wie gewohnt an seinem Schreibtisch saß.

Als Chris in der Tür auftauchte, erhob er sich lächelnd und streckte ihr die Hand entgegen. Chris ergriff sie verlegen. Erst als Bauer zu seinem Schreibtisch zurückkehrte, bemerkte sie Gerd. Er hatte es sich in dem zweiten Besucherstuhl vor Bauers Schreibtisch bequem gemacht und sah ihr mit finsterer Miene entgegen.

Chris setzte sich auf den Stuhl neben ihn und begrüßte ihn betont freundlich.

Bauer saß ihnen gegenüber und ließ seinen Blick von einem zum anderen wandern. »Sie werden künftig miteinander auskommen müssen«, sagte er. »Wie Sie das machen, ist Ihr Problem. Das interessiert mich nicht. Aber ich erwarte, dass meine beiden fähigsten Mitarbeiter eng und vor allem gut zusammenarbeiten.«

Chris sah hinüber zu ihrem früheren Vorgesetzten. Seine Miene verriet, dass er Bauers Meinung nicht teilte.

»Ich bin ein Profi«, presste Gerd hervor. »Egal, mit wem ich es zu tun habe.« Er sah verächtlich zu Chris.

Die lächelte gequält. »Selbstverständlich, Herr Bauer«, wandte sie sich an ihren Chef. »Mit professionellen Kollegen arbeite ich immer gern zusammen.«

Die Betonung auf dem Wort »Kollegen« war minimal. Doch Gerd war sie nicht entgangen und seine Miene wurde noch finsterer. Bauer nickte Gerd zu. Er schien das Drama zwischen den beiden nicht zu bemerken oder er ignorierte es absichtlich.

»Danke, Herr Winterbauer«, erklärte er. »Ich brauche Sie im Moment nicht mehr.«

Gerd stemmte sich von seinem Sitzplatz.

»Es sei denn ...«, Bauer zögerte und warf Chris einen fragenden Blick zu, »... Sie haben noch Fragen.«

Gerd schüttelte den Kopf und verließ mit einem gemurmelten Gruß Bauers Büro. Die Tür hinter ihm schloss sich vernehmlich.

»Ich habe den Vertrag schon vorbereitet«, sagte Bauer und schob Chris einige Papiere zu. »Sie müssen ihn nicht sofort unterschreiben«, sagte er. »Sie können alles mit nach Hause nehmen und in Ruhe durchsehen.«

Chris überflog die Unterlagen. »Ist das mein Exemplar?« Sie hielt mehrere geheftete Seiten in die Höhe.

Bauer nickte.

Chris setzte ihre Unterschrift unter den zweiten Bogen und schob ihn Bauer über den Schreibtisch wieder zurück. Überrascht zog er ihn zu sich her.

»Ich will diesen Job«, erklärte Chris und blickte ihm fest in die Augen. »Und ich vertraue Ihnen.« Ruhig berichtete sie, was sie zuvor von Heike erfahren hatte.

»Ihnen ist klar, dass Frau Mehlert untragbar für unser Unternehmen geworden ist?«, sagte Bauer und runzelte die Stirn.

»Für Objektschutz oder Veranstaltungsschutz können Sie Frau Mehlert nicht mehr einsetzen«, erwiderte Chris. »Aber ich habe sie als zuverlässige Kollegin kennengelernt. Nur der chronische Geldmangel macht sie anfällig für solche Versuchungen.«

»Ich soll sie also weiterhin beschäftigen und gut dafür bezahlen, dass sie unserem Unternehmen nachhaltig geschadet hat«, erwiderte Bauer und zog eine Augenbraue hoch.

»Ich weiß«, sagte Chris. »Aber jeder hat eine zweite Chance verdient.«

Bauer rieb sich über die Augen. »Ich werde sehen, was sich machen lässt«, sagte er und erhob sich.

Auch Chris stand auf und griff nach ihren Papieren.

»Auf gute Zusammenarbeit«, erklärte Bauer zufrieden, umrundete seinen Schreibtisch und streckte ihr seine Hand entgegen.

***

Auf dem Weg zurück in die Innenstadt warf Chris immer wieder einen Blick auf die Verträge, die neben ihr auf dem Beifahrersitz lagen. Befriedigung erfüllte sie. Und die Hoffnung, nie wieder ihre Familie zu gefährden.

In den G-Quadraten angekommen, stellte sie ihren Wagen ab, schob die Papiere in ihre Umhängetasche und ging hinüber zur Sporthalle. Vorsichtig zog sie die Tür auf und blieb zögernd auf der Schwelle stehen. Nermin stand nur wenige Meter von ihr entfernt und machte sich an den Seilen des Boxrings zu schaffen. Als sie Chris sah, sprang sie hinunter und kam zu ihr herüber. Chris trat zurück, ihr Magen zog sich schmerzhaft zusammen.

»Julia hat mir alles erzählt«, erklärte Nermin mit kalten Augen. Sie blieb in sicherer Entfernung stehen und verschränkte beide Arme. »Ich hab sie rausgeschmissen. Sie ist schon wieder mit Sack und Pack in Würzburg.« Sie legte ihre Hand auf die Klinke der Stahltür und zog sie zu sich her. Ein Ausdruck trat in ihr Gesicht, den Chris nicht deuten konnte. Chris atmete schwer. Sie hätte gern etwas gesagt, doch ihre Gedanken waren wie ausgelöscht.

»Und dich will ich auch nicht mehr sehen«, erklärte Nermin und presste die Lippen zusammen. Sie trat einen Schritt zurück und drückte die Tür ins Schloss.

DANKE

Mit meinem Krimi möchte ich der Stadt Mannheim meine Wertschätzung ausdrücken. Die Quadratestadt an den Ufern des Rheins und des Neckars wird gern unterschätzt. Heidelberg liegt nur wenige Kilometer entfernt und ist in der ganzen Welt bekannt. Von Mannheim haben zwar viele gehört, doch nur wenige haben die Stadt besucht. Und kaum jemand ahnt, wie viel Atmosphäre Mannheim zu bieten hat. Das ging mir nicht anders. Obwohl ich schon viele Jahre in der Rhein-Neckar-Region lebe, habe ich erst bei den Recherchen zu meinem Krimi Mannheim so richtig kennengelernt – und war überrascht über die vielen unterschiedlichen Seiten der Universitätsstadt.

Zur Entstehung meines Krimis haben viele Menschen beigetragen. Allen voran möchte ich den Adlern Mannheim danken: Eishockey-Legende Marcus Kuhl sowie Adrian Parejo von der Pressestelle der Adler Mannheim haben geduldig meine Fragen beantwortet und mir nahegebracht, wie die Welt der Profi-Eishockeyspieler tickt. Auch Spielerberater Dirk Wilhelm von der Mainzer W&K Fairplay Sports Management GmbH möchte ich danken. Er hat mir verraten, welche Summen für den Wechsel von Eishockeyspielern bezahlt werden und wie viel davon bei den Spielerberatern hängen bleibt. Mein Dank gilt auch Ernst Lieblang von der SDL Sicherheitsdienste Lieblang GmbH. Das Mannheimer Unternehmen ist seit dem Bau der SAP Arena für deren Sicherheit zuständig. Der inzwischen verstorbene Ernst Lieblang gewährte mir spannende Einblicke in die Arbeit eines Sicherheitsdienstes. Bedanken möchte ich mich auch bei Andreas Etsch von der Betriebsgesellschaft der SAP Arena, der mich bei allen Anliegen immer schnell und unbürokratisch unterstützt hat.

Sehr herzlich bedanken möchte ich mich bei Diana Neddermeyer vom Kampfsportclub PKT-Heidelberg, Deutsche Meisterin im Thaiboxen (2008) und Deutsche Vize-Meisterin im Kickboxen

(2006). Ich durfte in ihrem Club beim Training dabei sein und zahllose Fragen stellen. Ganz besonders zu Dank verpflichtet bin ich meinen Mannheimer Freundinnen Pia und Teresa, die mich auf viele Besonderheiten Mannheims aufmerksam gemacht und einen wesentlichen Beitrag zu diesem Buch geleistet haben. Nicht zuletzt möchte ich meinem Agenten danken, Dirk Meynecke, sowie Christel Steinmetz vom Emons Verlag, und Verleger Hejo Emons, für die wundervolle Möglichkeit, meinen Krimi beim Emons Verlag zu veröffentlichen.

Mein ganz besonderer Dank gilt meiner Familie, meinen Freundinnen und Freunden, die mich seit vielen Jahren begleiten und unterstützen: Martina, Tabea, Inge, Silvia, Asta, Bärbel, Heike, Barbara, Soana, Johanna und Franziska, Carola, Wolfgang, Ina und Michel sowie Brigitte und Monika. Euch allen möchte ich von ganzem Herzen danken – ohne euch wäre dieses Buch nicht möglich gewesen.